MERANO MORTALE

Elisabeth Florin wuchs in Süddeutschland auf; ihre journalistische Laufbahn begann sie in den 1980er Jahren bei der RAI in Bozen. Von den Menschen in Südtirol und ihrer Geschichte fasziniert, verbringt sie seither viel Zeit in Meran und Umgebung, meistens in Begleitung ihres Mannes und ihres kleinen Hundes. Elisabeth Florin arbeitete fünfundzwanzig Jahre lang als Finanzjournalistin und Kommunikationsexpertin in Frankfurt am Main.
www.elisabethflorin.de

ELISABETH FLORIN

MERANO MORTALE

Kriminalroman

emons:

© Emons Verlag GmbH
Cäcilienstraße 48, 50667 Köln
info@emons-verlag.de
Alle Rechte vorbehalten
Umschlagmotiv: shutterstock.com/Sonja Filitz
Umschlaggestaltung: Nina Schäfer
Gestaltung Innenteil: DÜDE Satz und Grafik, Odenthal
Lektorat: Carlos Westerkamp
Druck und Bindung: sourc-e GmbH, Köln
Printed in Europe 2026
Erstausgabe 2022
ISBN 978-3-7408-1319-2
Originalausgabe
4. Auflage

Unser Newsletter informiert Sie
regelmäßig über Neues von emons:
Kostenlos bestellen unter
www.emons-verlag.de

Die automatisierte Analyse des Werkes, um daraus Informationen
insbesondere über Muster, Trends und Korrelationen gemäß
§ 44b UrhG (»Text und Data Mining«) zu gewinnen, ist untersagt.

Ausgesetzt auf den Bergen des Herzens. Siehe, wie klein dort,
siehe: die letzte Ortschaft der Worte, und höher,
aber wie klein auch, noch ein letztes
Gehöft von Gefühl. Erkennst du's?

Rainer Maria Rilke

Die Zeit rennt

Meran. Laubengasse
11. April. Später Nachmittag

Ispettore Emmenegger würde gern rennen.

Eine Mischung aus Hüpfen und Hinken ist alles, was er zustande bringt.

Bei jedem Schritt macht er mit dem linken Bein einen Satz nach vorne. Dann nimmt er die Krücke, rudert mit dem linken Arm und zieht das kaputte Bein nach.

Er ähnelt einer riesigen verletzten Krähe, die versucht, sich in die Luft zu schwingen.

Die Laubengasse ist voller Passanten. Die Leute bleiben stehen, um dieser seltsamen Erscheinung hinterherzustarren, die im Bademantel und in Badelatschen durch Merans Fußgängerzone wankt.

Ein paar Halbwüchsige stoßen sich an und beginnen Emmenegger mit ihren Skateboards zu umkreisen. Als er sie mit seiner Krücke abwehrt, springt sein Bademantel auf, und die Brustbehaarung samt einer verknitterten Schlafanzughose kommt zum Vorschein.

Der Kellner des Bistro Sieben sieht die Heldenbrust durchs Fenster und eilt zum Telefon, um die Carabinieri anzurufen. Ein Hund, der vor dem Delikatessengeschäft Siebenförcher angebunden ist, bellt der Gestalt hinterher. Ein Junge tritt aus dem Laden, beugt sich zu dem Hund – und kriegt Kulleraugen, als Emmenegger vorüberhastet.

Der bemerkt von alledem nichts. Ihn interessiert bloß die Zeit und dass sie wahrscheinlich schneller ist als er.

Überall sieht er Uhren. In der Ferne die Kirchturmuhr von Sankt Nikolaus, die mit goldenem Finger in den Himmel zeigt, um das Unvermeidliche anzukündigen. Dort den schweren taschenuhrförmigen Zeitmesser, der über einem Laubendurchgang hängt, um Zuspätkommer zu erschlagen.

Und im Vorübereilen Dutzende von Armbanduhren im Fenster vom Juwelier Ceska. Emmenegger kann durchs Schaufenster hören, wie sie aufmarschieren, um als Tamburine den Takt fürs Erschießungskommando zu schlagen.

Das Ticken hallt in seinem Kopf wider: zu spät – zu spät – zu spät …

Er fühlt sich wie in einem Traum: Man flüchtet, kommt aber nicht von der Stelle. Nur dass es kein erlösendes Erwachen geben wird.

Das Pochen in seinem verletzten Oberschenkel, das ein Aufplatzen der Verletzung ankündigt, ist Emmenegger gleichgültig. Was ihn wund reibt, ist die quälende Langsamkeit, mit der er sich fortbewegt.

Und die Erkenntnis seiner Schuld.

Drei Wochen vorher

Vorabend eines Mordes

Passerufer
20. März. Gegen zweiundzwanzig Uhr dreißig

Die Bars am Thermenplatz sind an diesem warmen Frühlings-
abend gut gefüllt. Beinahe jeder Tisch ist besetzt. Doch statt
der üblichen Kakofonie herrscht eine eigenartige, fast andäch-
tige Stimmung, und das liegt nicht an der »Wassermusik« von
Friedrich Händel, die aus den Lautsprechern erklingt.

Selbst die Kellner, die sich zwischen den Tischen hindurch-
drängen, scheinen irgendwie ergriffen. Gefährlich schwan-
kende Tabletts gleiten wie durch Zauberhand über die Köpfe,
als schwebten sie.

Alle Augenpaare – es sind gut und gern hundert – kleben
an dem, was am Flussufer geschieht.

Dort befindet sich ein in das Trottoir eingelassener Brunnen,
aus dem bunte Wasserfontänen in die Höhe steigen. Kunstvoll
mit blauem Licht beleuchtet, wirkt er wie eine Freilichtbühne.

In dem Brunnen tanzt ein junger Mann.

Sein Gesicht ist weiß bemalt. Aus dem linken Auge quillt
eine übergroße blaue Träne.

Auf seinem Kopf, keck in den Nacken geschoben, sitzt ein
schwarzer Hut, unter dem sich blaue Ringellöckchen kringeln.
Wenn der Junge den Kopf im Takt der Musik bewegt, ist ein
Zopf zu erkennen, der ihm auf die Schulter fällt.

Der Junge ist mit einem azurblauen, knappen Slip mit
schwarzer Spitze bekleidet, der in der Art aller Tänzer mehr
preisgibt, als er verhüllt. Seinen schmalen Oberkörper ziert
ein prächtiges blauschwarzes Spitzenbustier.

Der Junge spielt mit den Fontänen, als wären sie seine
Partnerinnen in einem bizarren Menuett. Er tänzelt, knickst,
umkreist die aufsteigenden Wassersäulen. Streckt geziert die

Finger aus, als wollte er ihnen die Hand reichen. Dabei legt er sich so in die Kurve, dass den Zuschauern der Atem stockt. Doch die Schwerkraft hat heute ihren freien Abend.

Mühelos schwingt er sich hoch, schlägt ein Rad, dann noch eins, und die Fontänen verbinden sich mit seinen Füßen zu einem leuchtenden, wirbelnden Wasserspiel.

Die Leute sind begeistert von dem, was dieser junge Artist so draufhat. Viele klatschen Beifall. Vereinzelt gibt es Standing Ovations.

An der Getränkeausgabe der Bar La Piazza reckt ein Kellner den Daumen Richtung Terrasse. »Kann mir mal einer sagen, ob dieser komische Kerl zu den Varietéwochen gehört? Die Leute löchern mich die ganze Zeit.«

Sein Kollege zuckt die Schultern. »Frag den Chef.«

Aber das wird nicht nötig sein.

Draußen verbeugt sich der Junge nach allen Richtungen. Sein Gesicht strahlt.

Dann geschieht etwas Irritierendes. Von einer Sekunde zur anderen verwandelt sich das Strahlen in ein Grinsen, und das ist … eindeutig boshaft.

Der Junge streckt die Zunge heraus und züngelt frivol.

Er wackelt mit den Hüften. Das kunstvolle artistische Menuett ist verschwunden.

Er nimmt eine der Wasserfontänen zwischen die Beine, als wäre er im Stripclub und die Säule wäre seine Stange.

Schiebt die Hüften vor. Bewegt die Hände entlang der Wasserfontäne hinauf und hinunter, als wäre sie …

Buhrufe ertönen, aber noch sind Lacher darunter.

Der Junge dreht sich um. In gespielter Entrüstung reißt er die Augen auf. Eine einzige fließende Bewegung, und der Slip fällt.

Sein nackter Po erstrahlt blau und gelb im Rhythmus der Wasserfontänen.

Pfiffe. Buhrufe. Eine Frau schreit: »Hier sind Kinder, du Idiot!«

Der Junge richtet sich auf. Er blinzelt. Sein Hut fällt vom Kopf. Plötzlich wirkt er verunsichert.

Er greift nach dem triefenden Slip, will ihn überstreifen, aber für einen geordneten Rückzug ist es zu spät.

Ein schwarzer Alfa Romeo hält mit quietschenden Reifen am Straßenrand. Zwei Carabinieri springen heraus, packen den Jungen, drehen ihm die Arme auf den Rücken und zerren ihn in den Wagen. Der Motor heult auf, und der Wagen braust davon.

Nach einer Minute ist der Spuk vorbei.

Die Gäste starren noch eine kurze Weile auf den Brunnen, der ungerührt bunte Fontänen gen Himmel schickt. Dann kehrt man widerstrebend zu den eigenen Angelegenheiten zurück. Zu dem Neuen bei der Arbeit, der nichts kann, aber allen die Schau stiehlt, dem renitenten Nachwuchs und den schlechten Angewohnheiten abwesender Ehemänner.

Es ist, als hätte es den Jungen (sein Name ist übrigens Paul) nie gegeben.

***

Zur gleichen Zeit, einen Kilometer Luftlinie entfernt, sitzt ein Mann auf dem Balkon und wartet auf einen Mord.

Die Fenster der Mordkommission Meran gegenüber wirken hell erleuchtet. Aber es ist bloß das Licht der Straßenlaterne, das sich in den Scheiben spiegelt.

Auf der anderen Seite des Platzes, wo die Lauben in den Rennweg münden, machen die Urlauber die Nacht zum Tag. Endlich ist das Leben zurück. Gelächter schwappt bis herauf in den dritten Stock.

Ispettore Emmenegger, kommissarischer Leiter der Mordkommission Meran, kann sowieso nicht schlafen.

Es ist dieses Nichtstun, das ihn unruhig und kribbelig macht.

Es scheint, als wären Merans Kriminelle seit dem Frühjahr 2020 zum Nichtstun verdammt, wie der Rest der Welt. Als wären auch sie in Lethargie verfallen.

Ein paar Todesopfer gab es schon. Eine Messerstecherei in einer Kneipe. Eine Frau, die Passanten in einem Hinterhof neben einer Abfalltonne fanden. Goldener Schuss. Kein Blut, nur ein weißes Gesicht und eine kalte Hand.

Seit Jahren führt Emmenegger einen Feldzug gegen die Drogenmafia. Die Tote deprimierte ihn mehr als dieser Kneipenbesuch der besonderen Art, nach dem seine Klamotten nach Blut und Bier stanken.

Emmenegger schaut hinüber zu den gespenstisch schimmernden Fenstern. Wenn es so weit ist, wird sich zeigen, ob er in die Schuhe seines Vorgängers passt.

Seine Ängste würde er niemandem anvertrauen, nicht seiner jungen Kollegin Eva Marthaler und schon gar nicht seinem Vorgesetzten.

Wenn Emmenegger an die glatten Augen des neuen Polizeichefs denkt, die über ihn hinweggleiten wie über altes Gerümpel, kann er sich ausmalen, was auf ihn zukommt.

Mit seinen zweiundvierzig Jahren ist Claudio Branga bloß zehn Jahre jünger als Emmenegger. Aber er spricht langsam mit ihm, mit sanfter Stimme, wie mit einem trotteligen alten Onkel. Jedes Mal fürchtet Emmenegger, der andere würde die Hand ausstrecken, um seinen Kopf zu tätscheln.

Der Neue hat seine Ausbildungszeit in der Abteilung für Interne Ermittlungen verbracht. Der Fleischwolf »Interne« drückt immer die gleiche Sorte Polizisten heraus: Erbsenzähler und Paragrafenreiter, denen hübsch ordentliche Ermittlungen wichtiger sind, als Verbrecher hinter Schloss und Riegel zu bringen.

Branga ist Teetrinker. Bei Emmeneggers letztem Antritt im Chefbüro blieb ihm nichts übrig, als eine Tasse mitzutrinken. Angeblich eine Spezialmischung aus einem gottverlassenen nepalesischen Tal, dessen Namen Emmenegger vergessen hat.

Er schüttelt sich. Das Gebräu schmeckt wie Abwaschwasser, egal, ob Himalaya oder Teebeutel vom Eurospar.

Emmenegger trinkt den letzten Schluck Bier. Irgendwann wird der erste Mord passieren. Nur bitte noch nicht morgen.

Als Emmenegger hochfährt, hält er die Bierflasche wie ein Baby im Arm. Draußen ist es hell.

Drinnen läutet das Telefon.

Tag 1 – Kein schlechter Platz zum Sterben

Oberlana bei Meran. Hundeplatz am Falschauer-Ufer
21. März. Sieben Uhr morgens

Zum dritten Mal biegt Emmenegger mit dem Einsatzwagen in dieselbe Straße ein. Weit und breit ist kein freier Parkplatz zu sehen. Wenn es nach ihm ginge, könnten sie ewig um die Häuser kreisen.

Eine Putzkolonne marschiert vorbei, zur Eingangstür des Bräukellers. Der Besitzer eines teuren Schuhladens steht vor seiner Ladentür und betrachtet die Runden des Polizeiwagens mit gerunzelter Stirn.

Seine Kollegin Eva Marthaler hält es kaum noch im Beifahrersitz. Ihre blauen Augen leuchten.

Eva ist Mitte dreißig, rothaarig und der Traum seiner schlaflosen Nächte, aber manchmal wünscht er sich, sie hätte ein bisschen weniger Tatendurst.

Die Temperaturanzeige im Cockpit meldet fünfundzwanzig Grad Außentemperatur. Durchs Fenster strömt feuchtwarme Luft. Emmenegger fühlt sich wie im Dampfbad »Passerstein« der Meraner Therme.

Eine Stechmücke lässt sich auf seinem Handrücken nieder und schickt sich an, ihr Frühstück einzunehmen. Emmenegger schlägt mit Wucht zu – Blut spritzt auf sein weißes Hemd.

»Pfui!« Eva rückt von ihm ab.

»Entschuldigung«, stammelt er.

»Da vorn!« Sie zeigt auf einen ausscherenden Wagen.

»Fußgängerzone. Absolutes Halteverbot.«

»Na und? Wir sind im Einsatz.«

Emmenegger gibt sich geschlagen. In seiner Brust schwingt ein bleiernes Pendel hin und her.

Emmenegger hat den Wagen kaum abgesperrt, da steuert

Eva Marthaler mit wehenden Rockschößen auf einen Spazier- und Radweg zu, der am Fluss entlangführt.

Wohl oder übel folgt er ihr.

Auf dem Hundeplatz in Oberlana liegt eine Tote. Die Identität ist unbekannt, die Todesursache ebenfalls. Als Emmenegger Details wissen wollte, hatte Pitti gesagt: »Komm halt her.«

Vielleicht ist es eine Obdachlose, deren Leber schlappgemacht hat. Emmeneggers Bauchgefühl sagt was anderes.

**

Emmenegger kennt den Hundeplatz. Es ist eine umzäunte Wiese, unmittelbar am Falschauer-Ufer, wo wilde, aromatische Sträucher wachsen. Ein paar große Felsbrocken laden zum Sitzen ein. Ein verwunschenes Fleckchen Erde, wo man einen Hund von der Leine lassen und in den Himmel starren kann.

Kein schlechter Platz zum Sterben.

Auf der Treppe, die zur Pforte hinabführt, fällt ihm die Stille auf. Eigentlich sollte der übliche Zirkus bereits in vollem Gange sein. Was bedeutet, dass er Kohlgrubers laute Stimme hören müsste.

Doch statt der Kommandos, die der Leiter der Spurensicherung an jedem Tatort bellt, ist ein nicht menschliches Jaulen und Knurren zu vernehmen.

Die in grüne Plastiküberzüge gehüllten Spusi-Leute stehen mucksmäuschenstill in einer Ecke der Wiese.

Da ist auch Arnold Kohlgruber. Ausnahmsweise ist er still und starrt auf etwas, das sich am Falschauer-Ufer neben einer kleinen Baumgruppe abspielt.

Die Hauptakteure sind ein Hund und ein Mensch. Der Hund ist eine hässliche kupferfarbene Promenadenmischung. Mit vorgestrecktem Kopf steht das Tier über einer verkrümmten Gestalt. Der Hund fletscht die Zähne und knurrt, um einen

Augenblick später die Schnauze zu heben und erbärmlich zu heulen.

Einen kurzen glücklichen Moment lang spielt Emmenegger mit dem Gedanken, der Hund wäre der Täter. Ein Biss in die Halsschlagader, und der Tag ist sein Freund.

Dann schaut Emmenegger genauer hin, und sein Magen zieht sich zusammen. Er kennt diesen Hund.

Der Mann vom »TIERHEIM NATURNS« (weiße Großbuchstaben auf schwarzem T-Shirt) sieht aus wie ein Schülerpraktikant, mit Pickeln und blasser Gesichtshaut um die Nase. Er betrachtet seine ausgestreckte Hand so ängstlich, geradezu wehmütig, als müsste er sich gleich von ein paar Fingern verabschieden. Die Beschwörungsformeln, die er vor sich hin murmelt, hören sich an, als würden sie ihm selbst gelten: »Alles ist gut. Alles ist fein …«

Emmenegger setzt sich in Bewegung. Eva will ihn zurückhalten. »Ich würde das nicht machen. Der Hund wird Sie beißen, Chef.«

»Es ist eine Sie. Die Hilde tut keiner Fliege was.«

Schnell streift er Einwegüberzieher über die Schuhe, dann geht er langsam, aber bestimmt auf das Tier zu und packt es am Halsband.

»Komm, mein Mädchen. Die Show ist vorbei.«

Die Hündin sieht das nicht so, sie versucht, sich ihm zu entwinden, aber mit seinen neunzig Kilo ist Emmenegger dreimal so schwer.

Als er Hilde abführt, sieht er sich die Leiche an. Sie liegt auf dem Rücken, ihr blutverkrusteter Kopf ist zur Seite gefallen. Daneben ein rot verschmierter Stein.

Wie er schon vermutet hat, kennt er die Frau. Sie ist seine Nachbarin. Ihre Wohnung befindet sich ein Stockwerk unter der von Emmenegger. Sie ist – war – um die sechzig und eine Schreckschraube ersten Ranges. Wenn Emmenegger an sie denkt, dann als »die alte Granelli«.

Neben dem metallischen Geruch, der von der Toten ausgeht, kann Emmenegger noch etwas anderes riechen: schweren Ärger.

***

In die Menge kommt Bewegung. Alle reden durcheinander. Der Polizeifotograf bringt seine Kamera in Stellung. Auf der Bildfläche erscheint Frau Dr. Landers, Gerichtsmedizinerin und wegen ihres Dünkels und einer bürokratischen Arbeitsauffassung, die ihre Faulheit kaschieren soll, nicht gerade beliebt. Als sie mit ihren Stöckelschuhen einen Hundehaufen aufspießt, muss sich Emmenegger abwenden, damit niemand sein breites Grinsen sieht.

Auch Arnold Kohlgruber hat eine stille Sekunde der Freude eingelegt, aber jetzt fängt er an, seinen Leuten Anweisungen zuzubrüllen.

Einer seiner Mitarbeiter bringt Emmenegger die Handtasche der Toten. »Nicht mehr nötig«, sagt der Spusi-Mann, als Emmenegger Gummihandschuhe überstreifen will. Aus Gewohnheit tut er es trotzdem.

Die Handtasche ist mit zwei goldenen C verziert.

»Gucci. Nicht billig.« Evas erster Kommentar, seit sie am Tatort sind. Jetzt, wo der Tod ein Gesicht bekommen hat, ist sie ein wenig kleinlaut.

Eine Brieftasche mit einer Latte goldener Kreditkarten und einer Codekarte. Der Vorname der Frau ist Lisa. Emmenegger fällt er jetzt wieder ein. Die goldene Plakette neben ihrer Wohnungstür, mit einer kunstvoll geschwungenen Schrift, als ginge es zum Allerheiligsten: »Lisa Granelli, Direktionsmitglied, Cassa Popolare Meran«.

Aus den hinteren Fächern lugen fünfhundert Euro in Hundertern hervor. Ein Raubmord scheidet schon mal aus.

In der Tasche sind außerdem ein Kamm und ein Lippenstift in einem garstigen violetten Rotton.

In einem Seitenfach findet Emmenegger das Foto eines jungen Mannes mit langen blonden Haaren, zerknittert und an den Ecken abgegriffen.

Das letzte Utensil ist ein goldenes Blöckchen mit einer Kette, an der ein winziger Bleistift hängt. Emmenegger ist unbehaglich zumute, als er es aufklappt. Alle Seiten sind herausgerissen. Er atmet auf. Diese filigrane Komposition hat er erst kürzlich zu Gesicht bekommen.

**

Emmenegger hatte es eilig gehabt und seine schwere BMW im Innenhof des Hauses abgestellt, in dem er wohnt. Das Verbotsschild samt der per Hand aufgemalten Ausrufungszeichen ignorierte er geflissentlich.

Die Granelli musste ihm aufgelauert haben. Wie aus dem Nichts stand sie vor ihm und zückte das Blöckchen.

»Jetzt drücken Sie mal ein Auge zu«, sagte er. »Es ist schon spät, und das Bike stört keinen.«

»Nichts da.« Die Frau kritzelte etwas aufs Papier. »Ich werde den Verstoß melden. Es geht schließlich ums Prinzip.«

Komischerweise sah sie dabei nicht wütend aus, sondern irgendwie – erfreut.

**

Carabiniere Pitti hat einen vierschrötigen Mann in Emmeneggers Alter im Schlepptau. In seinen Armen zappelt ein kleiner Yorkshire Terrier, der anfängt, wie wild zu kläffen, als er Hilde sieht.

»Nehmen Sie das Vieh weg«, sagt der Mann in bissigem Ton. »Fast hätte die Töle meinen Cäsar gebissen!«

»Aber woher denn. Die Hilde ist eine ganz Liebe«, sagt Emmenegger, immer bereit, die Ehre einer Dame zu verteidigen.

»Pfhhht! Lächerlich!«

Da hat der Mann recht, jedenfalls in Bezug auf den kleinen Cäsar.

Pitti schaltet sich ein. »Das ist Signor Mandel. Er hat die Tote gefunden.«

»Dann erzählen Sie mal«, sagt Emmenegger.

Offenbar wohnt Herr Mandel ganz in der Nähe und kommt jeden Morgen um dieselbe Zeit hierher, damit Cäsar seine Geschäfte erledigen kann. »Immer um Punkt halb sieben. Cäsar und ich leben genau nach der Uhr.« So seht ihr auch aus, denkt Emmenegger.

Es stellt sich heraus, dass Mandel die Tote schon ein paarmal gesehen hat. Nicht gekannt, wie der Mann betont. »Wir haben uns zugenickt, das war's. Ich wusste nicht mal, wie die hieß.«

Die Granelli und ihr Hund waren offenbar Stammgäste auf dem Hundeplatz. »Glücklicherweise nicht zur selben Zeit wie Cäsar und ich. Sie ging, wenn wir kamen«, sagt Mandel und wirft Hilde einen scheelen Blick zu. »Ihr hässliches Vieh hörte überhaupt nicht. Mein Cäsar hatte jedes Mal eine Heidenangst.«

Cäsar sieht nicht besonders ängstlich aus, eher wild entschlossen.

»Und heute Morgen?«

»Da kam sie natürlich nicht raus wie sonst.« Ein verächtlicher Blick streift Emmenegger. »Sie war ja tot.«

»Haben Sie jemanden gesehen?«

»Wer sollte das gewesen sein?«

Emmenegger spart sich die Antwort. »Ist Ihnen irgendetwas Besonderes aufgefallen?«

»Na, die Tote halt. Gottlob hatte ich Cäsar auf den Arm genommen, weil ich schon von Weitem gehört hab, dass dieses Vieh wie verrückt gebellt hat. Bestimmt hätte es Hackfleisch aus Cäsar gemacht.« Zärtlich streichelt er den geifernden und wild um sich schlagenden Winzling, der einem schrecklichen Schicksal entronnen ist.

»Überall im Gras war Blut. Es war furchtbar.« Mandel schaut hinüber zur Leiche, die unter einem Zelt der Spurensicherung verschwunden ist.

»Haben Sie irgendwas angefasst?«

»Pfhht!« Empörtes Augenrollen. »Ich hab mich gehütet, näher ranzugehen. Es war deutlich zu sehen, dass der Frau nicht mehr zu helfen war.«

Wenn einer Hilfe braucht und ausgerechnet dieser Kerl ist der Einzige weit und breit, dann gnade ihm Gott. Emmenegger hört mit halbem Ohr, wie Pitti die Personalien von Herrn Mandel aufnimmt. Gerade schaut Arnold Kohlgruber zu ihnen herüber. Emmenegger weiß, was ihm gleich blüht.

Tathergangs-Analysen sind Kohlgrubers Steckenpferd. Sie gehören nicht zu seinem Job, aber das ist ihm egal.

In der Regel sind seine Szenarien nur zur Erheiterung seiner Polizeikollegen zu gebrauchen. In seltenen Fällen landet der Spusi-Chef einen Glückstreffer.

»Kommen Sie«, raunt Emmenegger Eva zu. »Seinen Vortrag kann Kohlgruber mir am Telefon halten. Schaffen wir den Hund hier weg, sonst landet er noch im Tierheim.«

Als sich Kohlgruber in Bewegung setzen will, formt Emmenegger mit abgespreiztem kleinen Finger und Daumen einen imaginären Telefonhörer. Kohlgruber macht ein böses Gesicht.

Eva rückt etwas von der Hündin ab, die gerade dabei ist, auf Emmeneggers Hand zu sabbern. »Igitt, wie dieser Hund stinkt! Und der soll mit uns im Auto fahren?«

Bevor Emmenegger antworten kann, kommt Pitti zurück.

»Da ist noch was. Bei uns sitzt jemand im Loch, der mit niemandem sprechen will außer mit dir. Vielleicht kriegst du was aus ihm raus.«

Petrarcastraße. Carabinieri-Station Meran-Mitte
21. März. Am Vormittag

Paul zittert so stark, dass seine Zähne klappern. Mit beiden Händen umklammert er den Stuhl. Der Junge trägt immer noch den Slip und das Bustier. Der Stoff klebt an seinem dürren Körper. Er sieht nicht aus wie ein Zweiundzwanzigjähriger, sondern wie ein zu groß geratenes Kind.

»Der Knabe sagt, du kennst ihn.«

»Was ich manchmal zutiefst bereue. Jetzt zum Beispiel.«

In Emmeneggers Herz sitzt eine weiche Stelle für räudige Straßenhunde und andere Wesen, die niemand haben will. Genau dort hat Paul sich eingenistet.

Pitti grinst. »Nimm ihn mit, bevor ich's mir anders überlege.«

Jetzt ist Emmenegger mit Grinsen an der Reihe. Pitti ist in Ordnung, was man nicht von allen Carabinieri sagen kann.

Emmenegger wirft Paul ein Hemd und eine Hose zu, die er in aller Eile zusammengerafft hat.

»Marsch, zieh das an.«

Paul rückt von dem Bündel ab und spreizt die Finger. »Igitt! Hast du die Altkleidersammlung geplündert?«

»Sei nicht so frech. Du kannst froh sein, dass ich dich raushole.«

Paul wirft ihm einen waidwunden Blick zu und verschwindet samt Klamotten in Richtung Toilette.

***

»Tschugg.« Pitti nimmt Pauls Ausweis vom Schreibtisch und klappt ihn auf. »Der Junge ist bei uns nicht aktenkundig, aber bei dem Namen klingelt was bei mir.«

»Sein Vater war Dauergast bei euch. Er spielte den Handlanger bei allerlei krummen Dingern und ließ sich erwischen. Kaum war er aus dem Gefängnis raus, saß er schon wieder«, sagt Emmenegger. »Er stand Schmiere, erledigte Botengänge und trieb Geld mit den Fäusten ein, vorzugsweise bei Leuten, die sich nicht wehren konnten.«

»Ich erinnere mich«, sagt Pitti langsam. »Der Mann ist ein Kleinkrimineller. Ein verschlagener Kretin. Dumm wie Bohnenstroh.«

»Treffend beschrieben.« Emmenegger nickt. »Bis auf die Gegenwartsform. Kein großer Verlust für die Menschheit. Wenn's ihn juckte, hat Tschugg seinen Sohn windelweich geprügelt, der feige Wicht. Manche von den schweren Jungs haben mehr Ehre im kleinen Finger.«

»Da ist was dran«, sagt Pitti.

Sie schweigen einen Moment.

»Hast du vor, mir zu verraten, woher du den Jungen kennst?« Pitti sieht Emmenegger nicht an. Das schätzt Emmenegger an dem Carabiniere. Pitti ist behutsam und diskret und mag es nicht, Leute in die Enge zu treiben.

»Sicher, ist kein Geheimnis. Vor ein paar Jahren fing Tschugg junior an, durch unsere Mordfälle zu latschen. Er hing wie eine Klette an uns. Meinem Ex-Chef blieb nichts anderes übrig, als ihn unter seine Fittiche zu nehmen, damit er kein Unheil anrichtete.«

Pitti lacht. Dabei hat Emmenegger bloß an den Rändern von Pauls Geschichte gekratzt.

***

Paul Tschugg besitzt die Seele eines Katers, der ausgerechnet dem Allergiker auf den Schoß springt. Commissario Pavarotti, den früheren Chef der Mordkommission, hat er zu seinem Helden erkoren. Paul und Pavarottis Ziehsohn Justus, so unterschiedlich wie Tag und Nacht, wurden unzertrennlich. Pavarotti hatte keine andere Wahl, als Paul in seiner Nähe zu dulden.

Und jetzt hat Emmenegger ihn geerbt.

Der Junge hat eine Macke. Sein ganzes Verhalten ist eine Abweichung von der Norm. Nach dem Tod seines Vaters ist es etwas besser geworden. Aber nicht viel.

Pauls schlimmste Angewohnheit ist es, seinen Selbstmord vorzutäuschen. Mittlerweile beherrscht er eine ganze Reihe von Selbstmordmethoden perfekt. Die Zeugen seiner Vorführungen wünschen sich sehr, sie wären zu der Zeit anderswo gewesen.

Dagegen ist das, was sich Paul am gestrigen Abend geleistet hat, ein Fliegenschiss.

***

Gerade rechtzeitig schaltet Emmenegger wieder auf Empfang.

»… tue mein Bestes, um diese Sache aus der Welt zu schaffen«, sagt Pitti. »Dummerweise liegt gegen den Jungen eine Anzeige wegen Erregung öffentlichen Ärgernisses vor.«

»Ich dachte, ihr seid zufällig vorbeigekommen und habt ihn aus dem Verkehr gezogen?«

»Tja, leider nicht. Jemand hat auf der Wache angerufen und die … äh … Vorführung gemeldet. Offenbar ist sie danach schnurstracks hierhermarschiert und hat zu Protokoll gegeben, dass sie sich in ihrem Schamgefühl verletzt fühlt.« Pitti verzieht das Gesicht.

»Sie?«

Pitti blättert in irgendwelchen Unterlagen. »Eine Frau namens …« Er blickt zu Emmenegger hoch. »Ach du grüne Neune!« Das ist der stärkste Kraftausdruck, den Pitti draufhat.

Als Emmenegger den Namen sieht: »So eine verdammte Scheiße!«

Lisa Granelli. Die Ermordete. Paul kann von Glück sagen, dass er ein staatlich geprüftes Alibi hat.

»Dummer Zufall«, sagt Pitti, aber in seiner Miene steht Misstrauen.

Paul schlappt von der Toilette zurück. Die Hosen muss er festhalten. Die Kleidung schlottert um seine schmale Gestalt. Seine Schultern sind nach vorne gesunken, der Kopf eingezogen, als erwarte er Schläge. Die Großspurigkeit ist wie weggeblasen.

Wieder einmal wird Emmenegger klar, dass der Junge nur dann Oberwasser hat, wenn er in eine Rolle schlüpfen kann. Doch das hier ist das wirkliche Leben.

***

Die Tür öffnet sich ein zweites Mal. Es ist Alfredo Mattini, der Leiter der Dienststelle.

Vor Emmenegger bleibt er stehen, die Daumen im Gürtel, und wippt mit den Füßen. Die Uniformjacke spannt gefährlich über dem Bauch, die Knöpfe sehen aus, als würden sie gleich durch die Luft sausen.

Mattini ist vom gleichen Schlag wie Pauls Vater, nur dass er – angeblich – auf der richtigen Seite des Gesetzes steht.

Und schon geht der Tanz los. »Hätte ich mir denken können«, ätzt Mattini. »Emmenegger, der Mann mit dem besten Draht zu Kriminellen. Aber dass Sie auch mit Perverslingen Umgang pflegen, das ist neu.«

Emmenegger ballt wütend die Fäuste in seiner Jacke. »Haben Sie nichts anderes zu tun, als sich mit Bagatellen abzugeben?«

»Von wegen Bagatelle«, tönt Mattini. »Dafür wandert das Schweinchen in den Knast.«

»Paul hat seinen Slip kurz ausgezogen, um ihn sich anschließend sofort wieder überzustreifen. Dafür gibt's ungefähr hundert Zeugen. Es war Teil einer tänzerischen … Vorstellung, keine sexuelle Handlung. Der Junge ist Schauspieler.«

Letzteres stimmt tatsächlich.

»Der da? Mit dem Märchen kommen Sie nicht durch, Emmenegger!«

»Prüfen Sie's nach«, sagt Emmenegger kalt. »Der Junge ist Stipendiat der Schauspielschule Meran und hat bereits Engagements gehabt.« Mattini hat bestimmt noch nie ein Theater von innen gesehen.

»Na und? Es liegt eine Anzeige vor.«

»Die Aussage wird nicht … aufrechterhalten.« Pitti schaltet sich ein. »Es gibt eine Menge Papierkram, wenn wir den Jungen länger festhalten.« Er wirft Emmenegger einen kurzen Blick zu. Mattini weiß nichts von dem dummen Zufall.

Der Dienststellenleiter sieht aus, als würde er platzen.

»Äh, Alter.« Paul zupft an seinem Ärmel. »Lass uns abhauen. Mir ist kalt.«

Alfredo Mattini ist rot vor Wut. »Wir sprechen uns noch, die Sache wird …«

Aber da sind Emmenegger und Paul schon draußen auf der Straße.

***

Schweigend marschieren sie den Rennweg entlang.

Auf halber Strecke bleibt Paul stehen. »Alter, kann ich mit zu dir? Ich hab seit gestern Abend nichts gegessen, und unser Kühlschrank ist leer.«

Der Kühlschrank, von dem Paul spricht, steht im Nikolausstift, einem riesigen alten Kasten in der Verdistraße, ein paar hundert Meter hinter dem Vinschgauer Tor. Pauls Freund Justus hat das Haus geerbt und die frühere Fremdenpension in eine Art Jugendtreff umgewandelt. Ein buntes Völkchen aus aller Welt übernachtet dort, auf der Durchreise oder länger. Neben Justus ist Paul der einzige ständige Bewohner.

Ein leerer Kühlschrank?
»Klar. Kein Problem.«

∗∗∗

In der Wohnung zaubert Emmenegger innerhalb von zehn Minuten sein bestes Menü. Kartoffelchips als Vorspeise. Danach Spaghetti mit Tomatensoße, Geschmacksrichtung Basilikum (aus der Tube), die er mit getrockneten Zwiebelringen (aus der Tüte) verfeinert.

»Es geht doch nichts über kultivierte Südtiroler Küche«, frotzelt Paul und haut rein.

»Dann passen das Essen und deine Tischmanieren ja zusammen.«

Paul schaut auf und grinst.

Na warte, Bursche.

»Dann erzähl mal. Was sollte das Ganze?«

Paul bringt das Kunststück fertig, weiterzuschaufeln und mit den Schultern zu zucken. »Nix Spezielles.«

Emmenegger schweigt und wartet.

Schließlich schiebt Paul seinen Teller weg. »Ich hab niemandem was getan. Keiner hat sich erschrocken«, mault er.

»Wenn das kein Fortschritt ist«, sagt Emmenegger.

»Ich hab getanzt. Den Leuten hat's gefallen.«

»Und warum hast du es nicht dabei belassen?«

Paul schaut überallhin, nur nicht zu seinem Gegenüber. »Na ja, wir proben gerade ein Stück, in dem eine Nacktszene vorkommt, und deshalb …«

»Wie heißt denn das Stück?«

»Kennst du nicht. Ist modern.«

»Aha.« Emmenegger ist schleierhaft, wie es der Direktor der Schauspielschule anstellt, dass Paul sich an die Textvorgaben hält. Der Junge ist hochbegabt, aber Geduld hat Grenzen.

Pavarottis gelegentliche Ausflüge in die Gefilde der Psychologie fallen ihm ein. Sein Ex-Chef war davon überzeugt, dass sich Lob für Paul falsch anfühlt, weil er als Kind nie welches bekam. Und dass seine Selbstmordmacke dazu diente, die Prügel zu überleben.

Emmenegger ist das zu hoch.

»Es liegt eine Anzeige gegen dich vor.«

Paul starrt ihn an. »Wieso denn?«

»Eine ältere Dame hat sich in ihrem Schamgefühl verletzt gefühlt. Jetzt ist sie tot.«

»Wie jetzt? Die hat wegen meinem Nacktarsch den Löffel abgegeben? Die alte Schachtel hat wohl schon lange keinen mehr gesehen«, feixt Paul.

»Hör auf damit. Jemand hat die Frau erschlagen. Gott sei Dank hast du in der Zelle gesessen, als es passiert ist. Sie werden dich trotzdem löchern.«

Pauls Gesicht ist wachsbleich.

»Die werden mich in die Psychiatrie stecken«, flüstert er. »So wie damals.«

»Unsinn. Mach nicht immer aus allem ein Drama. Du siehst aus, als hättest du die ganze Nacht kein Auge zugekriegt. Schlaf dich erst mal aus. Danach sehen wir weiter.«

Emmenegger zieht die Schlafcouch aus und geht Laken und Decken holen. Als er zurückkommt, baumeln Pauls Beine über der Kante der Küchenbank. Sein Kopf ist nach hinten geworfen. Der Mund steht weit offen. Pauls Adamsapfel zuckt hin und her, als fehle ihm die Stimme, um zu reden.

Vorsichtig deckt ihn Emmenegger zu, dann geht er ins Bad, um sich den Geruch des Tatorts vom Körper zu waschen.

Als er fertig angezogen nachsehen kommt, hört er das Klappen der Haustür. Die Küche ist leer. Die Decke liegt auf dem Boden. Paul ist verschwunden.

Emmenegger reißt die Wohnungstür auf und beugt sich übers Geländer. Stille.

Wenigstens hat Paul diesmal Hosen an.

Emmenegger schließt die Fenster der Mordkommission mit einem Knall, dass die Scheiben klirren. Das Thermometer zeigt sechsundzwanzig Grad, aber es bleibt ihm keine Wahl.

Passanten starren schon herauf. Wahrscheinlich fragen sie sich, ob ein Polizeihund die Tollwut gekriegt hat oder ob die Polizei bei einem Verdächtigen die Daumenschrauben ansetzt.

Das Gebell dauert seit einer Viertelstunde an, und es sieht nicht so aus, als würde dem Hund die Luft ausgehen.

»Der Ehemann der Toten hat einen Laden in den Lauben«, sagt Eva Marthaler mit lauter Stimme, um Hilde zu übertönen. Sie hat sich mit ihrem Stuhl in die Zimmerecke verzogen, möglichst weit von der Lärmquelle entfernt. »Es ist eine Parfümerie. In der Nähe vom Pfarrplatz.«

Emmeneggers Kollegin bemüht sich krampfhaft um Professionalität, aber ihre Stimme klingt beleidigt. »Ich wette, das Tier hat Flöhe.« Eva beäugt Hilde. »Mich juckt's schon überall.«

Es stimmt, Hilde ist in keiner guten Verfassung.

Ihr kupferfarbenes Fell steht am Kopf nach allen Seiten ab, als hätte die Hündin ihre Schnauze in eine Steckdose gepresst. Die Nase ist knollig und ähnelt einem Kuhfladen mit zwei Löchern. Hildes spitze Ohren sehen nach Mottenfraß aus. Der ganze Hund ähnelt einem Kobold oder einem Troll aus einem Schauermärchen.

Emmenegger bezweifelt, dass Hilde jemals beim Friseur war. Wegen Geldmangels hat Lisa Granelli ihren Hund bestimmt nicht vernachlässigt.

Das Gebell passt zur Erscheinung: ein grässliches lang gezogenes Jaulen, bei dem jeder normale Mensch eine Gänsehaut bekommt.

Liebevoll streichelt Emmenegger den Kopf der Hündin. »Du wildes Mädel, was soll ich bloß mit dir machen?«

Die Antwort ist ein hohes Jammern.

Was bleibt ihm übrig? »Die Hilde kommt erst mal zu mir.«

Eva Marthaler sieht ihn an, als habe Emmenegger gerade beschlossen, einen Werwolf zu beherbergen.

»Komm, Hilde.« Sofort ist es vorbei mit dem Heulen. Folgsam trottet die Hündin zur Tür. Dieser Mandel hatte unrecht. »Schauen Sie mal, wie brav sie ist. Es wird nicht lange dauern. Wir treffen uns in einer Viertelstunde vor der Parfümerie. Seien Sie pünktlich.«

Eva verdreht die Augen.

Laubengasse, Ecke Pfarrplatz. Parfümerie Granelli
21. März. Dreizehn Uhr fünfzehn

An diesem ungewöhnlich warmen Märztag ist in den Lauben kein Durchkommen. Passanten schlendern durch Torbögen und schmale Durchgänge, die links und rechts abzweigen. Niemanden stört der Körperkontakt.

Die Tische und Stühle der Restaurants und Bistros haben sich bis auf die Straße hinaus vorgewagt. Dieses Jahr schert es die Wirte nicht viel, was erlaubt ist und was nicht.

Das Leben platzt aus allen Nähten, und die Stadtverwaltung Meran drückt beide Augen zu.

Endlich hat sich Emmenegger bis zum Pfarrplatz vorgearbeitet. Da vorn ist der kleine Laden. Das einzige Schaufenster ist mit Seidentüchern und alten Parfümflakons aus der Ära des Jugendstils dekoriert. Über dem Fenster steht in verschnörkelten Goldbuchstaben der Name »Granelli«.

Von Eva ist weit und breit nichts zu sehen.

Emmenegger fischt sein Handy aus der Jackentasche.

»Macht es der Mordkommission Spaß, mir die Zeit zu stehlen?« Die Landers klingt noch unfreundlicher als sonst. »Eben hat mich Ihre Kollegin dasselbe gefragt.«

»Tut mir leid. Könnten Sie ausnahmsweise …?«

Das Seufzen einer schwer Geprüften. Die Landers lässt sich die Ergebnisse der Autopsie aus der Nase ziehen, mit noch mehr Wenns und Abers gespickt als üblich. Strafe muss sein.

Die Todesursache ist ein Schlag auf den Hinterkopf. Laut der Landers ist die Wunde tief und kreisrund, mit einem Durchmesser von exakt fünf Zentimetern.

Die Waffe war schwer. Aber. Es könnte auch sein, dass der Schlag von einer kräftigen Person stammte.

Ob das heißt, dass der blutige Stein als Tatwaffe nicht in Frage kommt?

»Rede ich Chinesisch, Ispettore?«

Irgendeine Idee zur Waffe?

Schweigen.

Wurde der Schlag von oben ausgeführt? War der Täter groß?

Nein. Aber. Lisa Granelli war klein. Außerdem könnte sie sich nach vorn gebeugt haben.

Tatzeitpunkt? Gegen sechs Uhr morgens. Plus/minus eine halbe Stunde.

Also kurz vor dem Eintreffen des Herrn Mandel und seines lieben Cäsar.

»Eher plus oder minus?«

Schweigen in der Leitung. Dann ein Klicken.

Arnold Kohlgruber, der Spusi-Chef, geht erst gar nicht ans Telefon.

***

Da kommt Eva. Ihr Glockenrock endet eine Handbreit über dem Knie und schwingt bei jedem ihrer Schritte hin und her. Die dunkelroten Locken hüpfen. Ein Anblick zum Niederknien.

In letzter Zeit hat Emmenegger versucht, seine Gefühle auszublenden. Es ist ihm halbwegs gelungen, aber in Momenten wie diesen, wenn sich ihre Brust hebt und senkt …

Oder am Morgen, wenn mit ihrer Ankunft im Kommissariat ein frischer Duft ins Zimmer weht. Emmenegger kann nicht sagen, was das für ein Geruch ist. Nur dass er den Duft verdammt sexy findet. Natürlich würde er das niemals aussprechen.

»Tut mir leid, ich hab noch telefoniert«, sagt sie.

»Hmm-mm.«

»Frau Landers sagt –«

»Erzählen Sie mir was, das ich noch nicht weiß.«

Eva guckt verdutzt, fasst sich aber schnell. »Äh, ja. Die Tote. Lisa Granelli war eine große Nummer in der Cassa Popolare Meran. Sie hatte das gesamte Kreditgeschäft unter sich, sowohl Privat- als auch Firmenkunden. Die Frau war einundsechzig, ihr Mann Leo ist fünf Jahre älter. Die zwei leben seit Jahren getrennt. Merkwürdiges Paar. Eine hochrangige Finanzfrau und ein Ladenbesitzer.«

Welche Bezeichnung hätte Eva wohl für sie beide in petto? Unpassend? Lächerlich?

Eva späht ins Fenster der Parfümerie. Sie macht nicht den Eindruck, den Laden zu kennen.

Vielleicht bestellt sie bei einem Online-Kaufhaus und lässt sich die Flakons in braunen, muffig riechenden Kartons an die Haustür liefern.

Die Vorstellung enttäuscht ihn irgendwie.

Da tritt ein Mann aus der Ladentür, einen Schlüsselbund in der Hand. Ein Glöckchen bimmelt, während er die Tür hinter sich schließt.

»Sind Sie Signor Granelli? Leo Granelli?«

Überrascht schaut der Mann auf und blinzelt gegen die Sonne. Die Augen klug, mit einem Funken Traurigkeit. Strubbelige graue Haarbüschel an beiden Seiten des Kopfes, ein bisschen wie bei Albert Einstein. Mitten im Gesicht sitzt ein markanter Haken.

»Der bin ich tatsächlich.« Dabei fährt er sich mit der Hand durch den Schopf, was das Ergebnis verschlimmert. »Es tut mir leid, ich schließe den Laden über Mittag.« Und mit einem entschuldigenden Lächeln: »Ein alter Mann wie ich ist auf die Mittagspause angewiesen. Um drei Uhr bin ich wieder für Sie da.«

Während er spricht, erlischt sein Lächeln. »Sie sind keine Kunden.«

»Mein Name ist Ispettore Emmenegger, Polizia di Stato.

Das ist meine Kollegin Marthaler. Wir müssen mit Ihnen sprechen. Drinnen.«

***

Hinterher sitzt Leo Granelli eine ganze Weile da und starrt auf den Fußboden. Eva hat ihn vorsichtig in einen Sessel bugsiert, falls er umkippen sollte.

Die Parfümerie ist winzig, höchstens fünfzehn Quadratmeter groß. Da ist eine kleine gusseiserne Verkaufstheke mit einer altmodischen Registrierkasse. In eine Ecke zwängen sich ein winziges Tischchen und zwei Sessel aus silbergrauem Rattan.

Emmenegger kommt sich zu groß und ungelenk vor in diesem puppenstubenhaften Geschäft mit seinen taubenblau und weiß tapezierten Wänden. Die weiß lackierte Regalkomposition sieht so zierlich und fragil aus, als könne ein Windhauch sie ins Wanken bringen.

Da stehen hauchdünne Parfümflakons neben glänzenden Tuben und Flaschen, deren Bezeichnungen nach fernen Orten klingen. Oder wie Zaubersprüche: Simsalabim. Sansibar. Semiramis.

Außerdem gibt es kunstvoll mit Zellophan und Schleifen umhüllte Utensilien, deren Zweck sich jenseits von Emmeneggers Vorstellungskraft befindet.

Ständig versucht er, Ellenbogen und Schultern außer Reichweite der Regale zu bringen. Eine falsche Bewegung, und sofort käme einer der Glasflakons ins Rutschen. Dann gäbe es kein Halten mehr. Innerhalb einer Sekunde lägen die gläsernen Kunstwerke zerborsten auf dem Marmorboden. Mit gebrochenen Hälsen oder zerschmetterten Köpfen. So wie Leo Granellis Frau.

Der alte Mann fragt leise: »Musste sie leiden?«

»Es ging sehr schnell. Vermutlich hat sie den Schlag nicht kommen sehen.« In Wirklichkeit weiß das niemand genau.

Nach Meinung der Landers kann Lisa Granelli noch ein paar Minuten gelebt haben.

Der alte Mann nickt. Seine Augen sind trocken, aber die Dunkelheit in ihnen hat sich vertieft. Man merkt Granelli an, dass er es gewohnt ist, die Dinge mit sich selbst auszumachen. Emmenegger kann die Aura der Einsamkeit spüren. Sie hat einen eigenen Duft, den er gut kennt. Herb und schwer und sehr langlebig.

Emmenegger sieht, dass der alte Mann mit sich kämpft. Schließlich hebt Granelli den Kopf.

»Sie werden mich abscheulich finden, aber ich muss es loswerden. Ich bin erleichtert, dass sie tot ist.«

Mord macht Emmenegger zornig, obwohl er schon viel davon gesehen hat in über zwanzig Jahren im Polizeidienst.

Wie kann man da erleichtert sein?

Eva öffnet den Mund, aber Emmenegger legt ihr die Hand auf den Arm. Der alte Mann will die Geschichte auf seine Weise erzählen.

**

»Ich hab befürchtet, dass es mit meiner Frau kein gutes Ende nehmen würde.« Granelli seufzt. »Sie hatte kein Herz im Leib.«

Der alte Mann blickt Eva an. »Als wir geheiratet haben, war sie ganz anders. Und, wenn ich das sagen darf, genauso hübsch wie Sie.« Jetzt funkeln seine Augen, und Eva lächelt. Emmenegger spürt einen kurzen Stich der Eifersucht.

»Doch nach dem Tod unseres Sohnes hat sie sich verändert«, sagt Granelli. »Udo wurde von einem Auto überfahren. Man hat den Täter nie gefunden. Das war vor fünfzehn Jahren. Zwei Jahre später bin ich ausgezogen. Seither lebten wir getrennt.«

Granelli stützt seinen Kopf in die Hände.

»Das tut mir schrecklich leid«, sagt Eva.

»Das muss es nicht, meine Liebe.« Granelli lächelt wieder

dieses traurige Lächeln. »Nachdem es passiert war und die Ermittlungen der Polizei im Sand verliefen, hab ich irgendwie weitergemacht. Ich hab versucht, einen Tag nach dem anderen zu überstehen. Nach dem Motto: Die Zeit heilt alle Wunden.«

Granelli wischt sich übers Gesicht. »Ein Märchen, das sie einem als Wahrheit verkaufen. Jeden Morgen lag der Tag vor mir ausgebreitet wie die Wüste Gobi. Ich flüchtete mich ins Alltägliche, in meinen Beruf. Stellen Sie sich vor, damals war ich Mathematiklehrer.«

Granelli schüttelt den Kopf, als könne er es nicht fassen. »Früher glaubte ich tatsächlich, Zahlen könnten mir über alles hinweghelfen. Weil sie dieselben bleiben, was auch geschieht. Weil es Lösungen gibt. Aber für das, was mit Udo passiert war, gab es keine. Nach dem Unterricht fütterte ich die Tauben an der Passer. Die waren wenigstens lebendig. Ich versuchte, mir eine Routine zuzulegen, die meinem Leben wieder ein bisschen Halt gab. Aber die war so brüchig wie diese Glasmenagerie hinter mir.« Granelli weist mit dem Kinn auf die Fläschchen in den Regalen.

»Auf einmal sah ich schlaksige sechzehnjährige Jungs mit schulterlangen blonden Haaren überall. An der Passer habe ich sogar ein paarmal Udos Namen gerufen. Können Sie sich das vorstellen? Einmal muss ich einen Udo erwischt haben, denn er hat sich umgedreht und verkniffen gesagt: ›Willst du was, Opa? Kannst du haben.‹« Granelli lacht leise. »Er hatte nicht die geringste Ähnlichkeit mit meinem Sohn. Ein hässlicher Bursche, das Gesicht voller Pickel.«

Emmenegger kann Granelli gut verstehen. Auch er kann viele Dinge nicht tun, ohne an seine Frau Martha zu denken, die vor acht Jahren gestorben ist.

Granelli strafft sich. »Was damals mit mir los war, liegt wohl mehr oder weniger im Bereich des Üblichen. Denke ich jedenfalls. Aber was mit meiner Frau passierte, war alles andere als normal.«

»Litt Ihre Frau an Depressionen?«

Granelli lacht kurz auf. »Damit hätte ich doch umgehen können. Ich hätte ihr geholfen, so gut ich konnte. Wie oft hab ich mir gewünscht, dass wir zusammen weinen und uns trösten! Doch anstatt zu trauern, wurde meine Frau – rastlos, regelrecht manisch. Ich erinnere mich genau an den Tag, als es losging. Es war ungefähr eine Woche nach Udos Tod. Ich fand sie morgens in der Küche am Telefon. Sie war puterrot im Gesicht und machte jemanden zur Schnecke. Die Polizei wäre ein Haufen Idioten und Faulpelze und dass sie alle unfähig seien und sich gegen sie verschworen hätten. Aber sie würde es ihnen schon noch zeigen, schrie sie. Sie würde dafür sorgen, dass sie ihres Lebens nicht mehr froh würden.«

Granelli starrt vor sich hin. »Die Polizei hat sich nach Udos Tod nicht mit Ruhm bekleckert, das ist wahr – aber was sollte so was nützen? Ich hab ihr den Hörer entwunden und aufgelegt. Danach ging sie mit den Fäusten auf mich los. Ich weiß nicht mehr, wie viele beleidigende Briefe sie an alle möglichen Leute schrieb. An die Dienststelle der Carabinieri Meran. An die Staatsanwaltschaft in Bozen. Den Polizeichef. Die Gerichtsmedizin. Bald richtete sich ihre Wut nicht bloß gegen die Polizei, sondern gegen die ganze Welt. Sie wütete gegen Autofahrer. Pöbelte Leute in Restaurants an, die Alkohol tranken. Sie fühlte sich von allem und jedem ungerecht behandelt. Witterte hinter jedem Baum eine Verschwörung. Sie war vollkommen in ihrem Zorn und ihrer Verbitterung gefangen. Innerhalb eines Jahres hatte ich Frau und Sohn verloren.«

Die Augen des alten Mannes sind nass. »Über Udo sprach sie nie. Es war, als hätte es ihn nie gegeben. Der Fahrer von diesem Wagen hat meinen Sohn getötet. Aber meine Frau hat Udo aus ihrer Erinnerung getilgt. Es war schrecklich.«

Granelli schnäuzt sich. »Ich habe ein paarmal versucht, sie zur Vernunft zu bringen. Sie soll aufhören mit dieser Raserei. Und dass ihr Verhalten all die wunderbaren Jahre, die wir mit unserem Sohn hatten, kaputt macht. Ich hab gebettelt: Können wir nicht wenigstens ein Mal über Udo reden? Und sie schreit, ich soll diesen Namen nicht nennen.«

Der alte Mann faltet das Taschentuch sorgfältig zu einem kleinen Viereck und steckt es in seine Hosentasche.

»Da hab ich beschlossen, mich an ihrer Stelle an Udo zu erinnern. Ich kaufte mir ein paar von den CDs, die Udo so liebte. Frank Zappa zum Beispiel. Ich mag Rockmusik ganz gern, aber das war … anders. Komischerweise hat mir die Musik geholfen. Sie war nicht schön, sie war wie … Udos Tod. Ich hab nicht mehr versucht, die Erinnerung zu verdrängen. Ich hab den Gedanken zugelassen, auch wenn es wehtat. Dadurch ging es mir besser.«

Granelli schaut sich in seinem Laden um. »Zwei Jahre nach Udos Tod starb mein Bruder. Er hat mir …«, Granelli macht eine ausholende Handbewegung, »… das Haus mit dem Laden hinterlassen. Keine Ahnung, wie er darauf kam, dass ich mich hinter die Ladentheke einer Parfümerie stellen will. Aber dann dachte ich, was soll's. Zum Leben brauch ich nicht viel. Ich hab den Lehrer an den Nagel gehängt, den Laden wieder aufgemacht und bin in die Wohnung im ersten Stock gezogen.« Granelli lächelt, diesmal ein wenig schelmisch. »So, jetzt wissen Sie alles, was es über mich zu wissen gibt.«

»Das glaube ich kaum«, sagt Emmenegger, ebenfalls lächelnd. »Hatten Sie in den letzten Jahren Kontakt zu Ihrer Frau?«

»Schon seit vielen Jahren nicht mehr. Vor Kurzem hab ich Lisa gesehen, wie sie in einem ihrer unvermeidlichen grauen Kostüme und mit Aktentasche bewaffnet aus der Cassa Popolare kam. Offenbar hat sie dort noch gearbeitet. Aber das wissen Sie sicher besser als ich.«

»Wissen Sie, ob Ihre Frau Feinde hatte?«

»Wie gesagt. Ich habe keine Ahnung von ihrem Leben.« Granelli lacht freudlos. »Was Feinde anbelangt, werden Sie ohne Zweifel fündig werden, auch ohne meine Hilfe. Ich glaube nicht, dass meine Frau sich geändert hat.«

Er nimmt einen Parfümflakon in die Hand und hält ihn

gegen die Sonne. Die Flüssigkeit darin glitzert bernsteinfarben. »Früher hat meine Frau Düfte geliebt. Nach Udos Tod konnte sie den schönen Dingen nichts mehr abgewinnen. Sie haben sie wütend gemacht.«

Der alte Mann starrt aus dem Fenster hinaus in den Sonnenschein. »Schon früher bezog sie alles auf sich. Ihr früherer Freund war homosexuell, um ihr eins auszuwischen. Die Polizei bemühte sich nicht, Udos Mörder zu finden, weil sie ihr keinen Respekt zollten.« Granelli seufzt. »Wahrscheinlich litt meine Frau schon lange an einer Persönlichkeitsstörung. Wenn sie sich hätte behandeln lassen, wäre alles anders gekommen. Bestimmt hat sie darunter gelitten, was aus ihr geworden war.«

Emmenegger denkt an die glitzernden Augen der Frau, als sie ihn anzeigen wollte. Seiner Meinung nach ist Lisa Granelli ganz und gar nicht an ihrem Wesen verzweifelt.

***

Granelli stellt den Flakon zurück ins Regal. Auf einmal wirkt der alte Mann eifrig, geradezu aufgeregt.

»Kommen Sie, ich zeige Ihnen etwas.« Er öffnet eine schmale Tür hinter dem Ladentisch.

»Signor Granelli.« Evas Stirn ist gerunzelt. Jetzt ist sie die geschäftsmäßige Polizistin, die keine Zeit verschwenden will. Aber Granelli ist bereits im hinteren Teil des Hauses verschwunden.

Sie treten durch die Tür – und in eine andere Welt. Der Raum ist eine Art Atelier und doppelt so groß wie der Verkaufsraum. Durch ein Fenster strömt Sonnenlicht herein.

Wie es hier riecht! Ein Durcheinander von Düften steigt Emmenegger in die Nase.

Er war noch nie in den Tropen, aber genau so stellt er sich ihren Duft vor. Wie in tausendundeiner orientalischen Nacht.

Aus einer Ecke weht ihn die Frische des Mittelmeers an.

Ganz in der Nähe, in Lucca, war er einmal mit Martha, und er erinnert sich an den Duft der Lavendelfelder. Und an die Wärme der Sonne in den Weinbergen.

Seine Augen spielen nicht mit. Da ist nur eine Werkbank aus Metall in der Mitte des Raums. Und Hunderte von Fläschchen und Reagenzgläsern, aufgereiht in Regalen, auf Konsolen und Beistelltischen.

»Hmmm«, macht Eva neben ihm. Er hört sie tief ein- und ausatmen.

»Willkommen in meiner Werkstatt.« In Granellis Stimme schwingt Stolz mit, aber auch ein Unterton, der schwer zu deuten ist.

»Vanille. Zitronengras.« Eva. »Und natürlich Sandelholz. Rieche ich da Bergamotte?«

»Richtig! Schwer von der gewöhnlichen Zitrone zu unterscheiden. Sie haben eine gute Nase, meine Liebe.« Granelli hebt die Hand, als wollte er Eva auf die Schulter klopfen, lässt sie dann wieder sinken.

»Mein Bruder hatte ein paar Essenzen in seinem Bestand, als er starb. Damals hab ich angefangen zu experimentieren. Vorkenntnisse hatte ich keine, aber viel Zeit und Geduld. Nun ... im Laufe der Zeit hab ich dazugelernt ... und ein bisschen was dazugekauft ...« Der alte Mann zwirbelt seine Haarbüschel und zwinkert Eva zu. »Mittlerweile schlage ich mich gar nicht schlecht. Vorn im Laden stehen ein paar Düfte von mir, und sie verkaufen sich ganz ordentlich. Ich finde, sie brauchen den Vergleich mit den teuren Markenparfüms nicht zu scheuen.« Er schnuppert. »Sie tragen eins der ›Aqua Allegoria‹ von Guerlain, stimmt's? Es passt hervorragend zu Ihnen, wenn ich das sagen darf.«

Eva seufzt. »Meine Schwester hat es mir zum Geburtstag geschenkt. Es ist bald alle. Einen neuen Flakon kann ich mir nicht leisten, fürchte ich.«

»Wie bedauerlich. Aber – ich könnte für Sie etwas Ähnliches kreieren.« Granelli ist Feuer und Flamme. »Zitrusdüfte sind meine Spezialität. Für Sie wäre es umsonst, sozusagen ein Testlauf für den Verkauf! Was meinen Sie?«

»Nein, vielen Dank«, sagt Eva kühl. »Wir dürfen keine Geschenke annehmen, schon gar nicht von Beteiligten an einem Mordfall.«

»Oh Gott. Ich wollte nicht …« Granelli ist geknickt. »Ich bin zu weit gegangen. Es tut mir sehr leid.«

»Schon gut.« Emmenegger übernimmt. »Ihre Frau war Direktionsmitglied der Sparkasse, hat also sehr gut verdient. Wir werden ihre Konten überprüfen. Aber vielleicht können Sie uns jetzt schon weiterhelfen. Gibt es ein Testament?«

Leo Granelli schaut ihn an, als habe Emmenegger den Verstand verloren.

»Sie war in der Direktion? Als wir uns getrennt haben, war sie Abteilungsleiterin, dritte Führungsebene. Ich erinnere mich, dass ihre Position am Schluss wackelig war, weil sie … nun ja, Sie können es sich denken. Sie hat Mitarbeiter schikaniert. Es hagelte Beschwerden. Lisa hat eine Abmahnung kassiert.« Leo Granelli schüttelt den Kopf. »Von Geld weiß ich nichts. Was das anbelangt, war meine Frau zugeknöpft. Wir hatten von Beginn an getrennte Kassen.«

»Und das Testament?«

»Ich habe nie eins zu Gesicht bekommen. Glauben Sie ernsthaft, Lisa hätte mir etwas vermacht?« Der alte Mann lacht leise.

»Gibt es einen Rechtsanwalt oder Notar, mit dem Ihre Frau zu tun hatte? Bei ihm könnte das Testament liegen, falls eins existiert.«

»Es tut mir so leid, dass ich Ihnen nicht helfen kann.«

»Signor Granelli, ich muss Sie das fragen. Wo waren Sie heute Morgen?«

»Bin ich ein Verdächtiger?« Leo Granelli schaut verdutzt drein.

Emmenegger nimmt ihm die Überraschung nicht ganz ab. Dass man als Ehemann des Opfers automatisch in den Fokus der Ermittlungen gerät, ist allseits bekannt. »Reine Routine.«

»Ja dann …« Granelli zögert. »Um welche Zeit ist meine Frau denn …«

»Erzählen Sie uns einfach, was Sie heute Morgen gemacht haben.«

»Mal sehen.« Granellis Hände fummeln wieder in seinen Haaren. »Ich bin um sieben Uhr morgens aufgestanden, so wie immer. Nach dem Duschen und Anziehen hab ich gefrühstückt, die Zeitung aus dem Briefkasten geholt und eine Weile gelesen. Dann bin ich runter in die Werkstatt gegangen. Es wird so gegen halb neun gewesen sein, genau weiß ich es nicht. Um Punkt zehn Uhr hab ich dann den Laden aufgesperrt.«

»Haben Sie am Morgen mit jemandem gesprochen? Oder vielleicht einen Anruf erhalten?«

»Nicht dass ich wüsste.« Granelli zuckt mit den Achseln. »Mit einem Alibi kann ich wohl nicht dienen.«

»Besitzen Sie ein Auto, Signor Granelli?« Eva.

»Wozu? Alles, was ich brauche, kann ich zu Fuß erreichen.« Sein Gesichtsausdruck verändert sich. »Dieser Hundeplatz, auf dem meine Frau … Wo liegt der eigentlich?«

»In Oberlana.«

Granelli legt die Stirn in Falten. »Da bin ich so gut wie nie. Aber bestimmt existiert eine gute Busverbindung von Meran aus. Ich fürchte, auch ohne Auto können Sie mich nicht von Ihrer Liste streichen.«

Eva lächelt. Sie mag den Alten offenbar, trotz des Fauxpas von vorhin. »Wir werden sehen. Uns fehlen noch viele Fakten. Machen Sie sich keine Sorgen.«

Emmenegger hat noch eine Frage. »Ihre Frau hatte eine Hündin. Können Sie sie eventuell übernehmen?«

»Bedaure. Das geht auf keinen Fall.« Granelli macht ein entsetztes Gesicht. »Tiere als Hausgenossen – unmöglich. Ich – leide an einer Allergie gegen Tierhaare.«

»Wäre auch zu schön gewesen«, sagt Emmenegger.

»Es kann sein, dass wir Sie noch einmal belästigen müssen.«
Eva.

»Das macht nichts. Kommen Sie wieder, sooft Sie wollen.
Ich freue mich auf Ihren Besuch, auch wenn der Anlass traurig
ist.«

Überraschenderweise blickt Leo Granelli dabei nicht Eva
an, sondern richtet den Blick auf Emmenegger.

Und der merkt, dass er sich darauf freut, der Einladung
Folge zu leisten.

✳ ✳ ✳

Draußen bleibt Eva stehen. Ihre Wangen sind rot.

»Ich hätte den alten Mann nicht so anfahren sollen. Das
war unprofessionell.«

»Nichts passiert.« Emmenegger fragt sich trotzdem, was
vorhin los war.

»Ich schau noch mal rein und entschuldige mich.«

»Ah geh«, sagt Emmenegger. »Was halten Sie von einem
kleinen Umweg zum Fluss? Wir kaufen uns beim Erb zwei
Semmeln auf die Hand und setzen uns auf eine Bank.« Zu spät
merkt er, dass der Vorschlag verflucht nach Händchenhalten
klingt.

✳ ✳ ✳

Die Schinkensemmeln aus der Cafeteria Erb sind ein Gedicht.
Sie zu kaufen, hat längere Zeit in Anspruch genommen als
der Weg von den Lauben zur Freiheitsstraße. Eva schwankte
zwischen Schinken-Tomate, Frischkäse mit Radieschen und
Schweinebraten mit Senf. Die Theke im Erb ist lang.

Emmenegger beobachtet amüsiert, wie Eva es sich schme-
cken lässt. Endlich mal eine Frau, die ordentlich zulangen
kann. Die Bohnenstangen, die Essen in homöopathischen
Dosen zu sich nehmen, haben keinen Spaß am Leben.

»Essen Sie das nicht mehr?«

Emmenegger schüttelt den Kopf. Ausnahmsweise hat er keinen Appetit. Neben Eva auf der Bank zu sitzen und ihre Wärme zu spüren, reicht ihm.

»Sie sind falsch angezogen, Chef. Sie müssen ja umkommen.« Eva mustert ihn ungeniert, während sie kaut.

Emmenegger trägt ein weißes Hemd und einen anthrazitfarbenen Anzug. Immer wieder ertappt er sich dabei, Pavarottis Angewohnheiten anzunehmen. Nur dass dessen Anzüge nicht von der Stange waren.

Als er sich aus seinem Jackett schält, spürt er Evas Blick auf seinem Bizeps. Es juckt ihn, so was zu sagen wie: »Na, Musterung beendet?« Ein bisschen sarkastisch-humorvoll. Eine Spur nonchalant. Aber er träfe doch nicht den richtigen Ton.

Insgeheim fragt er sich, wie das Ergebnis wohl ausfällt. (Nicht schlecht in Form für sein Alter?)

***

Eva verspeist den letzten Bissen von Emmeneggers Semmel und wischt sich mit der Serviette über den Mund. »Es war wegen Judith. Meiner Schwester. Judith hat mir das Parfüm zum Geburtstag geschenkt, kurz bevor sie …« Sie stockt. »Ich will Sie nicht mit meinem Privatkram belästigen.«

»Tun Sie nicht. Ich wusste gar nicht, dass Sie eine Schwester haben.«

Eva senkt den Kopf.

»Sie lebt nicht mehr. Bergunfall. Judith war mit einem Bergführer verlobt. Die zwei waren ein super Team beim Klettern. Sie kraxelte wie eine Bergziege, und er war der Erfahrene. Alle wussten, dass er ein Hallodri ist, aber Judith wollte es nicht wahrhaben.« Ihre Stimme ist so leise, dass sie fast im Rauschen der Passer untergeht.

»Dann hat er von jetzt auf gleich Schluss gemacht. Am

nächsten Morgen ist Judith zum Similaun hoch, ganz allein. Ich hab versucht, sie davon abzubringen, aber ich war zu jung, und sie war zu zornig.« Eine Träne rollt über Evas Wange. »Ihre Leiche wurde nie gefunden. Das war vor fünf Jahren.«

Emmenegger möchte Eva in die Arme nehmen, aber da ist wieder dieser Schutzpanzer vor seiner Brust.

»Als der alte Granelli den Vorschlag gemacht hat, einen Ersatz zusammenzupanschen, so eine drittklassige Kopie für Judiths … Da war es, als ob …«

Eva zieht die Nase hoch.

Emmenegger reicht ihr ein halbwegs sauberes Taschentuch aus seiner Brusttasche und erntet einen dankbaren Blick.

»Sie sind so ein Kavalier, Chef.« Sie trompetet geräuschvoll.

Sofort fallen Emmenegger joviale Onkel ein, die ihre Nichten zum Essen ins Restaurant vom Hotel Meranerhof ausführen, den ganzen Abend Witze reißen und sich als Männer in den besten Jahren bezeichnen, während sie doch weit davon entfernt sind.

Es stimmt ja – er ist so ein Onkel.

✳✳✳

Eva steckt das Taschentuch weg. »Sie kriegen es frisch gewaschen wieder. Danke für die Mittagspause. Hat mir gutgetan.«

»Gehen Sie doch schon vor ins Büro, Frau Marthaler. Ich muss noch Hundefutter kaufen. Und mich um den jungen Tschugg kümmern.«

Das Hundefutter bleibt unkommentiert. »Ist irgendwas mit Paul?« Eva gehört zu Pauls Fangemeinde. Wie dieser Wirrkopf es schafft, dass ihn jeder in sein Herz schließt, ist eins der großen Geheimnisse des Universums.

»Der liebe Junge hat den Fünf-Sterne-Gästen vom Hotel Therme seinen nackten Hintern gezeigt.«

Eva fängt an zu kichern. Auch wegen Emmeneggers Leichenbittermiene.

»Die Sache ist ein bisschen heikel. Unglücklicherweise war es Lisa Granelli, die den Jungen bei der Polizei angezeigt hat.«

»Im Ernst?« Eva starrt ihn an. »Menschenskind. Und dann war die Frau auch noch Ihre Nachbarin. Sie sind ziemlich nah dran an dem Fall, Chef.«

»Als ob ich das nicht wüsste. Mal sehen, was unser hochverehrter Polizeichef dazu sagt.«

Eva bläst die Backen auf. »Wenn Branga anruft, was soll ich ihm sagen?«

»Dass ich mich um eine Zeugin kümmere.« Zu schade, dass Hilde nicht reden kann.

Eva steht auf und streicht ihren Rock glatt. »Haben Sie daran gedacht, Kohli anzurufen?«

Kohli? Kohlgruber? »Neuer Spitzname?«

Eva gluckst. »Der aktuelle ist noch besser. Wenn Kohlgruber am Tatort auftaucht, flüstern seine Leute: ›Vorsicht, Kohli-Bakterium! Hochinfektiös.‹«

Emmenegger setzt ein strenges Gesicht auf. »Arnold Kohlgruber ist ein geschätzter Kollege. Er hat bloß ein paar … äh … Eigenheiten.«

Eva schubst ihn in die Seite. »Manchmal sind Sie eine richtige Respektsperson, Chef.«

Chef. Kavalier. Respektsperson. – Langweiler.

Er schaut Eva hinterher, wie sie in Richtung Kornplatz marschiert. Eva mit ihren knapp sitzenden Oberteilen und schenkelkurzen Röcken.

Es ist erst März. Mit bangem Herzen sieht er den Sommer heraufziehen.

***

Emmenegger will gerade die Wohnungstür aufschließen, da entdeckt er Paul, der im Treppenhaus kauert.

»Warum bist du heute Mittag verschwunden, ohne ein Wort zu sagen? Wir sind noch nicht fertig miteinander.«

Schulterzucken.

»Und wo hast du dich seither rumgetrieben?«

»Nirgendwo.«

»In diesem Nirgendwo muss es verdammt stinken. Hast du dich in Hundescheiße gewälzt?« Emmenegger rümpft die Nase, als sich der Junge an ihm vorbei in die Wohnung schiebt.

Was den Körpergeruch anbelangt, nehmen sich Hilde und Paul nicht viel. Vielleicht spürt die Hündin die olfaktorische Verwandtschaft, denn sie rappelt sich auf und schlappt zu Paul hinüber.

»He, wer bist du denn?« Paul geht in die Hocke und krault Hildes Kopf.

»Schluss mit Techtelmechtel. Abmarsch unter die Dusche.« Paul tappt Richtung Bad.

Der Hund legt sich vor die Badezimmertür und furzt.

»Oahh.« Emmenegger weicht zurück.

Offenbar ist das Hildes Methode, einen Schutzzauber um ihren neuen Schützling zu ziehen. Sehr effektiv.

Im Bad herrscht Stille. Dann Wasserrauschen.

Plötzlich hört Emmenegger ein eigenartiges Geräusch. Noch ein Furz?

Aber das Geräusch kommt aus seiner Hose. Es ist sein Handy, das vibriert.

***

Branga hält sich nicht mit einer Begrüßung auf. »Warum sind Sie nicht im Büro, Ispettore?«

»Äh –«

»Sie stottern herum wie Frau Marthaler. Warum muss ich von den Carabinieri erfahren, dass Sie eine persönliche Beziehung zu dem Opfer hatten? Können Sie sich vorstellen, wie peinlich das für mich war?«

Mist, verfluchter.

»Von einer persönlichen Beziehung kann nicht die Rede

sein, Direttore. Sie war eine Nachbarin, mehr nicht. Außerdem war ich gerade auf dem Weg zu Ihnen, um –«

»Wo wollten Sie denn hin, hm? Sie wissen ganz genau, dass ich am Montag im Homeoffice bin. Schon mal was von der segensreichen Erfindung des Telefons gehört?«

Am Kornplatz munkelt man, dass sich im Clubhaus vom Golfplatz Lana eine kleine Internetecke befindet, für den Polizeichef persönlich reserviert.

»Sie verfügen sich jetzt sofort ins Büro, schreiben einen ersten Bericht und laden ihn hoch. Bis spätestens achtzehn Uhr. Danach haben wir Gäste, und ich muss mich um Wichtigeres kümmern, als Ihr Händchen zu halten!«

»Kann ich Ihnen nicht jetzt, am Telefon –«

»Nein!«

Aufgelegt. Das Telefon ist nur dann segensreich, wenn der Chef den Segen erteilt.

»Du hasch ausgschissn bei mir«, zischt Emmenegger, was heißt, dass ihn der Mann mal kreuzweise kann.

***

Branga will das Image der Polizei aufpolieren, indem er neue Vorschriften erfindet und pausenlos kommuniziert. Über Blogs, Twitter und Facebook.

Vor Kurzem hat er angekündigt, Gruppenbilder aller Dezernate ins Internet zu stellen. Brangas Foto prangt natürlich schon auf der Startseite. Bräune aus dem Solarium und Arroganz in den Genen.

Zu Brangas Leidwesen fehlt das Morddezernat in seinem Album. Bisher konnte sich Emmenegger drücken. Aber nicht mehr lange, dann wird er jedes Mal beim Besuch der Poliziadi-Stato-Webseite den fotografischen Beweis dafür sehen, dass Eva und er nicht zusammenpassen. Sein zweiundfünfzigjähriges Gesicht neben dem Evas, frisch vom Shooting für eine Modezeitschrift.

Unter Brangas Konterfei: ein aktuelles Interview. Dort kann man lesen, dass der Polizeichef Meran zur verbrechensfreien Zone erklärt. Seit Langem habe es in der Stadt keinen Mord mehr gegeben.

Emmenegger fragt sich, ob er das Interview jetzt runternehmen wird. Er geht ins Schlafzimmer und streift sich ein frisches Hemd über.

Die tote Granelli kriegt Branga nicht vom Tisch, da kann er twittern, so viel er will.

Die Vorstellung bereitet Emmenegger eine stille Freude.

***

Paul schleicht ins Schlafzimmer.

Der Junge ist blass, um seine Augen wabert ein violetter Schimmer.

Emmenegger legt ihm die Hand auf die Schulter.

»Komm, setz dich einen Moment.«

Widerstrebend lässt sich der Junge aufs Bett sinken.

»Was ist eigentlich mit dir los?«

»Was soll sein?«

»Paul.« Emmenegger setzt eine Art väterlichen Gesichtsausdruck auf. »Hast du die Frau gekannt, die dich angezeigt hat? Jetzt wäre der Moment, es mir zu sagen. Später ist vielleicht –«

»Nein!«

Paul springt vom Bett auf, seine Wangen glühen.

»Setz dich hin. Früher oder später wird dieser dumme Zufall jemandem auffallen, und dann wird dich die Polizei genau dasselbe fragen. Also?«

Auf einmal ist Pauls Körper eine einzige nervöse Zuckung.

»Ich dachte, wir sind Freunde?«

Wieder Schweigen. Das Bett knarzt. Emmenegger sitzt stumm daneben. Entweder der Junge redet jetzt, oder es wird anders zwischen ihnen.

»Ich fahr Taxi. Sechs Tage die Woche. Jetzt weißt du's.«

Emmenegger ist sprachlos. »Du fährst Taxi? Aber ... Paul, du brauchst doch nicht zu arbeiten. Dein Begabtenstipendium kommt für deinen Unterhalt auf! Du sollst dich auf deine Schauspielausbildung konzentrieren. Soweit ich weiß, hast du jeden Tag Vorlesungen, Tutorien oder wie sich das nennt ...«

»Hat sich erledigt.«

»Was?«

»Der Direx hat mich rausgeschmissen. Vor zwei Wochen.«

**

Emmenegger fährt mit der Hand über den Mund. Der Direktor der Schule persönlich hat sich für Pauls Förderung eingesetzt. Der Junge ist der verrückte Vorzeigestudent der Schauspielschule Meran. Einer, der auf Anhieb die schwierigsten Rollen spielen kann und dem die Texte zufliegen. Ein junger Dustin Hoffman.

»Um Gottes willen. Was hast du angestellt?«

»Gar nichts. Das isses ja.« Paul zuckt mit den Achseln. »Ich bin nicht mehr zum Unterricht aufgekreuzt. Hab zwei Prüfungen geschmissen.«

»Aber ...« Emmenegger versteht die Welt nicht mehr. »Die Schauspielerei ist doch dein Leben. Das war es doch, was du immer wolltest.«

»Jetzt nicht mehr.«

Emmenegger beginnt, auf und ab zu marschieren.

»Seit wann geht das schon so?«

Wieder dieses Achselzucken, das ein »Mir doch egal« signalisieren soll. Aber dazu fallen Pauls Schultern viel zu sehr herab. Kilometerweit, vom Himmel seiner Träume in ein tiefes Loch, und der Aufprall tut schrecklich weh.

»Seit Weihnachten. Ungefähr.«

Emmenegger will den Jungen so lange rütteln, bis die Erklärung für diesen Irrsinn hochpoppt wie ein verschluckter Tennisball.

»Hat der Direx nicht versucht, mit dir zu reden?«

»Der Alte hat mich vorgeladen, mindestens fünf Mal. Bin aber nicht hingegangen. War mir zu blöd. Wegen …«

»Spuck es aus.«

»Im Dezember …«

Der Adamsapfel des Jungen hüpft auf und ab. Er linst zu Emmenegger hoch.

Es ist zum Verrücktwerden. Unmöglich zu erraten, was hinter diesen schwarzen Stirnfransen vor sich geht.

Kommt jetzt eine Lüge?

Eine Träne. Emmenegger soll sie nicht sehen; blitzschnell hat sich Paul weggedreht. Der Junge tut so, als nestle er an seiner John-Lennon-Brille, ein Geschenk seines besten Freundes Justus zu Weihnachten. Erst jetzt fällt Emmenegger auf, dass das dünne schwarze Gestell über dem Ohr mit einem schwarzen Klebeband zusammengehalten wird.

»Was ist mit deiner Brille passiert?«

»Interessiert dich jetzt die Scheiß-Brille oder was im Dezember los war?«

Scheiß-Brille? Emmenegger ist die Spielchen leid.

»Der Dezember.«

»Silvester war Premiere am Stadttheater. Der Dorian Gray. Ich sollte die Hauptrolle spielen.« Paul schnieft. »Ich bin nicht hin.«

»Was? Du hast die Aufführung platzen lassen?«

Paul nickt mit schwerem Kopf.

»Die mussten die Leute wieder heimschicken?«

»Nee. Die zweite Besetzung hat übernommen. War aber wohl nicht so gut.« Andere Jungs hätten gegrinst. Wenn Paul eins nicht ist, dann schadenfroh. »Ich – ich konnte einfach nicht, verstehst du. Es wäre noch viel mieser geworden. Ich war … komplett … leer. Im Kopf und … da drin.«

Paul zeigt auf sein Herz. Die Theatralik der Bühne hat ihn noch nicht ganz verlassen. Irgendwie beruhigend.

»Was ist mit dir los, Junge?«

Aber Paul schüttelt nur den Kopf. »Bitte zwing mich nicht, alter Mann.«

»Soll der alte Mann mal mit dem Direktor reden? Vielleicht lässt sich noch was retten.«

Paul blickt hoch, Hoffnung leuchtet in seinen Augen auf. Doch nach einem Moment ist sie wieder verschwunden.

»Zwecklos. Wenn ich direkt nach dem Fiasko mit der geschmissenen Vorstellung zu ihm hin wäre, dann vielleicht. Aber dazu hätte ich ... Ging einfach nicht. Und letzte Woche schrieb er mir per E-Mail, ich soll mich nicht mehr blicken lassen, da ich offenbar nicht die Traute hab, ihm ins Gesicht zu sagen, warum mich das alles nicht mehr die Bohne interessiert.«

Emmenegger klopft dem Jungen auf die Schulter. »Bleib erst mal hier. Mir fällt schon was ein.« Er steht auf. »Ich muss los. Fährst du heute Taxi?«

Paul nickt. »Spätschicht.«

»Kannst du vorher mit Hilde eine Runde drehen?«

»Klar!« Schon liegt Paul auf dem Boden und rauft mit der Hündin.

***

Eva springt vom Stuhl, als Emmenegger ins Büro tritt.

»Chef, gut, dass Sie kommen! Der Chef – Sie sollen –«

»Könnten Sie mit dem Bericht anfangen? Ich geh noch zur Sparkasse, den Bankern auf den Zahn fühlen. Hab gerade dort angerufen und mein Erscheinen angekündigt.«

»Aber – wir sollen die Interviews doch immer zu zweit –«

»Machen Sie sich mal keine Sorgen. Ich sondiere bloß das Terrain.«

»Wenn das so ist ...« Eva wirkt nicht sonderlich beruhigt.

Sparkassenplatz. Cassa Popolare Meran
21. März. Siebzehn Uhr fünfundvierzig

Emmenegger kann Drehtüren nicht leiden.

Erst recht keine, die in eine Bank führen.

Die Orgie aus Marmor und Messing soll Zuverlässigkeit und Solidität ausstrahlen. Hier ist dein Geld sicher, wir machen keine Experimente.

In der Schalterhalle sind nur noch wenige Kunden. Die Bank schließt in einer Viertelstunde.

Ein kleiner Mann Anfang fünfzig eilt Emmenegger entgegen. Sein kahler Kopf mit einem schwarz gefärbten Haarkranz sitzt auf einem korpulenten, aber durchtrainierten Körper.

Das breite Lächeln passt nicht zum Anlass. Vermutlich kann der Mann nicht anders, weil es festgetackert ist. Emmenegger ertappt sich bei dem Gedanken: ein Danny DeVito. Pauls Unsitte, jedem ein Etikett umzuhängen, ist ansteckend.

»Ispettore! Wie schön, dass Sie vorbeischauen. Signor Branga hat mir bei unseren Golfrunden schon so viel ...« Danny DeVito ergreift Emmeneggers Hand und schüttelt sie, als wollte er Wasser aus einem trockenen Brunnen pumpen. »Ich bin Anton Pircher, Generaldirektor der Cassa Popolare. Bitte hier entlang.«

Vom Chef persönlich abgeholt. Vermutlich will Pircher vermeiden, dass Emmenegger mit Angestellten über die Granelli redet.

Weiter hinten werden Marmor und Messing durch funktionelles Glasdesign ersetzt. »Die Büros unserer Vermögensberater«, erklärt Pircher im Vorbeigehen. »Also, wenn Sie eines Tages auch privat ... Hand aufs Herz, die Beamtenpension ...«

Und mit einem wissenden Blick in Emmeneggers Gesicht: »Höchste Zeit in Ihrem Alter, mein Guter.« Ein Altersvorsorgeplan rauscht an Emmenegger vorbei. »Nie zu spät … sehr sicher, eine Mischung aus festverzinslichen Wertpapieren und Aktien …«

Worüber Pircher wohl mit Eva gesprochen hätte? Garantiert nicht über ihre Altersrente.

»… flexible Auszahlung – und als Bonus unsere Sterbeversicherung, ein Jahr beitragsfrei!«

Verkaufsgespräche sind bei Typen wie Pircher wohl zwanghaft.

»Nun, ich sehe schon, Ispettore, Sie sind nicht bei der Sache. Ein andermal vielleicht. Äh ja, die Angelegenheit Granelli. Natürlich alles andere als erfreulich.« Pircher lächelt den Tod weg. »Frau Granelli war eine geschäftlich sehr erfolgreiche und menschlich geschätzte Kollegin. Wir werden sie sehr vermissen.«

Superlativen, insbesondere in Bezug auf Verstorbene, misstraut Emmenegger prinzipiell.

***

Pirchers Büro liegt im obersten Stock. Ein großes Eckzimmer mit Stilmöbeln und Teppichen, die bestimmt nicht aus dem Fundus der Sparkasse stammen.

Das Zimmer blickt auf die Freiheitsstraße und den Thermenplatz am gegenüberliegenden Ufer der Passer hinaus.

Inzwischen hat ein weiterer Mann auf leisen Sohlen den Raum betreten.

»Darf ich vorstellen. Mein Assistent. Herr Oberhinter. Er wird Sie durchs Haus begleiten.«

Aha, ein Aufpasser.

Oberhinter macht einen angedeuteten Bückling in Richtung Emmenegger.

»Allerdings …«, Kummerfalten erscheinen auf Pirchers

Stirn, »sind die meisten Mitarbeiter um diese Zeit schon gegangen.« Die Falten sind so falsch wie Pirchers Auftreten.

»Kein Problem.« Jetzt lächelt Emmenegger. »Mein Besuch heute ist bloß der erste. Nun würde ich gern von Ihnen wissen, was für ein Mensch Frau Granelli war.«

Die Kummerfalten werden tiefer. »Oh, ich fürchte, da kann ich Ihnen kaum weiterhelfen, Ispettore. Unser Verhältnis war rein beruflich.«

»Ach so? Sie wussten nicht, dass sie von ihrem Mann getrennt gelebt hat?«

»Schon«, gibt Pircher zu. »Der war wohl nicht ganz ihre Kragenweite. Ein Parfümverkäufer.«

Und was, bitte schön, verkaufst du?

Laut sagt Emmenegger: »Was war die Aufgabe von Lisa Granelli in Ihrer Bank?«

Das ist sicheres Terrain für Pircher. »Nun, sie hat unserem fünfköpfigen Direktorat angehört. Ihr Verantwortungsbereich war das gesamte Kreditgeschäft der Bank, sowohl mit Firmen- als auch mit Privatkunden.«

»Was bedeutet das? Hat sie jeden Kreditantrag abgezeichnet?«

Der Assistent verdreht die Augen. »Natürlich nicht«, sagt Pircher milde. »Über ihren Tisch gingen die Kredite über fünfzigtausend Euro und mehr. Die Anträge und – nun – die Bedienung der Kredite während der Laufzeit.«

»War sie gut?«

»Bitte?«

»Hat sie ihren Job gut erledigt?«

Pircher nickt. Jetzt, wo es um die Bank geht, ist sein Gesicht ernst. »Oh ja. Sie hat dafür gesorgt, dass die Anforderungen für Kreditvergaben deutlich – nun – ausgebaut wurden.«

»Sie meinen, sie wurden verschärft?«

»Wenn Sie es so ausdrücken wollen. Ohne Frau Granelli hätte die Bank in den letzten Jahren viel Geld verloren.«

Die letzten Jahre waren hart. Wie jeder andere hat Emmenegger mitbekommen, wie den kleinen Läden die Luft ausging. Wie Pizzerien, Bars und Hotels dichtmachten, vor allem die Familienbetriebe.

»Was hat sie getan, wenn jemand nicht mehr zahlen konnte? Oder den Kredit stunden wollte?«

Pirchers Mund schrumpft. Das Thema behagt ihm nicht. »Frau Granelli hat aus Prinzip nicht gestundet. Kredite, die nicht bedient wurden, hat sie fällig gestellt.«

»Aber es haben doch sicher noch Gespräche mit den Betroffenen stattgefunden? Eine Suche nach Möglichkeiten, das Schlimmste zu verhindern?«

Pircher gibt keine Antwort. Stattdessen schaut er auf seine gefalteten Hände.

»Die Frau hat die Leute in die Pleite geschickt, einfach so? Die Sparkasse, die Bank für jede Lebenslage! Damit werben Sie doch?«

Oberhinter blickt gelangweilt aus dem Fenster und zupft an einem Fingernagel. »Sie dürfen nicht alles so wörtlich nehmen, Ispettore. Außerdem trifft es doch zu. Von der Firmengründung bis zur Insolvenz.«

Emmenegger fehlen die Worte.

»Ich sehe schon, Sie sind ein Romantiker«, sagt Pircher lächelnd. »Wie schön. Wir können uns diese Haltung leider nicht leisten. Sonst wäre unser Haus nicht so erfolgreich.« Pircher betupft sich mit einem Taschentuch die Stirn. »Frau Granelli hat die Auffassung vertreten, dass eine Stundung nichts an der wirtschaftlichen Situation der Betroffenen ändert, und sie hatte recht. Wenn ihnen das Wasser bis zum Hals steht, versprechen einem die Leute alles.«

Seufzen. Die Welt ist schlecht.

»Im Himmel ist dann Jahrmarkt. Aber das Unvermeidliche wird nur hinausgezögert. Lieber ein Ende mit Schrecken … Nun ja.«

Emmenegger stemmt sich aus dem Sessel. »Ich würde jetzt gern das Büro der Toten sehen. Und ...«, zu Oberhinter gewandt, »... bringen Sie mir bitte sämtliche Akten und Unterlagen, die Frau Granelli in den letzten zwei Jahren bearbeitet hat. Sie sind Beweisstücke einer laufenden Ermittlung und beschlagnahmt.«

Das Lächeln ist noch da, aber es hängt in der Mitte durch wie eine ausgeleierte Gummilitze. »Nun, wir werden sehen ...«

Mit einem huldvollen Nicken und einer Handbewegung zu Oberhinter ist Emmenegger entlassen.

::*:

»Sie werden die Akten nicht bekommen, Ispettore«, raunt Oberhinter, als sie draußen sind. »Bankgeheimnis. Datenschutz. Ich wette, mein Chef telefoniert gerade mit Ihrem Chef.«

Emmenegger könnte sich ohrfeigen. Branga wird ihm Eigenmächtigkeit vorwerfen.

Er hätte Eva mitnehmen sollen. Sie hätte es geschickter angefangen.

Emmeneggers Füße versinken in dem seidenweichen Flor des Teppichs, mit dem die Direktionsetage ausgelegt ist. Es ist still wie in einer Gruft. Nicht einmal das Klappern einer Tastatur ist zu vernehmen. Emmenegger blickt auf die Uhr. Kurz vor sechs.

»Ist die Direktion schon im Feierabend?«

Oberhinter schaut Emmenegger an, als würden ihm Haare aus den Ohren wachsen. »Aber Ispettore. Diese Büros werden kaum noch benutzt. Jedenfalls nicht von den jüngeren Vorständen. Die haben die komplette IT-Ausstattung in ihren Privatvillen. Die Segnungen des Homeoffice. Videokonferenzen. Kundenpräsentationen per Computer. Akten in der Cloud. Nur der GD, der hängt noch an dem alten Mief.«

»GD?«

»Der Generaldirektor. Anton Pircher.« Oberhinter zieht eine Grimasse und murmelt etwas, das verstärkt nach »Sesselfurzer« klingt.

***

Lisa Granellis Büro liegt am anderen Ende des Flurs, einen Fußmarsch von Anton Pirchers englischem Herrenclub entfernt. Es ist dämmrig hier. Die Wandleuchte neben der Tür funktioniert nicht. Emmenegger denkt an die hochtrabende Aufschrift neben der Wohnung der Granelli.

»Offenbar hat auch Frau Granelli die meiste Zeit im Homeoffice gearbeitet.«

»Nee. Jeden Tag pünktlich um neun Uhr kreuzte die hier auf.«

Oberhinter zieht einen Schlüsselbund aus der Tasche und sperrt auf.

Lisa Granelli hat versucht, Pirchers Stil zu kopieren. Die Voraussetzungen sind allerdings kläglich. Der Raum geht auf Treppenaufgänge und einen wenig einladenden Innenhof hinaus.

Die Luft ist klamm und abgestanden. Granellis Möbel sehen aus, als stammten sie aus einem Lager. Ein Sammelsurium abgelegter Stücke von Bankoberhäuptern, die in Ruhestand gegangen oder in Ungnade gefallen sind. An den Wänden billig gerahmte Fondsbroschüren der Bank statt Pirchers liebevoll gearbeiteter Jagdszenen.

Emmenegger dreht sich nach Oberhinter um. »So sieht also das Büro einer geschätzten Kollegin aus.«

Oberhinter zuckt die Schultern. Emmenegger wartet, und siehe da, die Versuchung, ein bisschen zu klatschen, obsiegt.

»Sie wollten sie loswerden«, sagt der Assistent mit einem boshaften Funkeln in den Augen. »Der GD hat gehofft, dass sie von selbst geht, aber da hätte er lange warten können. Die hätte sich noch ewig an ihrem Posten festgeklammert.«

»Ich dachte, sie war so wertvoll für die Bank?«

Oberhinter lässt sich auf Granellis Schreibtischstuhl fallen und dreht sich mit den Füßen im Kreis. Es ist ein alter Klaviersessel, dessen Leder nach Generationen von Schülerhintern rissig geworden ist.

»Keiner wollte was mit der Giftspritze zu tun haben. Geld verdienen mit Stil, so läuft das hier. Aber die Frau war ein boshaftes, ordinäres altes Weib.«

Der Sessel ächzt. Oberhinters Gesicht fliegt vorbei.

Emmenegger denkt: Lisa Granelli, das ungeschminkte Gesicht der Cassa Popolare. Etwas wie Mitleid regt sich in seinem Inneren.

»… Belastung für die Bank … Gruger … ein Top-Mann … Investmentbanking …«

Der Stuhl kommt zum Stillstand.

»Mit Investmentbanking verdienen wir das meiste Geld«, sagt Oberhinter. »Der GD hat Gruger einen saftigen Zusatzbonus in Aussicht gestellt, wenn er bleibt. Keine Chance. Der Mann hatte Angst um seinen Ruf. Das haben wir der Granelli zu verdanken.«

Das fromme Postulat, dass man über Tote nicht schlecht reden soll, ist Oberhinter offenbar unbekannt.

Keine Einwände. Endlich sagt mal einer die Wahrheit.

»Deshalb also dieses … Büro.«

Oberhinter grinst. »Der GD hatte keine Lust, sich den Tag von der Schreckschraube versauen zu lassen.«

»Ich frage mich allerdings, wozu. Warum hat er ihr nicht gekündigt?«

Oberhinter ordnet seinen etwas aus den Fugen geratenen Haarschopf. »Das habe ich den GD auch gefragt. Angeblich hatte die Granelli irgendeinen Vertragszusatz, der die Kündigung zu teuer gemacht hätte.« Er spitzt die Lippen. »Allerdings wusste keiner in der Personalabteilung etwas davon. Muss sich um eine Spezialvereinbarung zwischen Granelli und dem GD handeln. Hat sich ja jetzt erledigt.«

Merkt Oberhinter eigentlich, dass er im Begriff ist, seinen Generaldirektor zum Hauptverdächtigen zu küren?

***

Oberhinters Mobiltelefon summt, und prompt verflüchtigt sich der verschlagene Gesichtsausdruck. Jetzt ist er wieder der beflissene Direktionsassistent. »Selbstverständlich, Herr Pircher. Wird sofort erledigt.«

Und zu Emmenegger: »Es geschehen noch Zeichen und Wunder. Oder mein Boss hat den Ihren ein paarmal zu oft beim Golf geschlagen. Sie bekommen die Kreditakten, jedenfalls die neuen.«

Emmenegger will protestieren, doch Oberhinter unterbricht ihn. »Ich fürchte, die Kröte müssen Sie schlucken, Ispettore. Ist mit dem Polizeichef so abgestimmt. Die aktuellen Akten – oder gar keine.«

Er wartet Emmeneggers Reaktion nicht ab. »Wir müssen uns beeilen. Die Dokumentation schließt gleich.«

Ein altersschwacher Paternoster bringt die zwei Männer in den Keller, in die Eingeweide der Bank. Einen dunklen Gang entlang, und sie stehen vor einem großen, kellerähnlichen Gewölbe. Der Eingang ist mit einem Rollgitter verschlossen.

Oberhinter zieht die Stirn in Falten und seine Armbanduhr zurate. »Erst Viertel nach sechs. Die Dokumentation ist normalerweise bis halb sieben geöffnet, sogar am Wochenende. Das verstehe ich nicht.«

Emmenegger schon. Anton Pircher hat die Angestellten ein wenig früher in den Feierabend geschickt.

»Das tut mir leid, Ispettore. Heute ist nichts mehr zu machen.«

Wahrscheinlich hat bereits jemand den Auftrag, die betreffenden Akten verschwinden zu lassen. Emmenegger knirscht mit den Zähnen, aber er gibt sich nicht geschlagen.

»Wir werden sehen.« Er ruft Pitti an. »Kollege, ich bräuchte

Amtshilfe. Könntest du jemanden mit einem Polizeisiegel und Absperrband vorbeischicken?«

Als Pitti hört, worum es geht, schnalzt er vor Begeisterung. »In einer Viertelstunde ist mein Mann vor Ort.«

Oberhinters Gesicht ist eine einzige Gewitterfront. Das beeindruckt Emmenegger wenig. Wenn Branga will, ist er ein guter Blitzableiter. Und anscheinend will er.

»Wir warten«, sagt er. »Morgen früh um neun bin ich wieder hier und hole die Akten. Sollte ich das Siegel erbrochen vorfinden, dann gibt es mächtig Ärger. Das können Sie Herrn Pircher gern ausrichten.«

Kornplatz. Mordkommission der Polizia di Stato
21. März. Neunzehn Uhr

Der Bereitschaftsraum ist leer. Emmenegger checkt sein Handy. Eine WhatsApp von Eva.

»Ihr PC war noch an. Hab den Bericht von da aus hochgeladen. Hoffentlich okay?« Zwei Smileys mit breitem Grinsen. Und ein Winke-winke-Figürchen.

Emmenegger lächelt. Er öffnet sein Mailprogramm, und siehe da, eine Nachricht von Branga.

»Danke für den überraschend guten und ausführlichen Bericht. Man erlebt immer wieder Zeichen und Wunder. Vor allem, wie Sie es fertiggebracht haben, an zwei Orten gleichzeitig zu sein. Sehr effizient und zeitsparend. Verraten Sie mir den Trick bei Gelegenheit.«

Der Polizeichef und Ironie? Das ist was Neues. Normalerweise geht der Kerl zum Lachen in den Keller.

Emmeneggers Finger schweben über den Tasten, um eine Antwort zu formulieren. Aber ihm fällt nichts Geistreiches ein.

∗∗∗

Es klopft an der Tür, und ein Mann namens Brunthaler streckt den Kopf um die Ecke. Emmenegger hatte vor ein paar Jahren das zweifelhafte Vergnügen, mit Brunthaler zusammenzuarbeiten. Der Mann ist ein selbstverliebter und zartbesaiteter Schwachkopf, dem man jede Selbstverständlichkeit dreimal sagen muss. Emmenegger erinnert sich mit Schaudern an Brunthalers Gewohnheit, sich am Tatort zu übergeben, was zu einer Dauerfehde mit Kohlgruber geführt hat.

Nach einem kurzen Intermezzo im elterlichen Betrieb ist der Unglücksrabe beim Raubdezernat gelandet.

Brunthaler zeigt auf Evas Bürostuhl, auf dem er früher gesessen und so getan hat, als würde er arbeiten.

»Ist sie weg?«

»Was würdest du daraus schließen, dass sie nicht hier ist?«

»Hä?«

»Was willst du?«

Brunthaler zieht eine Schnute. »Ich will bloß den Wetteinsatz kassieren. Du brauchst mich nicht so anzufahren.«

Ach so. Die Wetten zu Kohlgrubers neuester Mordtheorie.

Brunthaler lacht. Es hört sich an wie eine kaputte Toilettenspülung. »So hoch gegen Kohli standen die Wetten noch nie. Ein Hund soll's gewesen sein.«

»Mal was anderes.«

Normalerweise sind Kohlgrubers Täter menschlich und italienischer Abstammung.

»… behauptet, dass noch ein anderer Köter auf dem Hundeplatz gewesen ist. Ein großer, eine Dogge oder ein Dobermann. So was. Der ist dem Hund von der Granelli an die Kehle gegangen. Die Granelli hat versucht, den ihren zu retten, und ist von dem Riesenvieh angesprungen worden. Worauf sie nach hinten und auf den Stein gefallen ist. Rums, bums, aus.« Brunthaler schüttelt sich vor Lachen. »Jeder weiß doch, dass Kohlgruber Hunde nicht ausstehen kann. Diesmal hat er endlich die Chance gewittert, einen einzubuchten. Er hat jeden Hundehaufen auf dem Platz eintüten und beschriften lassen. Seine Leute sind stinksauer.«

»Aha«, macht Emmenegger. »Und wie lautet die Quote?«

»1:85 gegen Kohlgruber.«

Emmenegger zieht seine Geldbörse aus der Tasche. Drinnen herrscht Ebbe. Er hätte bei der Bank Geld abheben sollen. Dann wäre wenigstens etwas Sinnvolles rausgekommen.

»Ich setz hundert Euro auf Kohlgruber. Schreib's auf. Ich zahl später.«

»Was?« Brunthaler ist fassungslos. »Spinnst du?«

»Ich kann setzen, worauf ich will.«

Das Telefon auf Emmeneggers Schreibtisch läutet so schrill, als wollte es ebenfalls protestieren.

***

Arnold Kohlgrubers Stimme klingt, als würde er sich von seiner eigenen Beerdigung melden.

»Ich hab fast nix für dich.«

»Wie man hört, hast du einen ganzen Haufen Hundescheiße.«

»Ihr zerreißt euch das Maul hinter meinem Rücken?«

»Hör auf, den Beleidigten zu spielen. Erwartest du etwa, dass die Leute den Mund halten, wenn du tonnenweise Kacke eintüten lässt?«

Es knackt in der Leitung. »Ich war mir so sicher, ein Hund war's.«

»Hab so was läuten hören.«

»Im Kot findet man meistens Hautzellen. Wir hätten ihn überführen können.«

»Die Theorie war zumindest originell.«

Kohlgruber stöhnt. »Jetzt hat sich rausgestellt, dass nicht bloß auf der Rückfront der Toten Schmutz war. Auch vorn auf ihrer Bluse klebte Dreck, mit derselben chemischen Zusammensetzung.«

»Dann ist der Fall klar. Der Hund wollte eine Maul-zu-Mund-Beatmung machen.«

»Haha. Zwei von meinen Jungs haben die Klamotten der Granelli analysiert. Trotzdem haben die mich weiter Hundescheiße eintüten lassen. Die können was erleben.«

Interessant. Jemand hat die Leiche umgedreht.

»Du hättest vorher mit der Landers reden sollen«, sagt Emmenegger.

»Und wieso hätte ich das machen sollen?«

»Um den Hund frühzeitig zu entlasten. Die Autopsie-Ergebnisse sind seit heute Vormittag da.«

»Was? Unmöglich.«

»Wunder gibt es immer wieder. Die Kopfwunde der Granelli stammt nicht von dem großen Stein am Tatort. Die Wunde ist fast kreisrund. Das kriegt kein Stein hin. Laut der Landers muss die Waffe, die das tödliche Trauma ausgelöst hat, viel kleiner sein. Vielleicht ein Golfschläger. Holz, kein Eisen.«

Undefinierbare Geräusche kommen aus dem Telefon.

»Warte mal. Der Hund ist noch nicht vom Tisch. Er hat mit der Granelli eine Runde Golf gespielt. Sie hat gewonnen, da hat er ihr vor lauter Wut eins mit dem Schläger übergezogen.«

»Mach dich nur …« Der Satz geht in einem Hustenanfall unter.

»Was ist los? Wo steckst du?«

»Zu Hause im Bett, wo denn sonst? Meine Nase läuft. Die Augen brennen. Und erst der Kopf. Mein Kopf …«

Emmenegger grinst. Dem Spusi-Chef ist jedes Mal sterbenselend, wenn sich eine seiner Theorien in Luft auflöst. Nach einem Tag Katzenjammer ist er wieder im Büro, als wäre nichts gewesen.

»Wenn's ein Trost für dich ist: Ich hab hundert Euro auf dich gesetzt. Eine klasse Story muss belohnt werden.«

Kohlgruber legt grußlos auf.

**

Carabiniere Pitti klingt nicht minder verschnupft als Arnold Kohlgruber.

»Lass mich raten. Die Sparkasse hat ein Rudel Anwälte auf mich gehetzt.«

Pitti seufzt. »Es geht um deinen Schützling. Paul Tschugg. Jetzt liegt eine weitere Anzeige gegen ihn vor, und die ist verdammt ernst.«

Emmenegger schließt die Augen.

»Du weißt, dass er Taxi fährt?«

»Wieso?«

»Paul Tschugg hat heut Abend Anton Pircher, den Sparkassen-Chef, entführt.«

»Machst du Witze?«

»Mir ist nicht zum Spaßen.«

Emmenegger schluckt. »Es muss sich um irgendeinen Ulk handeln, den Pircher missverstanden hat.«

»Dann hat der Junge einen sehr eigenartigen Sinn für Humor. Für Pircher, der das Pech hatte, in Tschuggs Taxi zu steigen, war es jedenfalls bitterernst. Tschugg hat ihn nach einer Höllenfahrt durch Meran laufen lassen, aber die zehn Minuten haben dem Mann einen Mordsschrecken eingejagt.« Kurze Pause. »Diesmal kann ich nichts machen. Die Sache liegt nicht in meiner Hand.«

Emmenegger stöhnt auf.

»Dir ist schon klar, dass wir Tschugg in Haft nehmen müssen? Weißt du, wo er sich aufhält?«

»Nein.« Emmenegger hat noch nie einen Kollegen angelogen. Jedenfalls nicht so direkt.

Stille.

»Na gut. Ruf mich sofort an, sobald –«

»Natürlich. Kannst dich drauf verlassen.«

»Bevor ich's vergesse. Schau morgen früh in die Zeitung. Schätze, da steht alles haarklein drin.« Pitti lacht leise. »Die Presse hatte einen Logenplatz. Einer von den Schmierenschreibern vom ›Südtiroler‹ war vor Ort.«

***

Emmenegger vergräbt den Kopf in den Händen.

In seinen Ohren rauscht es. Ihm wird klar, dass er vor lauter Sorge vergessen hat zu fragen, was eigentlich genau passiert ist.

Paul müsste in Behandlung. Aber Psychiatrie? Die überlebt der Junge nicht.

Auf dem Kornplatz flanieren Touristen. Alles sieht wie immer aus. Aber das kann täuschen. Vielleicht wird er bereits beobachtet. Pitti ist nicht dumm.

Er starrt zu seiner Wohnung hinüber. Die Küche ist hell erleuchtet. Paul ist wieder da. Anscheinend weiß er nicht, wo er hinsoll. Emmenegger kann seinen Schatten sehen, wie er auf und ab tigert.

Geh vom Fenster weg, Paul!

Bald werden die Carabinieri vor der Tür stehen. Der Junge wird sich wehren, und das wird es noch schlimmer machen. Emmenegger hat höchstens eine halbe Stunde, vielleicht weniger.

Kurz entschlossen greift er nach seinem Handy.

Als jemand abhebt, ist im Hintergrund eine Kakofonie von Stimmen und Geschirrgeklapper zu vernehmen. »Forsterbräu Meran – jetzt seids doch amal still. Man versteht ja sein eigenes Wort nicht!« Und dann: »Hier Erwin Rudolf. Was gibt's?«

»Ich bin's«, sagt Emmenegger. »Kannst amal vor die Tür gehen?«

Erwin Rudolf, der Pächter des Forsterbräu, heißt bloß für seine Gäste so. Für seine Freunde vom Motorradclub ist er der Dude.

Auch Emmenegger war früher Mitglied im Club der Flying Taifl. (Und ist es immer noch, irgendwie.) Wundersamerweise hat die Freundschaft mit dem Dude und ein paar anderen Bikern Emmeneggers Eintritt in den Polizeidienst überlebt.

Der Dude ist figurbedingt ständig aus der Puste, aber heute Abend klingt er wie nach einem Hundert-Meter-Sprint. »Hab nicht – viel Zeit.« Keuch. »Bei mir tobt – der Bär. Einer meiner Kellner – hat sich den Daumen gebrochen. Der Idiot. Bin seit Stunden – am Rennen.«

»Verfluchter Mist. Ich hab auf deine Hilfe gehofft.«

Der Dude stöhnt. »Kann das nicht ausnahmsweise dein Verein übernehmen?«

»Eher weniger. Mit dem bin ich ein bissel … überkreuz zurzeit.«

Meckerndes Gelächter.

»In dem Fall … Also, was soll ich tun?«

Schließlich ist der Dude einverstanden, allerdings unter einer Bedingung.

»Mach geschwind«, drängt Emmenegger. »Sonst kassieren sie den Jungen doch noch ein.«

»Schon unterwegs. Denk dran, was ich dir gesagt hab. Der linke Zapfhahn, der gelbe, ist defekt. Lass die Finger davon, sonst gibt's eine Riesenschweinerei.«

***

Und so kommt es, dass der Dude bald darauf mit seiner Harley und hundert Sachen Richtung Marling donnert. An seinen Rücken klammert sich eine schmale Gestalt mit fliegenden Haaren und angstverzerrtem Gesicht. Manchmal sorgt das Leben umgehend für ausgleichende Gerechtigkeit.

Zur gleichen Zeit steht Emmenegger in blau-weiß karierter Schürze hinter dem Tresen des Forsterbräu. Die Bestellzettel der Kellner schlagen vor ihm ein wie Granaten.

Emmeneggers rechter Arm fühlt sich an, als wäre er ein Hebel aus Blei. Dabei zapft er erst die sechzigste Maß.

Der Gestank nach Gerste ist so stark, dass ihm die Augen tränen.

Bei dem bloßen Gedanken, ein Bierchen zu zischen, muss er aufstoßen. Kruzifix, womit soll er denn von jetzt an sein Essen runterspülen?

Mit Cola etwa?

Eine drückende tropische Schwüle liegt über den schmalen Gassen der Altstadt.

Eva wirft sich die Kostümjacke über die Schulter und schlendert die Lauben entlang. Immer wieder verscheucht sie eine Mücke, die auf ihren bloßen Oberarmen landet, aber es sind einfach zu viele. Bei dieser Feuchtigkeit geht es den Viechern viel zu gut.

Auf den Feldern und den Weinbergen surren die Regner von morgens bis abends. Am letzten Wochenende hat sich Evas Vater bitterlich über die Hitze beschwert und darüber, dass die Bewässerung seiner Obstbäume Unsummen verschlinge.

Evas Mitleid hält sich in engen Grenzen. Sie liebt ihn, aber er ist und bleibt ein alter Geizkragen. Wenn sie mal Geld haben wird (und als einziges Kind ihrer Eltern ist das so gut wie sicher), wird sie den Großteil gut anlegen und mit dem Rest Spaß haben.

Spaß. Plötzlich ist die unbeschwerte Stimmung verflogen. Was ihr im Moment wenig Freude macht, ist die Zusammenarbeit mit dem Chef. Manchmal verschwindet er, ohne ihr zu sagen, wohin. Führt Befragungen allein durch, ohne ihr zu erklären, warum.

Sie fühlt sich alleingelassen, irgendwie außen vor.

In Emmeneggers Stimme hat sich ein bitterer Unterton eingeschlichen. Auch die plötzliche Wut ist neu, die von Zeit zu Zeit in seinen Augen aufflammt.

Im vergangenen Jahr hat sie eine Zeit lang gehofft, aus ihnen beiden würde etwas werden. Zwischen ihnen war eine Leichtigkeit im Umgang entstanden, die Eva noch nie mit einem Mann erlebt hatte. Kein Flirt-Geplänkel, das liegt Emmenegger nicht, sondern eine Art stilles Einverständnis. Jeder schien die Gedanken des anderen lesen zu können.

Was hatten sie im letzten Sommer gelacht. Über Branga und seine Tweets. Über die Clowns in der Carabinieri-Station Meran-Mitte. Über alles und nichts.

Und dann der Herbst. Der war magisch.

Die Bauern stöhnten, weil es so gut wie nie regnete, aber für alle anderen war jeder Tag ein Geschenk.

Die Sonne in den Strudeln der Passer und auf den Gipfeln der Texelgruppe glänzte golden wie noch nie. Besonders, so schien es ihr, wenn Emmenegger und sie zusammen waren.

An den Montagvormittagen im Café Villa Bux. Das Funkeln in seinen Augen, wenn sie dieselben Schlüsse zog wie er.

Auf dem Weg zu einer Zeugenvernehmung, seine Hände am Lenkrad. Die Ärmel seines weißen Hemdes hochgekrempelt, sodass sie einen winzigen Teil des Totenkopf-Tattoos sehen konnte, dessen Geheimnis außer ihr nur wenige Menschen kennen.

Der Himmel, tagsüber ein flirrendes Blau, wurde zu einem samtigen Violett, wenn sie abends gemeinsam das Büro verließen und den Kornplatz überquerten.

Emmeneggers Wohnung ist nur wenige Meter vom Polizeihaus entfernt. Trotzdem begleitete er sie jedes Mal ein Stück weit hinein ins Musikerviertel, bis zur Bar Domino, wo ihre Straße abzweigt.

Jedes Mal hatte sie gehofft, er würde sie auf ein Glas Wein oder ein Bier ins Domino einladen. Aber die Einladung blieb aus. Eva hätte sich eher die Zunge abgebissen, als den ersten Schritt zu tun.

***

Dann kam der Winter. Und Emmi, wie sie ihn im Stillen nennt, machte eine Veränderung durch. Sie verlief unmerklich, sodass sie sie anfangs nicht wahrhaben wollte. Zuerst hörte er auf, sie abends zu begleiten. Dann zog er sich immer mehr von ihr zurück.

Schließlich glaubte Eva, sie habe sich den Sommer und den Herbst nur eingebildet. Sie tröstete sich damit, dass es so besser sei.

Ihr Vater hätte getobt. Polizisten sind für ihn arme Schlucker. Und dann ist da der Altersunterschied von über fünfzehn Jahren.

Aber heute Mittag hatte er ihr auf der Parkbank an der Passer auf eine Art in die Augen geschaut, dass ihr ganz schwindlig wurde.

Seither hat Eva Schwierigkeiten, sich auf den Mordfall zu konzentrieren.

Als Emmenegger zur Sparkasse abmarschierte, ohne sie mitzunehmen, war sie fast erleichtert. Den ganzen Abend starrte sie zur Tür, aber er ließ sich nicht blicken.

Einerseits war sie froh, aber andererseits …

***

Auf der anderen Seite der Lauben dröhnt Robbie Williams aus den Boxen vom Bistro Sieben, einer Yuppie-Bar, die Emmenegger nicht leiden kann. Ergo würde er bestimmt nicht da drin sein.

Draußen vor dem Lokal sind alle Tische besetzt, aber drinnen am Fenster werden gerade zwei Barhocker frei.

»Einen Aperol Spritz, die Dame? Oder ein Glas Schampus zum Feierabend?«

»Ein Glas trockenen Weißwein bitte. Den Hauswein.« Der Kellner rümpft die Nase und rauscht von dannen.

Eva lässt ihren Blick über die Leute schweifen, die den Tresen umlagern und sich um die Stehtische drängen. Neben ihr knutscht ein Pärchen. Er, sichtlich angetrunken, hat seine Hand unter ihre Bluse geschoben.

Eva schaut fasziniert zu und fragt sich, wie lang die Ohrfeige auf sich warten lässt. Aber dem Mädel scheint es nichts auszumachen, in aller Öffentlichkeit betatscht zu werden. Als der Typ nach ihrem Namen fragt, antwortet sie »Gerda« – wie ein braves Schulmädchen – und kichert, als er in ihr Ohrläppchen beißt.

Den Namen hat dieser Kerl morgen wieder vergessen.

Die Gefahr besteht bei Emmi nicht. Wenn sie sich auf ihn einlässt, ist es ernst. Das hieße, sich an einen Mann zu binden, der über fünfzehn Jahre älter ist.

Wahrscheinlich will er mit zweiundfünfzig keine Kinder mehr. Eva weiß nicht mal, ob er schon welche hat. Wenn er früh geheiratet hat, wäre der Nachwuchs nur ein paar Jahre jünger als sie. Gruselige Vorstellung.

Will sie eigentlich selbst Kinder? Nicht zum ersten Mal versucht Eva, ihr Inneres zu befragen, aber dort herrscht wieder mal verstocktes Schweigen.

Das größte Problem überhaupt: Emmis Frau. Dass sie Martha hieß und vor ein paar Jahren gestorben ist, ist alles, was Eva weiß.

Manchmal, auch im letzten Herbst, waren seine Augen dunkel. Da gab es Momente, in denen er woanders war. Ihre Intuition sagt ihr, dass er tief in seinem Inneren noch Gefühle für sie hegt.

Normalerweise könnte man einen Probelauf starten, aber nicht mit Emmenegger. Außerdem ist er ihr Chef. Wenn sie etwas miteinander anfangen, hat das berufliche Auswirkungen. Da gibt es kein Zurück.

Zum hundertsten Mal fragt sich Eva, wie Emmi mit Vornamen heißt. Auf seinem Polizeiausweis steht bloß »A. Emmenegger«.

A wie Armin? Oder Anselm? Alexander?

Alexander. Langsam lässt sie den Namen über die Zunge rollen. Alexander wäre schön.

Sie muss endlich seinen Pass zu fassen kriegen.

Oder einen Blick in seine Personalakte werfen. Aber in der Personaldienststelle gibt es niemanden, den sie gut genug kennt, um diese ungeheuerliche, geradezu obszöne Bitte zu äußern.

Ihm das Du anbieten? Er ist nicht nur älter, sondern auch der Ranghöhere. Außerdem – nein, unmöglich.

Schluss. Sie ist hier, um einen klaren Kopf zu kriegen.

Aus ihrer Geldbörse zieht sie einen Zeitungsausschnitt, einen Zettel und einen Stift heraus.

Das Zeitungsfoto zeigt Emmenegger am Ende seines letzten Falls mit Commissario Pavarotti, wie er auf dem Motorrad sitzt, in einer Gruppe mit anderen Bikern. An seinen (dienstlich gesehen) zu langen Haaren zerrt der Wind.

Eva streicht über sein Profil. Dann schiebt sie das Foto zur Seite und unterteilt ihren Zettel senkrecht mit einem dicken Strich. In die erste Zeile kritzelt sie: »Emmi – Beziehung eingehen«. Und darunter: »Vorteile – Nachteile«.

Er kann zuhören. Er nimmt ihre Meinung ernst.

Es ist ihm wichtig, was sie zu sagen hat, das merkt man.

Emmi ist geradlinig. Verlässlich. Er ist der Typ Mann, der einer Frau treu ist.

Wieder schielt sie auf das Foto. Schneidig ist er auch, das lässt sich nicht leugnen.

Seine nussbraunen Augen sind eine Wucht.

Er hat schöne Hände.

Einen wirren Haarschopf, braun mit grauen Strähnen. In den reinzugreifen Eva oft in Versuchung gerät. Eva findet nicht, dass die Haare zu lang sind.

Und dann ist da sein ausgesprochen knackiges Hinterteil. Das noch besser zur Geltung kommen würde, wenn er eine Jeans statt dieser altbackenen dunklen Anzüge tragen würde.

Von hinten sieht der Mann sowieso keinen Tag älter als vierzig aus. Das sind nicht mal fünf Jahre mehr, als sie auf dem

Buckel hat. Sie sind praktisch gleichaltrig – wenigstens von hinten.

Eva kichert. Vielleicht sollte sie Emmi ihrem Vater von hinten präsentieren.

***

Jetzt die Nachteile. Dieser Teil der Liste ist genauso lang.

Emmeneggers Gesicht verrät sein wahres Alter. Tiefe Kerben in den Wangen. Krähenfüße.

Meine Güte, diese Vorderzähne. Einer seiner Ahnen muss ein Pferd gewesen sein. Dieser Punkt ist so peinlich, dass der Stift streikt, aber sie notiert tapfer: »Zähne«.

Und dann.

Emmenegger kann aufbrausend sein, manchmal sogar jähzornig, wenn er zu etwas gezwungen wird, das seine Prinzipien verletzt.

Manchmal verfällt er ins Brüten. Es kann vorkommen, dass er stundenlang schweigt.

Eva macht sich nichts vor. Emmenegger ist ein Einzelgänger. Er trägt seine Vergangenheit allein. Über sein Leben, bevor er Polizist wurde, spricht er nicht gern.

Auch in Zukunft wird er die Dinge mit sich selbst ausmachen. So was kann niemand ändern.

Manchmal ist er streng. Einfach mal fünfe grade sein lassen, über einen Fehler hinweggehen – das wäre doch menschlich.

Er schnitzt sich seine eigenen Regeln, die sich nicht immer mit denen decken, die in seinem Job gelten. Wenn es um seine Prinzipien geht, muss Emmenegger mit dem Kopf durch die Wand.

Er kommt ihr vor wie ein Sheriff aus einem alten Western. Statt von dannen zu reiten, stellt er sich der Bande entgegen, ganz allein, um zwölf Uhr mittags auf einer staubigen Straße.

Wie würde er sie behandeln, wenn sie etwas tut, was ihm nicht gefällt?

Männern kann Emmenegger verzeihen, das hat sie schon erlebt. Aber einer Frau? Das ist was anderes.

Eva will Spaß in ihrem Leben. Eine Liebe braucht Verantwortung. All das ernsthafte, wichtige Zeug. Aber das Lachen, das Vergnügen aneinander ist der Klebstoff, der zwei Menschen zusammenhält.

Wieder denkt Eva an Martha. Die große Unbekannte.

Emmenegger, der Bergfex, hat garantiert eine Tour nach der anderen mit ihr gemacht. Wogegen Eva am liebsten im Tal bleibt. Ob Emmenegger wohl ahnt, dass sie noch nie eine richtige Bergtour gemacht hat? All die berühmten Wanderwege und Steige oberhalb Merans kennt sie nur vom Hörensagen.

Zum Beispiel den Meraner Höhenweg, von dem alle so schwärmen. Sollen sie doch. Und die Mutspitze, der Meraner Hausberg, ist auch von unten ganz prima zu sehen.

Der Vellauer Felsenweg. Beim bloßen Gedanken an den schmalen, in den Fels gehauenen Pfad, der über einen schwindelerregenden Abgrund führt, schaudert Eva. Sie war ein einziges Mal da oben, bei einem Schulausflug. Ihr wurde schlecht vor Angst, und alle lachten sie aus.

Worin besteht der Spaß, sich stundenlang, einen schweren Rucksack auf dem Rücken, auf einen Berg hinaufzuquälen, um in Schweiß gebadet und mit pochenden Oberschenkeln oben anzukommen?

Emmenegger lässt keine Gelegenheit aus, sich über Flachlandtiroler mit brandneuen Bergstiefeln zu mokieren.

Evas Verständnis haben sie. Schließlich will man sich in den Ferien erholen. Auf ein bisschen alpines Ambiente braucht keiner zu verzichten. Es gibt genügend Sportgeschäfte. Warum sollen sich die Touristen nicht das harmlose Vergnügen erlauben, ein Selfie in Bergmontur zu machen?

***

»So ganz allein, Püppi?«

Eva fährt zusammen. Vor ihr steht ein Typ um die vierzig, ein stark geschminktes Blondchen am Arm.

Charlie. Der hat ihr gerade noch gefehlt. Eva hat den Mann bei einer Mordermittlung kennengelernt. Damals gehörte er noch zu Emmeneggers altem Motorradclub, allerdings nie zum inneren Kreis. Emmi kann ihn nicht leiden, was auf Gegenseitigkeit beruht.

Dummerweise hat Charlie ihre Dienstnummer bei der Polizei herausgekriegt, und alle paar Wochen ruft er an und will mit ihr ausgehen.

»Hallo, Charlie. Irrtum, ich bin nicht allein. Ich hab mich als Gesellschaft.«

Er runzelt die Stirn. Dass eine Frau mit sich und der Welt im Reinen sein kann, auch wenn Charlie sie nicht mit seiner Anwesenheit beehrt, das ist zu hoch für ihn.

Eva hat ihn bisher freundlich abblitzen lassen. Wenn er nicht bald aufhört, ihr nachzusteigen, wird sie deutlicher werden.

»Wie du siehst, geht's mir blendend.« Besitzergreifend legt er den Arm um die Taille der Frau. »Übrigens danke der Nachfrage.«

Offenbar will er ironisch sein, aber es klingt bloß großspurig mit einem kläglichen, fast verzweifelten Unterton.

»Es freut mich, dass es dir gut geht«, sagt Eva betont freundlich.

Derweil hat Charlie seinen Arm von dem blonden Gift gelöst und ist näher gerückt. Er beäugt das Papier, das vor Eva auf dem Tisch liegt. »Was schreibst du da? Machst Hausaufgaben? Lass mich raten. Die tote Banktussi. Jetzt sollst du dir das Hirn zermartern, wer's war, weil der Emmenegger nicht genügend davon im Kopf hat. Und dann kassiert er die Lorbeeren. Lass mal sehen.«

»Finger weg. Das geht dich …« Bevor Eva die Liste in Sicherheit bringen kann, hat Charlie sie sich geschnappt.

»He! Gib das her!« Wild greift Eva nach dem Blatt, doch

Charlie, der zwanzig Zentimeter größer ist, hält es in die Luft, da kann sie noch so sehr hüpfen und angeln.

»Schau, schau. Wer hätte das gedacht? Die Schöne und das Biest.« Charlies Gesicht läuft vor lauter Lachen puterrot an. »Püppi, was willst mit diesem Arsch mit Ohren? Emmenegger muss verborgene Talente haben. Bin gespannt, ob die auch hier drinstehen.« Schmieriges Grinsen. »Mal sehen, vielleicht zeig ich ihm den Wisch.«

Evas Gesicht brennt. »Wenn du das machst, dann … dann …«

»Dann was?« Charlie dreht sich zu der Blonden um. »Mausi, bist meine Zeugin. Die Kriminalpolizistin da hat gedroht, mir was anzutun.«

Genüsslich faltet er die Liste zu einem kleinen Viereck und steckt sie in die Jackentasche.

»Wenn du nett bist zum Onkel Charlie, gibt er dir den Zettel vielleicht zurück. Dafür musst du aber schon sehr lieb sein. Komm, Mausi. Der Charlie muss heim und einen Liebesbrief lesen.«

Und draußen sind sie. Eva ballt die Fäuste, bis die Fingerknöchel weiß sind. Am liebsten hätte sie laut geschrien.

Tag 2 – Unter Verdacht

Kornplatz. Emmeneggers Wohnung
22. März. Acht Uhr morgens

Emmenegger wacht mit einem Brummschädel auf, als hätte er die Biere nicht gezapft, sondern selbst getrunken.

Er schleppt sich zum Briefkasten. Und da steckt sie drin, die papierne Granate.

Schon auf der Treppe nach oben schlägt er den »Südtiroler« auf.

Die SVP und die Süd-Tiroler Freiheit beharken sich. Keine Entwarnung an der Jobfront. Ein Brand in der Mülldeponie in Algund.

Emmenegger blättert noch einmal durch die Seiten, und diesmal lässt er sich Zeit.

Da steht nichts über Pirchers Entführung.

Emmenegger atmet auf.

Pirchers Anwälte müssen den Artikel gestoppt haben. Wahrscheinlich hatte der Sparkassenchef keine Lust, sich zum Gespött von ganz Meran zu machen.

Mittlerweile ist es acht. Am liebsten würde er sich wieder hinhauen, wie jeder Mensch, der nur ein paar Stunden Schlaf bekommen hat.

***

Die Nacht war erst richtig lustig geworden, nachdem sich Emmenegger um zwei Uhr morgens vom Forsterbräu nach Hause geschleppt hatte.

Pitti und ein Milchgesicht in Uniform hatten vor seiner Tür gewartet. Ein inoffizieller Besuch, wie Pitti betonte.

Inoffiziell – um zwei Uhr morgens? Blödsinn.

Ob man sich auch ohne Durchsuchungsbeschluss einmal umsehen dürfe? So als Kollegen.

Emmenegger blieb nichts übrig, als die beiden reinzulassen. Andernfalls hätte er sich verdächtig gemacht.

Glücklicherweise war der Dude so schlau gewesen, Pauls Gläser mit Coca-Cola-Resten wegzuräumen.

Als Pitti und das Milchgesicht sich im Wohnzimmer umsahen, schlich sich Emmenegger davon, um einen Blick ins Gästezimmer zu werfen.

Der Wust von Klamotten, mit denen Paul das Zimmer dekoriert hatte, war weg. Aber auf der Sitzbank unter dem Fenster thronte einer von Pauls schwarzen Hüten.

Schritte näherten sich. Kurzerhand setzte sich Emmenegger auf den Hut.

Pitti stand in der Tür. »Was machst du hier drin?«

Emmenegger stöhnte. »Ich wollte mich bloß einen Moment hinsetzen. Mein verfluchter Ischias zwickt mich. Jetzt komm ich nicht mehr hoch.«

Pitti streckte die Hand aus. »Ich helfe dir auf.«

»Bloß nicht! Das macht es nur noch ärger. Nach ein paar Minuten beruhigt sich der Nerv wieder, wenn man ihn in Frieden lässt. Aber danke für das Angebot.«

»Bist du sicher, es ist der Ischias? Oder doch die Biere, die du heute Abend gestemmt hast?« Pitti schnupperte.

Emmenegger setzte ein verknittertes Gesicht auf. »Zwei, drei waren's vielleicht. Aber mit denen hat der Ischias null Problem. Schon eher mit der Muckibude, in der ich nachher war.«

»Muckibude? Du?«

Emmenegger warf ihm einen Blick zu, der so viel hieß wie: Niemand ist allwissend, Kollege.

»Und da kommst du um zwei Uhr heim? Die Muckibude möchte ich sehen, die so spät noch auf ist.«

»Die meine ist – sozusagen privat.« Emmenegger befand sich auf gefährlichem Terrain und wusste es. »Mitgliedschaft unter Freunden. So was in der Art.«

Pitti warf ihm einen misstrauischen Blick zu. Emmenegger konnte ihm ansehen, dass er kurz davor war, nachprüfbare Angaben zu verlangen. Aber dann drehte er sich um und verließ das Zimmer.

Nachdem die beiden Carabinieri alle Räume samt Wandschränken inspiziert hatten – das Milchgesicht, dessen Namen sich Emmenegger nicht gemerkt hatte, war sogar unters Bett gekrochen –, zogen sie ab. Die Entschuldigung klang geheuchelt. Pitti gab sich keine Mühe, seine Enttäuschung zu verbergen.

**

Emmenegger ist auf dem Weg zur Tür, da klingelt das Telefon.

Eva. »Chef! Es ist nach acht! Wo stecken Sie? Der Boss hat gestern Abend zigmal versucht, Sie zu erreichen!«

Emmenegger konsultiert seine Anrufliste. Acht Anrufe von Branga. Zwei Nachrichten auf der Mailbox.

»Ich war bis morgens um zwei im Forsterbräu. Es war saumäßig laut.«

»Aber … Chef …« Evas Stimme schraubt sich eine halbe Oktave nach oben. Sie kann es nicht leiden, wenn er einen über den Durst trinkt. Genau wie Martha.

Die Erinnerung zaubert ein Lächeln auf Emmeneggers Gesicht. »Ich stand am Zapfhahn. Hab ein bisschen ausgeholfen. Ein Notfall.«

»Ach so.« Eva klingt weicher. »Der Boss hat mich in der Nacht noch mal angerufen. Er wollte wissen, wo Sie stecken. Keine Ahnung, wie er auf die Idee kommt, dass ich darüber Bescheid weiß.« Verschämtes Kichern.

»So ein Quatsch!«

Kurze Stille. Dann sagt Eva kühl: »Es gibt Schwierigkeiten mit der Cassa Popolare. Wir kommen nicht an die Akten der Granelli. Die Anwälte haben eine gerichtliche Verfügung erwirkt und die Herausgabe blockiert. Angeblich haben wir nicht genug in der Hand, um das Bankgeheimnis auszuhebeln. Branga sagt ...«, Papier raschelt, Eva blättert in irgendwelchen Notizen, »... wir müssen nachweisen, dass sich in den Unterlagen konkrete Hinweise auf den Mörder befinden.«

Emmenegger flucht zwischen den Zähnen. »Was soll das denn? Um Hinweise zu finden, brauchen wir die Akten ja. Damit haben die uns kaltgestellt.«

»Die Anwälte ziehen Lisa Granelli in den Schmutz«, sagt Eva. »Obwohl die Frau jahrzehntelang für die Bank gearbeitet hat. Der Boss hat mir Stellen aus dem Schriftsatz vorgelesen. Lisa Granelli wird als Mensch mit schweren psychischen Problemen bezeichnet. Die seien höchstwahrscheinlich für ihren Tod verantwortlich. Die Kunden der Bank hätten damit nichts zu tun.«

»Na klar.«

»Da ist noch eine Sache.« Eva Marthaler zögert. »Wie die anderen Direktoren hatte Lisa Granelli vom Homeoffice aus Zugriff auf den Server.«

»Halleluja. Hoffen wir mal, dass sie das ganze Zeug runtergeladen hat. Dann brauchen wir die Papierakten nicht. Wir nehmen uns ihre Wohnung vor und kassieren den Computer ein.«

»Daraus wird leider nichts, Chef. Die Durchsuchung der Wohnung liegt auch auf Eis. Das wollte Ihnen der Boss die ganze Zeit sagen.«

»Scheiße!«

»Wie gehen wir jetzt weiter vor, Chef?«

»Sie halten den Vormittag über die Stellung. Um eins treffen wir uns in der Villa Bux.«

»Und Sie? Was machen Sie, Chef? Für den Fall, dass der Boss −«

»Sagen Sie ihm, dass ich dringend zum Zahnarzt muss. Über Nacht ist ein Weisheitszahn durchgebrochen. Ein Nachzügler.«

Marling bei Meran. Clubhaus der Flying Taifl
22. März. Gegen neun Uhr morgens

Die kleine Auffahrt, auf der manchmal zwei Dutzend Maschinen parken, beherbergt heute bloß eine Harley und eine BMW. Das Bike von Santiago, dem Clubpräsidenten, fehlt.

Umso besser. Santiago ist Fremden gegenüber misstrauisch, auch wenn sie genauso meschugge sind wie er mit zwanzig.

Die BMW, die vor der Tür steht, ist eine alte, perfekt gepflegte R 80 G/S. Um seine Freundschaft mit dem Besitzer zu besiegeln, kaufte Emmenegger vor vielen Jahren, zu Beginn seiner Clubmitgliedschaft, genau die gleiche. Er muss lächeln, als er an die Zeit zurückdenkt. Der Marke ist er treu geblieben. Heute ist sein ganzer Stolz eine nagelneue R 18. Der Cruiser ist ein Gedicht aus schwarzem Lack und Chrom, wie aus den dreißiger Jahren, aber sein Herz schlägt schnell wie das eines jungen Wilden.

Emmenegger schwingt sich von seiner Maschine und steigt die Stufen hinauf. Seit seinem letzten Besuch vor drei Monaten ist der rosa Anstrich weiter abgeblättert. Anscheinend hat sich Santiago nicht aufraffen können, ihren Wellnesstempel wieder ein bisschen aufzuhübschen.

Wie immer brummen die Transformatoren des Umspannwerks in der Nachbarschaft so laut, dass man bloß einen Gedanken fassen kann: Musik aufdrehen.

In grauer Vorzeit war das Haus ein Romantikhotel und Spa. Der Investor ging pleite, weil das Hotel nicht lief – kein Wunder bei der Geräuschkulisse. Da kaufte Santiago das Haus für einen Apfel und ein Ei.

Für den Club war die Hotelruine ein Volltreffer. Kein Mensch verirrt sich hierher. Niemand beschwert sich, wenn

Metallica in voller Lautstärke läuft. Die Transformatoren übertönen alles.

∗∗∗

Der Dude kommt aus dem Haus. Im Gehen steckt er seine Geldbörse in die Hosentasche.

»Hi, Emmi. Bin gleich wieder da.«

»Irgendwas passiert?«

»Nee. Es ist bloß … Der Junge braucht doch seine Cola. Kaffee is auch nicht mehr im Haus. Ich kann ihm wohl kaum ein Bier zum Frühstück geben!«

»Dieser Junge ist ein erwachsener Mann. Ein Glas Wasser aus dem Hahn wird ihn nicht umbringen.«

Aber der Dude hat sich bereits auf seine Harley geschwungen und braust davon.

Kopfschüttelnd betritt Emmenegger das Haus.

Der Dude ist keiner, der sich so einfach um den Finger wickeln lässt. Paul ist noch keine zwölf Stunden hier.

Im Haus ist es still, bis auf ein leises Klicken irgendwo im hinteren Teil. Dann ein Poltern, gefolgt von einem Freudenschrei. Und einem lauten »Jau«.

Eine Tür klappt, und schon stehen Paul und Hellboy in der Hotelhalle. Hellboy, der im Club wegen seiner roten Gesichtsfarbe so gerufen wird, hat den Arm um Pauls Schultern gelegt. Noch einer, der diesen Knaben adoptiert hat.

∗∗∗

Hellboy heißt mit bürgerlichem Namen Hellmut Landauer und ist Emmeneggers bester Freund. Ihm gehört die R 80 vor der Tür.

Vor zwanzig Jahren hat Landauer eine Menge Billardturniere gewonnen. Es kam allerdings vor, dass er kurzfristig absagen musste. Hellboys Probleme waren sein Hitzkopf und seine

Bärenkräfte. Er fand, seine Rechte sei prädestiniert, um bösen Jungs eins auf die Zwölf zu geben. Allerdings hatte die Gegenseite meistens die besseren Anwälte. In diesen Fällen landete Hellboy wieder mal für ein paar Wochen im Knast.

Mittlerweile freut er sich riesig, wenn er jemandem beim Billard ein paar Kniffe beibringen kann.

Gerade strahlt Hellboy, als wäre heute Weihnachten und Ostern zusammen. Als er Emmenegger sieht, schiebt sich eine Wolke vor die Sonne.

»Ich müsste tierisch sauer auf dich sein, Mann. Wieso hast du gestern Nacht nicht mich angerufen?«

»Das wollte ich ja, aber du hättest es nicht rechtzeitig geschafft. Es stand Spitz auf Knopf.«

Hellboy wohnt draußen in Algund. Aber das war nicht der einzige Grund.

Der Mann hat genug eigene Probleme. Sein Enkel Robin war chronisch lungenkrank. Ende letzten Jahres ist er an Covid-19 gestorben. Es sieht nicht danach aus, als würde Hellboys Tochter jemals drüber wegkommen.

Hellboy nickt. Für den Moment ist das Thema durch. Aber abgehakt ist es nicht.

✳✳✳

»Spielen wir noch eine Runde, Hellmut?« Paul legt den Rückwärtsgang ein, um sich dem drohenden Verhör zu entziehen. »Du wolltest mir zeigen, wie das mit dem Stoppball geht.«

»Mensch, Emmi. Der Junge ist ein Naturtalent.« Hellboy ist Feuer und Flamme. »Irres Ballgefühl. Wahnsinns-Auge für die Kugeln. Dabei hat er noch nie gespielt.«

Soweit Emmenegger sich erinnert, steht in Justus' Haus in der Verdistraße ein Billardtisch.

Emmenegger hat keine Lust, Hellboy die Freude zu verderben. Mit Robin, einem Nachwuchstalent im Meraner Billardclub PBC, wird er nie mehr spielen können.

»Ihr zwei legt jetzt eine Pause ein.« Zu Paul: »Du hast dich so richtig in die Scheiße geritten, Freundchen. Die Carabinieri suchen nach dir.« Er tritt nahe an Paul heran. »Diesmal hast du die Grenze überschritten. Eine Entführung ist kein Spaß.«

Hellboy steht da, die Hände in den Hosentaschen. Er wirkt unschlüssig, ob er Paul beispringen soll. Aber dann wirft er Emmenegger bloß einen warnenden Blick zu und verschwindet nach hinten.

Emmenegger geht hinüber zur zerschlissenen rosa Couchgarnitur, einem Relikt aus Wellnesszeiten. Den Tisch aus Kirschholz zieren unzählige Abdrücke von Bierflaschen – und ein riesiger eingekerbter Totenschädel mit Tirolerhut. »Setz dich.«

»Ich möcht stehen, wenn's erlaubt ist.«

»Wenn ich sage, du sollst dich hinsetzen, dann pflanzt du dich gefälligst hin. Ich hab letzte Nacht so gut wie nicht geschlafen und bin hundemüde.«

Im Zeitlupentempo schlappt Paul zu einem Sessel und lässt sich hineinfallen.

Emmenegger zieht etwas aus seiner Jackentasche und wirft es zu Paul hinüber. »Hier, dein Hut.«

Paul grinst schief und stülpt ihn über seinen Kopf. »Stell dir bloß vor, wenn's reingeregnet hätte. Mein Kopf hätte glatt einen Kurzen gekriegt.«

»Schon passiert«, sagt Emmenegger.

Plötzlich fängt Paul an zu schniefen.

Emmenegger schaut sich das eine Weile an. »Hör auf damit. Erzähl mir lieber, was passiert ist. Ich weiß sowieso nicht, ob ich dich noch rausboxen kann.«

»Ich hab's wegen dir getan«, jammert Paul.

Emmenegger ist rechtschaffen empört. »Echt jetzt? Was Dümmeres fällt dir nicht ein?«

Wie sich zeigt, entspricht das der Wahrheit. So halbwegs.

***

Um halb sechs hatte Pauls Schicht angefangen. Die Zentrale von Taxi Irmer befand sich an der Ecke Freiheitsstraße/Sparkassenplatz, und als sich Paul hinters Steuer klemmte, sah er, wie Emmenegger die Bank betrat. Er fragte sich gerade, was der Alte um diese Zeit da wollte, da kam der erste Funkruf.

Die Fuhre waren betrunkene Skandinavier, die zu ihrem Hotel in der Verdistraße wollten.

Als Paul sie aus dem Taxi bugsiert hatte – gottlob waren sie rücksichtsvoll genug, erst vor dem Hoteleingang zu reihern –, meldete sich die Zentrale erneut. Paul sollte schleunigst zum Sparkassenplatz zurückfahren, um einen Stammkunden aufzunehmen. Einen Fahrgast namens Pircher. Fahrziel war der Winkelweg. Piekfeine Villengegend in Obermais.

Paul hatte Pircher noch nie gesehen, aber bei dem Namen kriegte er sofort Blähungen. Pircher war einer der Sponsoren der Schauspielschule Meran. An ihm wäre Pauls Aufnahme beinahe gescheitert.

Angeblich hatte das Arschloch argumentiert, Paul Tschugg käme aus einer bildungsfernen Schicht. Dieser Tschugg sei ein Freak und nicht förderungswürdig. Der würde der Schule nur Ärger einbringen.

Letzteres stimmte leider, und Paul wusste es.

Entsprechend geladen war er, als er am Sparkassenplatz vorfuhr.

»Ich war wild entschlossen, den Mund zu halten, Alter. Du musst mir das glauben!«

Klar doch. Pauls Wimpern flattern wie die Flügel eines gefallenen Engels. Seine Miene ist so rein und klar wie alter Schnee.

Als Paul am Sparkassenplatz anhielt, stieg ein dicker Zwerg in den Fond seines Taxis. Schau an, so sah also ein ausgewachsenes Arschloch aus.

Die Begrüßung fiel aus. Der Banker hing an seinem Handy

und wedelte mit der Hand, was Paul wie folgt interpretierte: Fahr gefälligst los und halt keine Maulaffen feil.

Das war Paul nur recht, er hatte keinen Bock, dass dieser fette Schlumpf den Tschugg-Freak erkennen und dumm anlabern würde. Denn in dem Fall konnte er für nichts garantieren.

Als sich Paul in den Verkehr auf der Manzoni-Straße einfädelte, hörte er, wie der Name dieser toten Banktussi fiel. Und dann Emmeneggers Name. Er spitzte die Ohren. Ihm wurde klar, was Emmenegger in der Bank gewollt hatte. Polizistenjob. Rumschnüffeln.

Pircher schwafelte über irgendwelche Unterlagen der Bank und dass dieser subalterne Polizist so dreist war, die Herausgabe zu verlangen.

»Dann hat Pircher bei einem anderen Bullen angerufen, Alter. Aber bei dem hat er anscheinend auf Granit gebissen. Meine Herren, war der sauer.« Paul beugt sich vor. »Dann hat er noch einen Anruf gemacht. Ich konnte nichts verstehen, so leise hat er auf einmal geredet. Ich schaue in den Rückspiegel und beobachte, wie sich seine Lippen bewegen. Und jetzt halt dich fest!« Paul reißt die Augen auf. »Er hat gefragt, ob es wirklich notwendig ist, den Polizisten kaltzumachen! Mensch, Alter, die haben drüber geredet, dich umzubringen!«

»Paul, hör auf mit dem Blödsinn. Wir sind doch nicht im Film.«

»Wenn ich's dir doch sag, Alter. Ich hab's genau gesehen!«

»Seit wann kannst du Lippen lesen? Kaltstellen vielleicht. Dass Pircher seine Beziehungen spielen lässt, trau ich ihm zu. Aber kaltmachen – Quatsch.«

Paul schüttelt den Kopf, störrisch wie ein alter Maulesel. »Ich musste was unternehmen, Mann. Ich konnte doch nicht tatenlos zusehen, wie sie dir Zementschuhe anpassen!«

Gedanklich rennt Paul gerade durch die Gassen von Palermo, ein Killerkommando ist ihm auf den Fersen, und nur er allein kann Emmenegger retten.

»Plötzlich fiel mir die Spielzeugknarre ein.«

Seit einer Aufführung des »Malteser Falken« gehört die Pistole zum Theaterfundus. Paul hatte sie sich irgendwann – äh – ausgeliehen.

Zu Beginn seiner Karriere im Personenbeförderungsgewerbe deponierte er die Pistole im Taxi, zwecks Selbstverteidigung. Jetzt kam das Teil wie gerufen.

Im Zentrum von Obermais bog Paul auf einen kleinen, etwas abgelegenen Parkplatz ein. Von hinten hagelte es Proteste. Der Banker hatte es eilig. Er hopste auf dem Rücksitz auf und nieder und zwängte seinen dicken Kopf zwischen den Kopfstützen hindurch.

Paul zog die Kinderknarre heraus und richtete sie auf Pircher, dessen Gesichtsfarbe prompt ins Grünliche wechselte.

Paul befahl ihm, den Mund zu halten, und pflückte das Handy aus seiner zitternden Hand.

Die Verbindung stand noch. Aus dem Hörer erscholl: »Herr Pircher! Herr Pircher!«

Paul bemerkte mit Schrecken, dass sein Fahrgast, weniger rücksichtsvoll als die Skandinavier, gerade auf die schönen Ledersitze reiherte. Mann, das würde mächtig Ärger geben.

»Herr Pircher! Herr Pircher!«

»Der kann gerade nicht. Er hat den Mund voll.«

Wildes Gestammel. »Was … was … wer sind Sie …?«

»Ich bin's, der Zauberer Gargamel. Und Sie hören mir gut zu«, sagte Paul drohend. »Wenn Sie dem Bullen Emmenegger nur ein einziges Haar krümmen, zünde ich die Stange Dynamit an, die im fetten Hals von Ihrem Finanzschlumpf steckt. Haben wir uns verstanden?«

»Waaas – wie – wie –?«

Plötzlich hörte Paul in der Ferne eine Polizeisirene. In der heraufziehenden Dämmerung schimmerte Blaulicht.

Paul drückte das Gaspedal durch.

Was folgte, war eine halsbrecherische Fahrt über das Kopfsteinpflaster von Obermais.

Auf der Schafferstraße wurde ein Pärchen, das sich gerade stritt, von Pauls Fahrtwind so gebeutelt, dass sie einander in die Arme fielen. Sie wollten sich eigentlich trennen, aber daraus wurde nichts.

Ein Bus, der auf dem Winkelweg Richtung Cavourstraße unterwegs war, fuhr hupend und mit kreischenden Bremsen aufs Trottoir, um Pauls Taxi auszuweichen, und rammte dabei um ein Haar einen im Parkverbot parkenden Porsche. Ein Polizist hörte das Gehupe, eilte herbei und verpasste dem Falschparker einen Strafzettel.

Und die ganze Zeit saß Anton Pircher zusammengekrümmt auf dem Rücksitz und stöhnte.

***

»Hast du jemanden verletzt?«, fragt Emmenegger.

»Nee. Woher denn.«

In Wahrheit hat Paul keine Ahnung, aber eine starke Meinung ist bekanntlich wichtiger als Fakten. »Ich bin gefahren wie auf rohen Eiern.«

»Ich dachte, du hast Gummi gegeben?«

»Meine Reflexe sind prima.«

Viel kann nicht passiert sein, denkt Emmenegger. Das hätte Pitti ihm gesagt. Hoffen wir mal, dass Pauls Schutzengel ein ganz Geduldiger ist.

Endlich war der blöde Bus weg. Paul düste mit achtzig Sachen übers Kopfsteinpflaster, vorbei am Schlosspark Pienzenau – da wurde er schon wieder ausgebremst. Vor ihm kroch ein uralter Kleinlaster im Schneckentempo die Straße entlang. Eine Eisenwarenhandlung mit klappernden Kisten auf der Ladefläche.

Paul fluchte. Schrott auf vier Rädern, der Schrott transportierte.

Er hupte und trat das Gaspedal durch, um den Wagen zu überholen, da bog dieser unvermittelt nach links in den Schlosspark ab. Plötzlich klappte die Ladeluke nach unten, und aus den Kisten rieselten Schrauben und Nägel auf die Straße.

Ein lauter Knall, und Pauls Wagen fing an zu bocken.

»Oh Mann! Scheiße!« Und nach hinten: »Sie bleiben sitzen und rühren sich nicht vom Fleck!«

Anton Pircher hatte den Kopf eingezogen. Trotz des Schlamassels feixte Paul. Der Kerl machte sich gerade sauber in die Hose. Wahrscheinlich glaubte er, ihnen flogen blaue Bohnen um die Ohren.

Paul sprang aus dem Taxi. Das Malheur war nicht zu übersehen. Der Reifen war platt. Mehrere Nägel hatten sich in den rechten Vorderreifen gebohrt. An einer Stelle war der Gummi aufgeschlitzt. Da war nichts mehr zu machen.

Fluchend zerrte Paul das Reserverad und den Wagenheber aus dem Kofferraum. Dann riss er die hintere Tür auf.

»He, Sie da! Zur Abwechslung können Sie mal was Sinnvolles tun und mir helfen. Also – raus aus dem Wagen!«

Pircher hatte offenbar Mühe, den Blick zu fokussieren. Er stierte ihn an, als würden Paul Antennen aus dem Kopf wachsen.

Paul beugte sich vor und klopfte Pircher mit einem Finger auf den Kopf.

»Hallo – jemand zu Hause?«

Endlich kam Bewegung in den Mann. Er krabbelte aus dem Auto. Als sich Paul zum Ersatzreifen umdrehte, merkte er, dass er keine Gesellschaft mehr hatte.

Der Bankmensch hatte seine Beine in die Hand genommen und rannte. Anscheinend steuerte er auf das Hotel Rennerhof zu, das in Rufweite vor ihnen lag. Aber er kam nicht so recht vom Fleck. Die Aktentasche schlackerte gegen seine dicken Oberschenkel. Nach zwanzig Metern fing er an zu humpeln.

Panisch sah er sich um. Die Haare klebten an der Stirn. Sein Hemd triefte.

Paul schüttelte den Kopf. Wenn der Schlumpf so weitermachte, würde er einen Herzanfall kriegen.

Da strauchelte Pircher und fiel der Länge nach hin. Wie

ein Käfer lag er auf dem Pflaster und ruderte mit Armen und Beinen. Sein Bauch war im Weg.

Gemütlich spazierte Paul zu ihm hinüber.

Als er Pircher die Hand hinhielt, um ihm aufzuhelfen, kreischte der, als wäre der Sensenmann gekommen.

»Dieser Bulle, von dem Sie vorhin gelabert haben. Versprechen Sie mir, ihm nichts zu tun.«

Der Bankfritze schaute drein, als würde Paul Kisuaheli sprechen, aber er schrie: »Ja! Ja! Ich verspreche es!«

✳✳✳

Mittlerweile war aus der Einfahrt des Rennerhofs ein Auto in die Straße eingebogen. Der Fahrer hielt und kurbelte das Fenster herunter.

»Nanu, der Herr Generaldirektor! Was machen Sie denn da unten im Dreck? Wollen Sie austesten, wie sich das niedere Volk so fühlt?« Er holte sein Handy hervor und fotografierte.

Pircher keuchte und hielt sich die Hand vors Gesicht. »Lassen Sie das!« Die Hand war schmutzig und blutverschmiert. Jetzt sah er richtig fotogen aus. »Helfen Sie mir lieber! Ich werde … entführt!«

»Eine Entführung?«, fragte der Mann stirnrunzelnd. Er richtete den Blick auf Paul. »Und Sie wären dann der Herr Entführer?«

»Das wär mal was«, sagte Paul. »Aber ich bin bloß der Taxifahrer.«

Der andere lachte herzlich.

»Ich musste anhalten, weil ich einen Platten hab. Da ist er plötzlich auf und davon«, sagte Paul kummervoll. »Ohne zu bezahlen. Der soll ein Bankdirektor sein?«

»Ohne zu bezahlen?« Der Mann grinste. »Das passt. Zur Kasse gebeten werden immer die anderen.« Er zückte ein Blöckchen. »Ich bin von der Zeitung. Das gibt eine herrliche Story für die morgige Ausgabe. Darf ich Sie zitieren?«

Währenddessen hatte sich Pircher endlich aufgerappelt und floh watschelnd und humpelnd Richtung Hotel. Die beiden sahen ihm nach. Als er durch die Drehtür wollte, verklemmte sich sein Jackett, und er blieb stecken. Endlich riss er sich los und verschwand im Haus.

**

»Na, die Renners freuen sich bestimmt unbändig über den Besuch«, sagte der Journalist. »Er hat ihnen den Bankkredit gekündigt, als sie das Geld am dringendsten brauchten. Um ein Haar hätten sie zumachen müssen.«

Er sah Paul an. »Sagen Sie mir als Erstes Ihren Namen.«

»Äh. Ich – nun – ich arbeite nicht so ganz …« Pauls Stimme klang etwas hilflos.

»… legal. Verstehe. Keine Steuerkarte.«

Paul schaute beiseite. »Wenn die bei Taxi Irmer Schwierigkeiten kriegen wegen mir, bin ich draußen. Ich bin auf das Geld angewiesen.«

»Keine Sorge. Ich schütz meine Informanten. Dann sind Sie eben ein namenloser Zeuge. Einverstanden?«

Paul dachte, dass der Kerl ein Lügner war. Er tat, als wäre er ungemein erleichtert. »Prima. Super. Vielen Dank.«

Wie aus dem Nichts erschien ein Stift in der Hand des Journalisten. »Dann erzählen Sie mal.«

Paul zuckte die Achseln. »Da gibt's nicht viel zu erzählen. Dieser Mann … Pircher?«

Der Journalist nickte.

»Also, dieser Pircher ist am Sparkassenplatz eingestiegen. Er wollte zum Winkelweg Nummer …« Paul nannte Pirchers Adresse.

Der andere nickte. »Ja, da residiert er.« Dann fiel ihm etwas ein, und er kniff die Augen zusammen. »Was hatten Sie eigentlich hier oben zu suchen, am Pienzenaupark? Das ist nicht der direkte Weg.«

Die Frage traf Paul nicht unerwartet. »Da haben Sie völlig recht, Herr …«

»Braunhofer. Magnus Braunhofer.«

»Freut mich. Ich bin der Paul.«

»Na, immerhin ein Vorname.« Braunhofer lächelte wieder, aber seine kalten Augen waren unverwandt auf Paul gerichtet.

»Also, das kam so«, sagte Paul. »Wir fahren gerade die Cavourstraße entlang, da kriegt dieser Pircher einen Anruf. Wissen Sie, manchmal sperr ich die Ohren auf, wenn hinten geredet wird. Nur um mir die Zeit zu vertreiben.«

Braunhofer lachte schallend. »Jetzt werden Sie mir richtig sympathisch, Junge.«

Augenaufschlag. »Was der Pircher daherredet, ist anfangs ziemlich langweilig. Ich hab nur Bahnhof verstanden. Es ging um irgendwelche … Konten.«

»Was für Konten?«

»Keine Ahnung, Mann. Aber dann fällt dieser Name. Granelli. Ich hab sofort die Ohren gespitzt. Der Name kursiert ja groß im Internet. So heißt die Frau, die grad ermordet worden ist.«

Braunhofer starrte Paul an. Der redete ungerührt weiter. »Dann ist das Gespräch vorbei, und auf einmal will Pircher gar nicht mehr nach Hause, sondern zu diesem Hotel da vorn. Als ich nach hinten schau, merke ich, dass er furchtbar schwitzt. Ich frag noch: ›Kann ich Ihnen helfen?‹, da knallt es.«

Bislang war Paul recht zufrieden mit seinem »Tatsachen-bericht«. Braunhofers Augen waren jetzt groß. Die skeptische Miene war verschwunden.

»Mir war klar, dass ich einen Platten hab. Ich denk noch, supi. Keine Werkstatt weit und breit und megaschlechter Handyempfang. Da schreit dieser Pircher schon: ›Hilfe! Hilfe! Man will mich entführen!‹ Ich denk, jetzt hat er den Verstand verloren. Ich steig aus, und den Rest kennen Sie.«

Braunhofers Augen funkelten in einem seltsamen Licht.

»Darf ich mir den Reifen mal anschauen?«

»Klar. Kommen Sie.«

Eine Minute lang starrte Braunhofer auf die Hundertschaft von Nägeln, die vor Pauls Taxi aufgereiht auf der Straße lagen.

»Mein lieber Scholli. Junge, wo sind Sie da reingeraten? An der Sache ist viel mehr dran, als ich anfangs dachte.«

Paul riss die Augen auf. »Jetzt machen Sie mir Angst.«

»Keine Sorge. Aber reden Sie mit niemandem darüber. Vorsichtshalber. Okay?«

Paul schüttelte den Kopf. »Was glauben Sie denn, was da los ist?«

»Sieht ganz so aus, als steckt Pircher bis über beide Ohren in der Granelli-Sache.«

»Ach du Scheiße. Was passiert jetzt?«

»Das lass mal meine Sorge sein.«

Paul blickte ihn zweifelnd an. »Glauben Sie, dieser Pircher wird Ihnen die Wahrheit sagen, wenn Sie ihn fragen?«

»Im Leben nicht.« Braunhofer lachte meckernd. »Pircher wird irgendeinen Schwachsinn behaupten. Aber unsereins ist dafür da, die Wahrheit ans Licht zu bringen.«

∗∗∗

Emmenegger schaut Paul lange an.

Magnus Braunhofer ist ein abgebrühter und mit allen Wassern gewaschener Schreiberling.

»Woher hast du das bloß, Junge.« Es ist mehr ein Seufzen als eine Frage.

Von seinem Vater bestimmt nicht. Der war ein Säufer und Kleinkrimineller, dessen Phantasie nicht weiter als zum Boden eines Schnapsglases reichte.

»Gar nicht mal schlecht, oder?« Paul räkelt sich in dem Sessel und sieht so selbstzufrieden aus wie eine Katze, die wieder mal beim Milchschlecken nicht erwischt worden ist.

»Schön, dass du dich amüsiert hast.«

»Ach komm.« Paul grinst. »Der Pircher steckt in der Granelli-Sache mit drin. Der wird sich hüten, einen Wirbel zu veranstalten.«

»Verschon mich mit deinen Hirngespinsten. Bei dem Granelli-Fall geht es um einen normalen Mord, nicht um die Mafia. Aber du – du hast eine Entführung vorgetäuscht.«

»In der Zeitung wird stehen, dass der Typ lügt.«

»Braunhofer wird ruckzuck rauskriegen, dass du ihn verarscht hast. Dann wird er dich auseinandernehmen.«

»Der Banker hat Dreck am Stecken. Warum sollte er dir sonst ans Leder wollen?«

»Wir drehen uns im Kreis.«

Paul schmollt. »Du bist echt öde und langweilig.«

Weil die Wahrheit meistens öde und langweilig ist.

»Du machst dir zu viele Sorgen. Mir passiert schon nix.«

Pauls Gedächtnis ist löchrig wie ein Schweizer Käse. Erst ist er das heulende Elend. Keine zehn Minuten später steht kein Wölkchen mehr am Himmel.

Emmenegger gibt sich geschlagen. Sein Handy rührt sich.

»Pitti hier.«

»Wenn du wegen Tschugg anrufst, ich hab immer noch keine Ahnung, wo der sich aufhält.«

»Du kannst aufhören, den Beschützer zu spielen«, sagt Pitti mit müder Stimme. »Die Sache hat sich erledigt.«

»Das versteh ich jetzt nicht.«

»Da geht's dir wie mir. Pircher hat die Anzeige zurückgezogen. Er gibt zu Protokoll, dass es sich um ein Missverständnis handelt.«

»Wie kann so was ein Missverständnis sein?«

»Angeblich war ihm speiübel. Er hat was Schlechtes gegessen und eine Art Kreislaufkollaps gekriegt. Im Zuge dessen hat er sich alle möglichen Sachen eingebildet. Wie es aussieht, auch die Pistole. Muss wohl ein Handy gewesen sein, sagt er.«

Schnauben aus dem Hörer. »Ich schätze mal, das Schlechte war flüssig und hochprozentig. Wir haben Tschuggs Taxi untersucht. Das Erbrochene auf dem Rücksitz bestätigt Pirchers Aussage.« Pitti räuspert sich. »Auf dem Trottoir lag ein Haufen Nägel. Ich vermute, es hat ordentlich geknallt, als es den Reifen erwischt hat. Pircher hat's mit der Angst zu tun gekriegt. Zeugen für den Hergang haben wir sowieso nicht. Der Staatsanwalt hat die Ermittlungen eingestellt.«

Emmenegger wartet. Da kommt noch was.

»Eins verstehe ich immer noch nicht«, sagt Pitti. »Warum ist dieser Tschugg verschwunden, wenn alles ganz harmlos war? Warum ist er nicht an Ort und Stelle geblieben?«

Gute Frage.

»Da kann ich bloß spekulieren«, erwidert Emmenegger. »Sein Fahrgast ist davongerannt, die Sitze sind ruiniert, und das Taxi hat einen Platten. Zuerst lässt er ein paar Flüche raus. Und dann? Abschleppdienst. Wo war das Ganze, sagst du? Oben am Pienzenaupark?«

»Richtig.«

»Du weißt so gut wie ich, dass es da ein Funkloch gibt. Ich vermute mal, er ist zu Fuß Richtung Innenstadt, um den Anruf zu machen.« Kunstpause. »Warum hätte er Wurzeln schlagen sollen? Von Pirchers verrückten Halluzinationen hatte er keine Ahnung. Aber wie gesagt, ich spekuliere nur.«

»So was Ähnliches hab ich mir auch zusammengereimt«, sagt Pitti. »Aber verstehst du – es kam eben keiner.«

»Hä?«

»Kein Abschlepper. Tschugg hat niemanden angerufen.«

»Tja, schätze, er hat das Blaulicht gesehen, gerade als er anrufen wollte. Vielleicht ist er noch mal zurück und hat beobachtet, wie ein Streifenwagen –«

»Zwei.«

»Also zwei Streifenwagen. Vier Carabinieri. Sein Taxi umkreisen. Wahrscheinlich hatte jeder von denen eine Waffe in der Hand.«

Pitti sagt nichts.

»Hast du Paul Tschugg mal in der Datenbank gecheckt?«

»Bin nicht dazu gekommen«, gibt Pitti zu.

»Hättest du mal machen sollen. Tschugg senior hat seinen Sohn mit siebzehn in die Psychiatrie gesteckt. Es braucht nicht viel, dass der Junge Angst kriegt. Als er euch sah, schob er Panik, dass er seine Bekanntschaft mit der Zwangsjacke erneuern muss. Wie schnell das gehen kann, hat er ja schon erlebt.«

»Das hab ich nicht gewusst«, sagt Pitti. »Es tut mir sehr leid. Sag ihm das.«

»Schon gut. Werde ich, falls ich ihn sehe. Und danke für die Info.«

∗∗∗

Paul applaudiert. »Mensch, Alter. Gar nicht mal schlecht für den Anfang. Ich hatte keine Ahnung, dass du so ein Talent zum Lügen hast.«

»Ich hab nicht gelogen. Bloß spekuliert.«

Paul grinst. »Dass ich einen Abschlepper anrufen wollte, muss mir entfallen sein. Und an eine Zwangsjacke kann ich mich auch nicht erinnern. Wahrscheinlich wegen der ganzen Medikamente, die ich damals einwerfen musste.«

Mit Hingabe säubert Paul seine Fingernägel mit einem Zahnstocher, den er vom Boden aufgelesen hat. »Aber so eine Zwangsjacke, die macht natürlich was her.«

Emmenegger wirft ihm einen bitterbösen Blick zu.

Laubengasse. In der Parfümerie Granelli
22. März. Dreizehn Uhr

Gedankenverloren eilt Emmenegger durch die Lauben. Nach dem Ausflug nach Marling hatte er einen Abstecher nach Steinach gemacht. Dort, in einem Hinterhof der Hallergasse, steht Lisa Granellis Wagen, ein dunkelroter Daimler-Benz, in einer umgebauten Garage der Meraner Spurensicherung.

Kohlgrubers Leute hatten das Auto ein paar Straßen vom Hundeplatz entfernt gefunden, wo es am Straßenrand parkte.

Den Weg nach Steinach hätte er sich sparen können. Der Wagen hatte wenig Neues zu bieten.

Drinnen stank es penetrant nach Zigarettenrauch. Der Aschenbecher quoll über. Emmenegger erinnerte sich, dass er Lisa Granelli nie ohne Zigarette im Mundwinkel gesehen hat.

Im Fond des Wagens: eine Hundebox mit einer schmutzigen Decke. Daneben ein unappetitlicher Tupperware-Behälter mit Leckerchen.

Auf dem Beifahrersitz eine Aktentasche. Leer. In der Bank hatte es für Lisa Granelli wohl nichts mehr zu tun gegeben.

Im Handschuhfach eine kleine CD-Sammlung. Überrascht hatte Emmenegger auf die Plastikhüllen gestarrt. Captain Beefheart and His Magic Band. Frank Zappa. Und »Blood Money« von Tom Waits.

Als Emmenegger die Parfümerie Granelli passiert, ist er immer noch bei der Musik im Handschuhfach, die nicht zu der toten Frau passen will.

An der Ladentür des Geschäfts klebt ein neues Plakat.

Es ist die Vorankündigung für ein Stück, das Anfang Mai

am Stadttheater Meran uraufgeführt wird: »Das Parfum« von Patrick Süskind.

Als habe Leo Granelli auf ihn gewartet, öffnet sich die Tür. Es ist fast die gleiche Szene wie am Vortag.

»Commissario! Ich wollte gerade los, aber das kann warten.«

»Ich bin ja staatlich geprüfter Kulturbanause.« Emmenegger zeigt auf das Plakat. »Aber sogar ich weiß, dass es da um einen Mann geht, der wegen eines Parfüms junge Frauen tötet. Ist das eine gute Werbung für Ihr Geschäft?«

Der Alte lächelt. »Das Stück spielt vor dreihundert Jahren, Commissario. Wegen eines Parfüms begeht heute keiner mehr einen Mord. Kommen Sie rein. Ich mache uns Kaffee.«

Emmenegger schaut auf die Uhr. Es ist kurz nach eins. Eva wartet in der Villa Bux. Aber für einen auf die Schnelle reicht die Zeit noch.

***

Über einer dampfenden Tasse blickt Granelli aufmerksam in Emmeneggers Gesicht. »Irgendwas bedrückt Sie doch, Commissario. Wollen Sie darüber reden?«

»Ich bin kein Commissario, bloß Ispettore.«

»Sie leiten die Mordkommission, oder etwa nicht? Außerdem sind wir unter uns und müssen es mit den Rängen nicht so genau nehmen.«

Ehe er es sich versieht, erzählt Emmenegger dem alten Mann von Paul. Von Pauls Begabung und einer schauspielerischen Reife, die im Widerspruch zu seiner kindlichen Seele steht. Von seinen Marotten und Verrücktheiten. Von Pauls Kindheit.

***

Über Pauls Mutter ist wenig bekannt. Sie ist auf und davon, als Paul vier Jahre alt war. Ein alter Schnappschuss ist alles, was Paul geblieben ist. Er redet nie von ihr. Heute nicht mehr.

Als sie weg war, hatte Tschugg senior nur noch seinen Sohn, an dem er seine Wut auf die Welt abreagieren konnte. Emmenegger weiß nichts Genaues über diese Zeit, aber die Knochenbrüche in Pauls Krankenakte erzählen ihm genug.

Bald fing Paul an, Mitschüler zu bestehlen. Er dachte sich Lügen aus, auch über seine Mutter. Sie hätte ihn im Bauch mit einem Messer wegmachen wollen.

Aus Paul war ein pickelübersäter Satansbraten geworden.

Als er siebzehn Jahre alt war, beschloss sein Vater, jetzt sei es an der Zeit, den Jungen endgültig loszuwerden. Er ließ ihn in die Psychiatrie einweisen. Was sich in der geschlossenen Abteilung der Villa Esperanza abspielte, verhöhnte den Namen dieser Einrichtung. Hoffnung gab es dort keine. Ohne Commissario Pavarotti würde Pauls Schatten heute durch die dunklen Gänge schlurfen.

**

»Ich bin mit meinem Latein am Ende«, beschließt Emmenegger seine Geschichte. »Auf meinen alten Chef hat der Junge gehört. Aber bei mir … Ich habe keine Ahnung, wie ich ihm helfen soll.«

Leo Granelli blickt ihn verwundert an. »Aber das tun Sie doch.«

»Wie meinen Sie das?«

»Sie sind doch für ihn da, nicht wahr? Auch wenn Sie mit vielem nicht einverstanden sind. Sie helfen ihm, indem Sie ihn nicht verurteilen.«

Granelli steht auf und geht zu einer altmodischen Kommode, die sich zwischen den Reagenzgläsern und Flaschen seltsam ausnimmt.

»Sie können Ihren Jungen nicht vor allem beschützen. Aber so wie ich das sehe, weiß er, dass er zu Ihnen kommen kann, was auch passiert.«

Der alte Mann greift nach einer der gerahmten Fotografien.

»Soll ich Ihnen eine Geschichte erzählen, Commissario? Sie handelt von einem Jungen, der seine Zuflucht verlor. Die Geschichte nimmt kein gutes Ende, aber vielleicht hilft sie Ihnen. Das hier ist mein Sohn Udo, kurz bevor er starb.« Granelli wischt sich über die Augen.

»Ich möchte Sie nicht aufregen, Signor Granelli«, sagt Emmenegger.

Der alte Mann stellt das Foto zurück auf die Kommode, wo noch andere Fotos stehen. Ein junger Mann, in dem Emmenegger Leo Granelli erkennt. Eine junge Frau, ein Baby im Arm. Bilder aus glücklichen Tagen.

Da sind auch Fotos neueren Datums. Die Frau ist jetzt älter und hat einen verkniffenen Zug um den Mund. Leo Granelli, fast gebückt, einen Hund an seiner Seite.

Leo Granelli strafft sich. »Machen Sie sich keine Sorgen. Die Erinnerung ist das Einzige, was von Udo übrig ist. Was macht es da schon, wenn es wehtut?«

***

Udo Granelli war für seine Eltern ein Geschenk, mit dem sie nicht mehr gerechnet hatten. »Die Ärzte hatten bei Lisa Unfruchtbarkeit diagnostiziert. Sie war überglücklich, als sie doch schwanger wurde. Unser Himmel hing voller Geigen. Damals war Lisa ein anderer Mensch.«

Die Probleme begannen, als Udo fünfzehn war. »Er fing an, sich merkwürdig zu benehmen. Für Mädchen zeigte er keinerlei Interesse, was in diesem Alter höchst ungewöhnlich ist. Eines Abends, als meine Frau und Udo allein zu Hause waren, erwischte Lisa ihn, wie er ihre Wimperntusche benutzte.«

Lisa Granelli sagte ihrem Sohn auf den Kopf zu, dass er ein schmutziger, widerwärtiger Schwuler sei. Sie schlug mit den Fäusten auf ihn ein und schrie, so etwas Abartiges könne unmöglich ihr Sohn sein. Das Ende vom Lied war, dass sie ihn aus dem Haus warf und ihm verbot, sich jemals wieder blicken zu lassen.

»Dass Udo homosexuell war, hatte ich schon geahnt, aber ich wollte nicht wahrhaben, dass in unserer Familie eine Zeitbombe tickte«, sagt Granelli. »Ich wusste, wie meine Frau zu Homosexuellen stand. Ihr erster Freund hatte sich kurz vor der Hochzeit als schwul geoutet, Lisa sitzen lassen und vor ihren Freunden lächerlich gemacht.«

Er senkt den Kopf. »Lisa erzählte mir, was sie getan hatte, als ich gegen Mitternacht nach Hause zurückkehrte. Kurz danach kam der Anruf der Polizei. Ich hätte meinem Sohn beistehen müssen. Aber mir war eine Weihnachtsgans wichtiger. Was ist schon das Leben eines Kindes gegen eine Urkunde vom Rektor für den besten Lehrer des Jahres?« Leo Granellis krächzendes Lachen klingt wie ein Aufschrei.

Es war der 21. Dezember 2007, drei Tage vor Weihnachten. Leo Granelli erinnert sich genau an diesen Abend.

Binnen einer Stunde fielen die Temperaturen unter den Gefrierpunkt. Die regennassen Straßen vereisten, und die Sicht war schlecht.

Als die Weihnachtsfeier zu Ende war und Leo Granelli ein wenig angetrunken durch den Eisregen nach Hause schlidderte, war er froh, seine Frau und seinen Sohn in Sicherheit zu wissen.

Ein schrecklicher Irrtum.

**

Was Udo in den ersten Stunden nach der Auseinandersetzung mit seiner Mutter getan hatte, blieb im Dunkeln. »Vermutlich lief er ziellos umher. Er hat versucht, mich zu erreichen. Aber ich hatte das Handy im Lokal vergessen. Da war ein halbes Dutzend Nachrichten auf meiner Mailbox. Als ich sie abgehört hab, hinterher …« Granelli kann nicht weitersprechen. Tränen laufen über seine faltigen Wangen. »Er muss sich unglaublich einsam gefühlt haben.«

Die Polizei fand heraus, dass er kurz nach elf Uhr nachts auf einem Parkplatz im Vinschgau, hinter der Abzweigung zum Schnalstal, gesehen wurde. Der Parkplatz war zu dieser Zeit ein beliebter Homosexuellen-Treff.

»Sie vermuteten, dass Udo einen Freund gesucht hat, bei dem er übernachten konnte«, sagt Leo Granelli. Emmenegger fischt nach einem Taschentuch und reicht es ihm.

Wenig später war ein Anruf bei einer Obdachlosenunterkunft in Algund eingegangen. Ein Mann war am Telefon, der nach einem Schlafplatz fragte. »Die Stimme war jung und so verzweifelt, wie man in einer eiskalten Nacht draußen im Regen nur sein kann. In der Unterkunft wäre noch etwas frei gewesen. Aber mein Sohn hat es nicht dorthin geschafft.«

Der Fahrer eines Streufahrzeugs, der dringend pinkeln musste, fand Udos Leiche kurz vor Mitternacht. Jemand hatte Udo überfahren und ihn ins Gebüsch am Straßenrand geworfen.

»Mein Sohn ist innerlich verblutet«, sagt der alte Mann. »Hätte derjenige, der ihn überfahren hat, einen Krankenwagen gerufen, wäre er vermutlich gerettet worden.«

Die Polizei ging davon aus, dass Udo high war und auf die Straße torkelte, direkt vor ein Auto.

»Aber Udo hat keine Drogen genommen«, sagt Granelli. »Nach Lisas Meinung hat die Polizei ihn absichtlich zum Junkie erklärt. Wer schert sich schon um einen weiteren Drogentoten?«

Auf der Straße gab es keine Bremsspuren. Falls welche da gewesen waren, hatte der Regen sie verschwinden lassen.

Den Täter fand man nie.

**

Sie schweigen eine Weile. »Jetzt sind Sie derjenige, der zugehört hat«, sagt Leo Granelli schließlich.

Emmenegger steht auf. »Danke, dass Sie mir von Ihrem Sohn erzählt haben.«

»Ich glaube, ich habe genauso wie Sie einen Menschen gebraucht, der mir zuhört. Kommen Sie gern wieder, Commissario. Jederzeit.«

Als der alte Mann Emmenegger hinauslässt, sagt er leise, wie zu sich selbst: »Manchmal denke ich, dass Lisa sich an Udos Tod schuldig gefühlt hat. Und dass ihr Selbsthass der Grund war für das, was sie anderen angetan hat.«

»Sie lieben Ihre Frau immer noch.«

»Das ist wohl so. Ich bete zu Gott, dass sie am Ende keine Angst hatte. Jetzt, wo sie tot ist, kann ich meinen Frieden mit ihr machen.«

Das ist die traurigste Liebeserklärung, die Emmenegger je gehört hat.

Die Villa Bux wird noch ein paar Minuten warten müssen. Emmenegger steuert seine Wohnung an. Vielleicht braucht der Junge irgendwas.

Am Rennweg sieht er Paul mit Hilde um die Ecke biegen. Die Hündin ist kaum wiederzuerkennen. Die Haare an den Ohren sind gestutzt. Das Fell wirkt gepflegt. Es glänzt sogar ein bisschen in der Sonne.

»Hi, Alter! Guck mal. Ich hab Hilde gebadet«, sagt Paul stolz. Und, mit treuherzigem Blick: »Ich hab deinen Zweitschlüssel genommen. Hilde musste raus. Sie stand an der Haustür und scharrte. Was hätte ich machen sollen?«

»Was ist das?«

»Was denn?« Paul schaut unschuldig drein.

Emmenegger zeigt auf den Hals des Hundes, um den sich eine Kette aus Leder mit mehreren Anhängern aus Bernstein windet.

Hildes alte Leine und ihr Halsband sind bei der Spurensicherung.

»Ach das.« Gelangweilte Handbewegung. »Irgendein Trödel, den ich in deiner Bude gefunden hab. War in so einer Truhe in deinem Schlafzimmer. Ich brauchte schließlich was, wo ich die Leine festbinden konnte.«

Emmenegger knirscht mit den Zähnen. »Der alte Trödel war zufällig der Lieblingsschmuck meiner Frau.«

»Oh. Tut mir leid.«

Der Junge hat seine beste zerknirschte Miene aufgesetzt.

Emmenegger mochte die Bernsteinkette nie. Bernstein hält kleine Lebewesen im Tod gefangen.

Hilde steht die Kette nicht schlecht zu Gesicht. »Schon gut. Halb so wild.«

Drinnen wirft Emmenegger einen kurzen Blick ins Bad.

Auf dem Badezimmerboden steht das Wasser zwei Zentimeter hoch. Überall schwimmen rote, borstige Hundehaare. Der Abfluss der Badewanne ist mit Haarbüscheln verstopft.

Auf dem Toilettendeckel prangt Emmeneggers ganzer Stolz – seine Remington. Eine alte Haarschneidemaschine nebst Barttrimmer und Schere aus den Neunzigern, die er hegt und pflegt.

Der nostalgische Charme hat sich verflüchtigt. Die Zähne der Remington sind verbogen. Einer der Aufsätze liegt daneben, in zwei Teile zerbrochen. Der Scherkopf macht einen stumpfen, klapprigen Eindruck.

Emmenegger fährt herum. »Das darf doch nicht wahr sein! Was fällt dir ein!«

»Ich mach das sauber, keine Sorge!«, schreit Paul irgendwo im Hintergrund.

Emmenegger fasst die Remington mit zwei Fingern an, hebt den Deckel des Abfalleimers und lässt sie hineinfallen. Er sinkt auf dem Toilettendeckel nieder.

Ein Tag Paul, und in der Wohnung ist nichts mehr wie zuvor.

Paul schießt um die Ecke, die Inkarnation einer vernichtenden Naturgewalt. Hinter ihm wälzt sich Hilde mit der Eleganz eines Walrosses in einer Wasserpfütze und schlabbert geräuschvoll.

»Wenn du wiederkommst, kannst du vom Boden essen!«

Noch ist es nicht so weit. Hildes Blase ist immer noch voll. An der Badewanne hebt sie ihr Bein.

»Nein!« Emmenegger steht da, mit vorgerecktem Hals und einem Gesicht wie ein geblendeter Riese.

Karl-Wolf-Straße. In der Villa Bux
22. März. Vierzehn Uhr

Die cremefarbene Jugendstilvilla ist normalerweise eine Oase der Ruhe. Aber heute hat eine Busladung Rentner das Café Bux okkupiert, um den Zuckerpegel nach einer anstrengenden Stadtführung wieder auf Anschlag zu bringen.

Mit verzweifelter Miene saust der Kellner zwischen den Tischen hin und her.

Emmenegger blickt sich um.

Eva sitzt in einer Ecke, eingeklemmt zwischen zwei Rentnertischen, deren Belegungen sich über ihren Kopf hinweg lautstark unterhalten. Sie blickt unglücklich drein.

»Hallo, Chef. Ich dachte schon, Sie versetzen mich.«

Sie schiebt ihm einen Teller mit Prinzregententorte hinüber. »Das konnte ich noch ergattern, bevor die Heuschrecken eingefallen sind.«

Emmenegger teilt die Torte in zwei Stücke, so wie immer. Aber Eva schüttelt den Kopf.

»Sind Sie etwa auf Diät?«

»Ich hab halt keinen Appetit.«

Emmenegger wirft ihr einen Blick zu. »Wer nicht will, der hat schon. Also – was gibt es Neues?«

»Das könnte ich Sie genauso gut fragen, Chef.« Der Satz klingt nicht despektierlich. Sorgenvoll.

Er wartet ab, aber sie schweigt und starrt auf das muntere Rentnertreiben.

»Was macht unser Mordfall?«

»Die Kreditakten sind heute Mittag bei der Staatsanwaltschaft in Bozen angekommen. Wenigstens die aus den letzten drei Monaten.«

»Und das sagen Sie erst jetzt! Das ist doch was.«

Was hat sie bloß?

Gleichzeitig fragt er sich, wieso Pircher seine Bluthunde zurückgepfiffen hat.

»Warum machen Sie ein Gesicht, als hätte man Ihnen die Petersilie verhagelt?«

»Wir können jetzt auch in die Wohnung der Granelli. Für morgen früh ist die Durchsuchung angesetzt.« Eva inspiziert ihre Schuhe.

»Endlich kommt Bewegung in die Sache. Wann gehen wir rein?«

»Sie sind nicht dabei, Chef. Es tut mir furchtbar leid.«

»Ich – nicht dabei?«, echot Emmenegger.

»Der Boss hat es heute wieder bei Ihnen probiert. Als Sie – äh – wo auch immer waren. Dann hat er im Kommissariat angerufen und mir gesagt, dass Sie bis auf Weiteres …« Sie stockt. »… Innendienst haben.«

»Was? Ich – Telefondienst? Ist er noch bei Trost?«

Mit einem Ruck stößt Emmenegger den Teller mit dem letzten Stück Prinz weg und springt auf.

Eva kann gerade noch zugreifen, bevor Teller und Kuchen vom Tisch segeln.

»Aber vielleicht bin ich gar nicht mehr der Leiter der Mordkommission! Bin ich suspendiert? Da er anscheinend mit Ihnen redet, können Sie mir ja erklären, was das Ganze soll.«

Das ist nicht fair, aber es ist ihm egal.

Eva flüstert: »Könnten Sie wieder Platz nehmen, Chef? Bitte? Die Leute schauen schon zu uns rüber.«

»Ist mir wurscht.« Emmenegger setzt sich hin. Seine Gedanken überschlagen sich.

Ohne triftigen Grund würde Branga das nicht tun. Sicher, er würde ihn lieber heute als morgen loswerden. Aber nicht mitten in einem Mordfall. Schlechter Zeitpunkt, miese Publicity, eine Menge Erklärungsbedarf. Da helfen auch keine Tweets und Grinse-Fotos.

Irgendjemand muss richtig Druck ausgeübt haben. Anton Pircher hat mächtige Freunde in der Südtiroler Volkspartei. Vielleicht war es das, was Paul im Taxi mitbekommen hat.

»Ich hab mich nicht getraut zu fragen, wieso.« Eva Marthaler klingt kläglich. »Es tut mir leid, Chef.« Sie zögert. »Was meinen Sie, wollen wir langsam zurück zur Arbeit?«

»Soll das etwa heißen, ich liege auf der faulen Haut?«, knurrt Emmenegger.

Schließlich gehen sie schweigend nebeneinanderher zum Kornplatz. Emmenegger brütet vor sich hin und tut so, als würde er Evas verstohlene Seitenblicke nicht bemerken.

***

Auf der Treppe zu ihrem Büro kommen ihnen Patrici und Conelli mit einem Mann in Handschellen entgegen.

Carabiniere Patrici ist schweigsam, groß und dünn, Conelli das Gegenteil. Ihr Spitzname lautet Pat und Patachon. Aber die zwei sind nicht nett und harmlos, sondern Schlägertypen.

Der Mann zwischen Patrici und Conelli kann sich kaum auf den Beinen halten. Er zuckt und brabbelt unverständliches Zeug. Eva verzieht das Gesicht und drückt sich an die Wand, um möglichst großen Abstand zwischen sich und den Trunkenbold zu bringen.

Überrascht bleibt Emmenegger stehen. Es ist Janosch, einer der Kellner in den Maxstuben, die vor einem halben Jahr dichtgemacht haben. Janosch ist Tscheche. Er hat zwanzig Jahre lang beim »Max« Bierkrüge geschleppt, damit seine Tochter es besser hat als er. Mittlerweile studiert sie an der Hotelfachschule in Bozen.

»He.« Emmenegger stellt sich Patrici in den Weg. »Janosch, um Gottes willen, was ist denn mit Ihnen los?« Der Angesprochene stiert ihn mit einem blutunterlaufenen Auge an. Das andere ist zugeschwollen, mit einem stattlichen Veilchen drum herum.

Patrici stößt Emmenegger zur Seite. »Aus dem Weg, Kollege.«

Emmenegger packt ihn am Arm. »Lass den Mann los. Das ist ein Familienvater, kein Krimineller.«

Patrici schüttelt seine Hand ab wie eine Fleischfliege.

»Hau ab, Emmenegger.« Conelli. »Kümmere dich um deine Mordfälle. Wie viele hast du so auf dem Tisch momentan? Stimmt ja – einen. Nimm dir ruhig Zeit, wir sind ja da, um das Gesindel von der Straße zu schaffen. Wir brauchen keinen Klugscheißer, der uns sagt, was wir tun sollen.«

Emmenegger weicht keinen Zentimeter. »Was wirfst du dem Mann vor?«

»Geht dich einen feuchten Dreck an.« Conelli boxt Janosch in den Rücken, der stolpert nach vorn und gegen das Treppengeländer, wo er mit einem Schmerzensschrei zusammensinkt.

Emmenegger juckt es mächtig in der rechten Faust. Er hätte Conelli einen Schwinger verpasst, dass sein Doppelkinn wackelt, wenn Eva nicht gewesen wäre.

»Nicht«, flehen ihre Augen.

***

Emmenegger knallt die Bürotür zu. »Warum schauen Sie drein wie ein Kalb, wenn's blitzt? Diese beiden Clowns hätten eine Abreibung dringend nötig.«

»Eine Prügelei im Polizeihaus. Und angefangen hat sie der kommissarische Leiter der Mordkommission.« Eva verdreht die Augen. »Diese Typen warten doch bloß darauf, dass Sie ausrasten.«

»Aber Janosch –«

»Der Mann war sternhagelvoll. Er hat sich allein in Schwierigkeiten gebracht. Jetzt muss er sehen, wie er allein wieder rauskommt.«

Wie beinhart diese zarte Person sein kann. Wieder einmal

fühlt sich Emmenegger an Martha erinnert. Seine Frau urteilte schnell und konnte unversöhnlich sein. Wenn sie sich stritten, dann meistens deswegen.

Emmenegger kann sich ausmalen, was mit Janosch passiert ist. Viele Hotel- und Restaurantleute sind zurzeit arbeitslos. Wer stellt schon einen Fünfzigjährigen ein? Irgendwann wird die Wut immer größer, wie gemein das Leben sein kann. Die Wut lässt sich nicht in Schnaps ertränken, sie nimmt bloß noch zu. Die einen haben alles verloren, während reiche Urlauber feiern und das Geld mit beiden Händen ausgeben, als wäre nichts gewesen. Irgendwann kommt der Punkt, da will man nur noch zuschlagen.

***

Die Luft im Büro ist zum Schneiden dick. Emmenegger öffnet ein Fenster, mit dem Effekt, dass noch mehr schwüle Luft und Stechmücken hereingeweht werden. Eva drückt das Fenster wieder zu.

Ein grauer Karton liegt auf ihrem Schreibtisch. Ihre Miene hellt sich auf.

»Das ging ja schnell.«

Der Karton enthält Kopien der Bankunterlagen. Ein Satz ist in Bozen zu den Akten genommen worden, das hier ist der andere.

Eva breitet die Aktendeckel aus. Es sind – fünf.

»Fünf Kreditanträge in drei Monaten? Die verscheißern uns!«

»Bestimmt haben wir mehr, wenn ich morgen früh den Computer …« Eva verbeißt sich den Rest.

Auf der ersten Akte prangt ein blauer Stempel: »Genehmigt!«

Die Kreditnehmerin ist eine große Apfelmosterei in Schluderns im Vinschgau, die Geld für neue Stahlfässer und Pressanlagen braucht, um den Betrieb zu erweitern. Der Firma gehören Ländereien im Vinschgau, die fünfzigmal so viel wert sind wie die beantragten zweihunderttausend Euro.

Emmenegger blättert schnell durch. »Kein Wunder, dass Lisa Granelli den genehmigt hat. So gut wie kein Risiko. Geld von der Bank kriegst halt nur, wenn du schon welches hast.«

Bei zwei weiteren Kreditanträgen mit blauem Stempel liegen die Dinge ähnlich.

Wo sind die Kreditkündigungen, die Pircher erwähnt hat?

»Niemand kann mir weismachen, dass keins der Hotels, die zusperren mussten, Kredite bei der Sparkasse laufen hatte.«

Eva hat sich die beiden letzten Aktendeckel vorgenommen. »Die zwei sind Kündigungen.«

***

Die erste Kreditkündigung betrifft den Rennerhof, ein Viereinhalb-Sterne-Haus in Obermais. Es handelt sich um das Hotel, vor dem das Intermezzo zwischen Paul und Anton Pircher endete.

Die Familie Renner hatte im Jahr 2019 eine umfangreiche Erweiterung ihres Wellnessbereichs in Angriff genommen. Für dieses Vorhaben wurde ihr von der Sparkasse ein Kredit in Höhe einer Dreiviertelmillion Euro gewährt. Laufzeit fünfzehn Jahre.

Der Zeitpunkt der Investition erwies sich als schicksalhaft ungünstig.

Im März 2020 war der marmorne Wellnesstempel fertig. Vier Saunen inklusive römischem Dampfbad. Ein Schwimmbad (mit Massagedüsen und Wasserfall) von olympischen Ausmaßen. Und eine Relaxzone auf dem Hoteldach mit Traumblick auf die Texelgruppe.

Die Herrlichkeit war für die Katz. Der Wellnesstempel blieb wegen Corona geschlossen, genau wie das übrige Hotel.

Dank Staatshilfen und familiärer Finanzreserven – das Hotel war in den Jahrzehnten zuvor eine Goldgrube gewesen –

hielten die Renners lange durch. Zwischenzeitlich war der Hotelbetrieb wieder angelaufen, aber die Buchungen kamen schleppend.

Im letzten Winter war dann das Ende der Fahnenstange erreicht. Die Anfang Januar fällige Ratenzahlung an die Bank blieb aus.

Die Renner-Akte enthält ein Schreiben der Cassa Popolare vom 10. Januar, unterzeichnet von Lisa Granelli. Sollten die Renners die ausstehende Rate nicht binnen eines Monats überweisen, würde die Bank die komplette Restsumme fällig stellen.

Emmenegger schaudert es.

Der Brief vom Januar ist der letzte Eintrag in der Akte. Vermerke über die Zwangsversteigerung fehlen.

Die Apfelplantage von Evas Familie beliefert viele Luxushotels. »Frau Marthaler, hat Ihr Vater mal eine Bemerkung fallen lassen, wer das Haus übernommen hat?«

»Ich könnte anrufen. Aber anders geht's schneller.«

Emmenegger schaut ihr über die Schulter, als sie sich durch die Online-Seiten des Grundbuchamtes Meran klickt.

»Hier ist es.«

Es gibt nur wenige Einträge in dem Grundbuchblatt. 1982 der notarielle Erwerb des Grundstücks am Pienzenauweg durch Rainer und Maria Renner, offenbar aus Eigenmitteln. Damals waren Immobilien in Meran noch halbwegs bezahlbar. Fast vierzig Jahre lang – nichts. Dann, im Sommer 2019, der Eintrag der Grundschuld gegenüber der Cassa Popolare. Das war's.

Erstaunt sehen sich Eva und Emmenegger an. Kein neuer Eigentümer. Aber auch keine Löschung des Grundpfandrechts.

»Hat die Bank etwa doch noch gestundet? Das wäre ein Wunder.« Eva runzelt die Stirn und massiert den Nasenrücken. Sie sieht aus wie eine Bibliothekarin, die einen Leihschein vermisst. »Die knicken nur ein, wenn denen wer die Pistole auf die Brust setzt.«

Jetzt wirft sie den Kopf zurück. Wildes Mädchen mit Löwenmähne. Eva zuzusehen ist eine Zeitreise zwischen einem Mädchen von zwanzig und einer Frau von vierzig.

Wie soll ihm das Kunststück gelingen, bei ihr den richtigen Zeitpunkt zu erwischen? Und welcher wäre das?

»Was schauen Sie so drein, Chef? Ist es immer noch … Sie werden den Fall lösen, und dann wird der Boss sehen, dass …« Sie weiß nicht weiter. Jetzt ist sie sechzehn.

Emmenegger muss lachen. »Wenn ich nachdenke, schaue ich immer so dumm. Wahrscheinlich haben die Renners das Geld irgendwie aufbringen können, und der Notar war eine Schnecke. Oder die im Grundbuchamt haben sich Zeit gelassen.«

Eva wirft ihm einen strengen Blick zu. »Es gäbe zumindest eine Löschungsbewilligung der Bank.«

Seine Kollegin entstammt einer Unternehmerfamilie, da saugt man so was mit der Muttermilch auf.

Emmenegger weiß nicht viel über diese Dinge. Er hat noch nie einen Bankkredit aufgenommen. Nicht mal sein Konto ist überzogen.

Sein Handy surrt. Emmenegger drückt den Anruf weg.

»Wer war das?« Eva runzelt die Stirn. »Warum gehen Sie nicht ran?«

Er antwortet nicht, aber seine Miene spricht Bände.

»Chef, um Himmels willen, Sie müssen endlich mit ihm sprechen …!«

»Jetzt nicht.« Emmenegger greift nach dem fünften Aktendeckel. Es handelt sich ebenfalls um eine Kreditkündigung. Der Vorgang ist brandaktuell. Das Schreiben der Bank datiert vom 16. März, wenige Tage vor Lisa Granellis Tod.

Der Name des Kreditnehmers springt Emmenegger ins Gesicht.

Hellmut Landauer. Hellboy.

Eva Marthaler hat sich zurück in das Café Villa Bux geflüchtet.

Gottlob kommt diesmal kein Bus voll mit Rentnern vorgefahren.

Der einzige Gast außer Eva ist ein alter Mann, der drei Tische weiter seinen dritten Grappa schlürft und Zeitung liest.

Eva hat einen Zahnarzttermin vorgeschützt. Es war nicht auszuhalten, Emmenegger beim Brüten zuzusehen, nachdem Hellmut Landauer wutschnaubend aus dem Kommissariat gestürmt war.

Man kann es drehen und wenden, wie man will. Landauer hat ein astreines Motiv und kein Alibi.

Eva seufzt. Der Mann ist nicht unsympathisch. Außerdem tut er ihr leid.

Aber man kann niemandem hinter die Stirn schauen. Menschen sind zu vielem fähig, wenn sie unter Druck geraten.

Dieser Mordfall entwickelt sich zu einer Anthologie trauriger Geschichten. Hellmut Landauers Enkel war im letzten Sommer an Corona erkrankt. Monatelang lag der Elfjährige auf der Intensivstation im Tappeiner-Krankenhaus und siechte dahin. Seine Lunge wollte sich einfach nicht erholen. Als nichts half, brachte Landauer seinen Enkel in ein Lungensanatorium in Luzern.

Weder er noch die alleinerziehende Mutter hatten das Geld für die teure Klinik in der Schweiz. Hellmut Landauer sah keinen Ausweg, als bei der Cassa Popolare eine Hypothek in Höhe von fünfzigtausend Euro aufzunehmen.

Der Aufenthalt nützte nichts. Vielleicht kam er auch zu spät.

Im letzten Dezember starb der Junge.

＊

Emmenegger starrte seinen Freund vorwurfsvoll an. »Mensch, Alter. Warum hast du nichts gesagt? Ich hätte dir die fünfzig Riesen mit Freuden gegeben.«

Eva, die im Hintergrund saß und mitschrieb, bekam kugelrunde Augen. Fünfzigtausend Euro! Woher hatte Emmi so viel Geld?

Landauer antwortete: »Geld verdirbt die Freundschaft, das weißt du doch.«

An dem Punkt war zwischen den beiden noch alles in Ordnung. Aber dann fragte Emmenegger: »Hellmut, du wohnst doch zur Miete. Worauf hast du die Hypothek aufgenommen?«

Zuerst Schweigen. Dann sagte Landauer tonlos: »Auf unser Clubhaus in Marling.«

Evas Stift stockte. Ihr Blick flog rüber zu Emmenegger. Der war bereits aufgesprungen.

»Hast du sie noch alle?«

»Was hätte ich denn machen sollen?«, sagte Hellboy unglücklich.

Emmenegger stand eine Zeit lang nur da und schüttelte den Kopf. Als er wieder sprach, war seine Stimme kalt.

»Wie hast du das gedeichselt, Landauer? Ein paar Urkunden frisiert? Santiagos Unterschrift gefälscht?«

Landauer sprang ebenfalls auf und ballte die Fäuste. Gleich würden die Fetzen fliegen.

»Äh … darf ich weitermachen, Chef? In Anbetracht der … Umstände?«

Eine Sekunde lang war es totenstill. Die beiden standen sich mit gesenkten Köpfen gegenüber. Dann ging Emmenegger hinaus und knallte die Tür hinter sich zu.

**

Hellmut Landauer hatte keine Urkundenfälschung begangen. Er war für die »FTS – Flying Taifl Srl« alleinvertretungsberechtigt. Die FTS, eine Gesellschaft mit beschränkter Haftung, führte die Geschäfte des Clubs.

Irgendwann hatte Luis Heiliger alias Santiago keine Lust mehr gehabt, sich mit dem Finanzkram zu beschäftigen. Er beauftragte Hellboy, sich um die Bücher der FTS zu kümmern, und ernannte ihn zum Geschäftsführer.

Und jetzt hatte Hellboy den einzigen nennenswerten Vermögensgegenstand des Clubs verspielt.

**

Als der alte Mann seinen vierten Grappa ordert, bestellt Eva einen mit. Nach der grässlichen Sache mit der Emmenegger-Liste und dem heutigen Tag hat sie wahrlich eine Stärkung nötig. Die tollkühne Tat bringt ihr einen anerkennenden Blick vom Nachbartisch ein.

Einen kurzen Moment fürchtet Eva, der Alte würde das als Einladung auffassen, sich gemeinsam einen hinter die Binde zu gießen. Doch er verschwindet wieder hinter seiner Zeitung. Und so hat Eva einen guten Blick auf die letzte Zeitungsseite – und auf eine Anzeige der Sparkasse, die in grellen Großbuchstaben schreit: »Lassen Sie Ihre Wünsche nicht warten!«

Hellmut Landauer war mit der dritten Rate in Verzug geraten. Die vierte für den Monat Februar konnte er gar nicht mehr aufbringen.

Am 1. März kündigte Lisa Granelli der Flying Taifl Srl den

Kredit und forderte innerhalb von vierzehn Tagen die komplette Summe – fast fünfzigtausend Euro – zurück.

Am 16. März kam der zweite, niederschmetternde Brief. Die Bank teilte höflich mit, dass sie die Zwangsvollstreckung einleite. Das Clubhaus der Flying Taifl werde verwertet. Falls der Erlös nicht reiche, um die Schulden der FTS gegenüber der Bank zu begleichen, werde sich die Bank an den Hauptgesellschafter der FTS halten. Luis Heiliger. Santiago.

Die Versteigerung war für den 15. April angesetzt. In gut drei Wochen kam Emmis geliebter Wellnesstempel unter den Hammer.

»Wegen Herrn Heiliger brauchen Sie sich keine Sorgen zu machen. Vollstreckung ins persönliche Vermögen bei einer Gesellschaft mit beschränkter Haftung? Keine Chance«, sagte Eva.

Landauer vergrub sein Gesicht in den Händen. »Ach, das Geld ist nicht das Schlimmste. Ich hab sein Vertrauen missbraucht. Er wird mich hochkant rauswerfen. Muss er sogar. Clubstatuten. Der Club ist das Einzige, was mir nach Robins Tod geblieben ist.«

Eva runzelte die Stirn. Das hätten Sie sich früher überlegen müssen, wollte sie sagen. Aber das wusste Landauer auch so.

»Kann ich jetzt gehen?« Landauer stemmte sich hoch. »Ich muss mit Santiago sprechen.« Sein Blick war wieder klarer. Die Beichte hatte ihm gutgetan.

»Leider noch nicht.« Eva zückte ihren Block. »Herr Landauer, wo waren Sie gestern zwischen sechs und sieben Uhr morgens?«

Langsam setzte er sich wieder hin. Seine Kiefer mahlten. »Echt jetzt? Sie wollen ein Alibi von mir?«

»Es wäre günstig, wenn Sie eins hätten.«

Er schob das Kinn vor und verschränkte die Arme. »Ich war allein zu Haus. Na und? Hab mir alte Fotos von … angesehen, wenn Sie's genau wissen wollen. Bin ich jetzt ein Mordverdächtiger?«

Landauer musste um die sechzig sein, aber sein Oberarmumfang war nur unwesentlich geringer als Evas Taille. Wo der hinlangte, da wuchs kein Gras mehr.

Eva fühlte sich ein wenig zittrig, doch es gelang ihr, die Stimme ruhig zu halten. »Ohne Alibi können wir Sie nicht von der Liste streichen, Herr Landauer. Die Tote hat Ihnen beträchtlichen Schaden zugefügt.«

»Na und? Was hätte ich davon gehabt, die Granelli umzubringen?« Seine Stimme wurde lauter. »Diese Sparkassenfritzen sind wie die Schmeißfliegen. Schlägst du eine tot, kommt die nächste angekrochen!« Jetzt brüllte er.

»Sie sollten nicht so daherreden. Das macht Sie nur noch verdächtiger.«

»Mir doch scheißegal. Stecken Sie mich halt ins Loch!«

Die Tür ging auf. Emmenegger kam herein. Landauer stieß ihn beiseite und rannte hinaus.

Emmenegger kickte den Stuhl weg, auf dem Landauer gesessen hatte, und warf sich in seinen Schreibtischsessel. Er sagte kein Wort. Stierte vor sich hin.

***

Eva zieht ihr Notizbuch zurate.

So weit also die erste Vernehmung von Hellmut Landauer, dem Hauptverdächtigen.

Landauers Polizeiakte ist recht aufschlussreich. Früher hat sich der Mann regelmäßig geprügelt. Anschließend saß er ein paar Tage in der Zelle.

Allerdings hat Hellmut Landauer noch nie jemanden schwer verletzt. Aber jeder fängt mal klein an.

Widerstrebend greift Eva nach ihrem Stift. Es muss sein, sie braucht eine Liste, um Ordnung in ihrem Kopf zu schaffen. Wenn sie an die andere denkt, dreht sich ihr der Magen um.

Aber diesmal ist es streng dienstlich.

Wichtiger Punkt: Tathergang.

Es ist der Morgen des 21. März. Hellmut Landauer fährt mit seinem Motorrad zu Lisa Granellis Wohnung. Er ist früh aufgebrochen, damit er sie abpasst, bevor sie zur Bank geht. Möglicherweise hat er versucht, die Frau dort zur Rede zu stellen, ist aber nicht vorgelassen worden. Entsprechend heftig ist der Aufruhr, der in seinem Inneren tobt.

Gerade will er die Straße überqueren, um an der Wohnungstür zu klingeln, da sieht er die Granelli mit einem Hund an der Leine aus dem Haus kommen.

Er hat kein Problem, sie zu erkennen. Die Direktoren der Sparkasse sind auf ihrer Webseite aufgeführt, nebst Foto.

(Anmerkung: Woher wusste Landauer, wo die Granelli wohnte? *Das* steht nicht auf der Webseite der Bank!)

Landauer beobachtet, wie die Granelli in ihr Auto steigt.

(Frage: Stand das Auto wirklich am Straßenrand? Oder hat das Haus eine Tiefgarage? Nachprüfen!)

Landauer schwingt sich auf seine Maschine und folgt dem Wagen.

Auf dem Hundeplatz kommt es zu der verhängnisvollen Begegnung. Als er von der Frau verlangt, die Zwangsvollstreckung zurückzunehmen, lacht sie ihm ins Gesicht. Vielleicht schickt sie noch ein paar Beleidigungen hinterher, zum Beispiel über arme Schlucker, die es im Leben zu nichts gebracht haben.

Landauer sieht rot. Wieder mal geht sein Temperament mit ihm durch. Er greift nach …

Evas Stift stockt.

In ihrem Szenario war die Tat nicht geplant. Ergo muss die Mordwaffe etwas sein, das Landauer in dem Moment zur Verfügung hatte. (Erledigung: In Bozen Durchsuchungsbeschluss für Landauers Wohnung in Algund anfordern!)

***

Frustriert klappt Eva ihr Notizbuch zu. In ihrer Theorie klaffen Löcher.

Und da ist noch etwas, was sie nicht versteht: Wieso hat die Sparkasse der Flying Taifl Srl die fünfzigtausend Euro geliehen?

Die Sparkasse hat gewusst, dass sie an das Geld des Hauptgesellschafters nicht herankommt. (Randbemerkung: Falls Luis Heiliger überhaupt welches hat …)

An Unternehmen mit beschränkter Haftung reicht kaum eine Bank mehr als die Hälfte dessen aus, was die beliehene Immobilie zum Zeitpunkt der Kreditgewährung einbringen würde.

Eva glaubt nicht, dass das abbruchreife Clubhaus der Flying Taifl nebst winzigem Grundstück in mieser Lage hunderttausend Euro wert ist. Ein Standort mitten im Nirgendwo. Diese Geräuschkulisse, mit horrenden Abzügen in der B-Note.

Irgendwas stimmt hier nicht.

✳✳✳

Eva stürzt den Rest des Grappas hinunter und steckt das Notizbuch in ihre Handtasche. Eine Menge Klärungsbedarf. Die nächsten Tage werden arbeitsreich und schwierig. Vor allem wegen – Emmenegger.

Landauer ist Emmis bester Freund. Ergo dürfte er diese Morduntersuchung nicht leiten. So wie es im Moment ausschaut, dürfte sie die Geeignetere sein, den Fall zu klären.

Was soll sie jetzt machen?

Wenn sie Branga meldet, wie Emmenegger zu dem Hauptverdächtigen steht, ist sie eine Petze.

Emmenegger wüsste sofort Bescheid. Dann wäre es aus und vorbei. Sie wären nicht mal mehr Freunde.

Mit den Fingerspitzen massiert Eva ihre Schläfen. Es wäre entschieden besser gewesen, auf den Grappa zu verzichten.

Emmenegger steuert sowieso mit Volldampf auf ein berufliches Desaster zu.

Wenn er Brangas Anrufe weiterhin ignoriert, wird der Boss disziplinarische Maßnahmen ergreifen. Man kann einen Polizeichef nicht so behandeln, ohne dass das Folgen für die Karriere hat.

In dem Fall bekäme sie ihre Chance. Aber darüber freuen kann sich Eva nicht.

Es fühlt sich mies an.

Kornplatz. Emmeneggers Wohnung
22. März. Spät in der Nacht

Die große Uhr der Nikolauskirche schlägt elf Mal. Die Schläge klingen dumpf und unheilverkündend.

Im Innenhof seines Hauses, im Licht einer funzligen Glühbirne, bockt Emmenegger seine Maschine auf.

Das Verbotsschild hängt immer noch da. Jemand hat die Ausrufungszeichen weggeputzt. Dafür hat Lacante, der Hausmeister, Zeit.

Emmenegger setzt den Helm ab und atmet ein paarmal tief durch. Seine Wangen sind eiskalt.

Er ist stundenlang durchs Schnalstal geheizt, bis nach Kurzras hoch und wieder runter ins Vinschgau. Wie ein Irrer hat er sich in die Kurven gelegt, hat den Schwerpunkt ausgereizt bis zum Letzten. Aber den Kopf frei gekriegt hat er trotzdem nicht.

Die Wut hat ihn im Griff.

Auf die Granelli. Auf alle Bankfritzen. Warum haben diese Geier diesmal Geld rausgerückt? Die Beiträge der Clubmitglieder hätten doch hinten und vorn nicht gereicht, den Kredit zu bedienen. Nicht mal für die Zinsen.

Warum hat Hellboy versucht, die Sache allein durchzustehen? Sie beide waren doch früher ein Herz und eine Seele, wie zwei Brüder.

Hellboy, der Ältere, mit einem Kreuz wie ein Schraubstock. Emmi, der wusste, wie man Sachen deichselte.

Hellboy hätte ihn bloß fragen müssen. So wie früher.

Aber diesmal hat er's nicht getan. Hat wohl geglaubt, er kriegt es allein hin, der dumme Kerl.

Schweren Schrittes steigt Emmenegger die Stufen zu seiner Wohnung hinauf. Je höher er kommt, desto klarer sieht er.

Er ist nicht wütend auf Hellboy. Sondern auf sich selbst.

Sein Freund hat nur versucht, Robins Leben zu retten. An seiner Stelle hätte Emmenegger dasselbe getan.

Dass es Robin schlecht ging, hat er gewusst. Warum hat er Hellboy nicht gefragt, ob er etwas tun kann? Dafür sind Freunde da.

Aber er war viel zu beschäftigt, Eva anzuschmachten und seinem alten Chef nachzutrauern. Dazu die Angst, seinem neuen Job nicht gewachsen zu sein.

Aber das ist keine Entschuldigung.

Es war nicht Hellboys Aufgabe, ihn um Hilfe zu bitten. Es war seine verdammte Pflicht und Schuldigkeit, sie ihm anzubieten.

Scheiße.

***

Auf halber Strecke geht das Licht aus. Es ist dunkel wie im Bärenarsch.

Die Elektrik im Haus spielt seit Tagen verrückt. Lacante, du verdammter Faulpelz.

Emmenegger tastet sich die Treppe hoch.

Neben seiner Wohnungstür lehnt eine Gestalt.

»Paul, bist du das?«

Keine Antwort.

Emmenegger überläuft es kalt. Hat Pircher tatsächlich jemanden auf ihn angesetzt?

Er will seine Waffe ziehen, aber die ist in seinem Rucksack. Bluffen und das Beste hoffen.

»Nehmen Sie die Hände hoch, oder ich schieße!«

»Wie melodramatisch«, sagt eine Stimme, die er kennt. »Wir sind nicht in Hollywood.« Leises Lachen. »Pardon. Sie sind der Mann, der an zwei Orten zugleich sein kann.«

Das Licht geht an.

Polizeichef Branga höchstpersönlich, aus dem Ei gepellt und frisch wie der junge Morgen.

»Das ist 'ne Überraschung. Was kann ich für Sie tun, das nicht bis morgen früh Zeit gehabt hätte?«

»Sparen Sie sich die süffisanten Bemerkungen. Ich bin es leid, hinter Ihnen herzutelefonieren. Sie sind nie an Ihrem Arbeitsplatz. Meine Anrufe werden ignoriert. Dann eben jetzt, auf diese Art.«

Beiderseitiges Blickemessen.

Brangas Augen sind zusammengekniffen. Aber seine Stimme ist freundlicher als die Worte und der Gesichtsausdruck.

Emmenegger ist zum Umfallen müde. Er will ins Bett und diesen Scheißtag vergessen.

Der Polizeichef deutet mit dem Kopf auf Emmeneggers Tür. »Möchten Sie mich nicht hineinbitten?«

Emmenegger sperrt die Tür auf und macht Licht im Flur. »Ganz durch, letzte Tür links.«

**

In der Küche wischt Branga Krümel von der Sitzbank. Umständlich hängt er sein Jackett über den Stuhl. Dann nimmt er Platz, nicht ohne die Hosenbeine seines eleganten Frühjahrsanzugs (Armani? Versace?) zurechtzuzupfen.

Emmenegger liegt eine unverschämte Bemerkung auf der Zunge. Er geht zum Kühlschrank und holt sich ein kaltes Bier.

»Tee ist leider zurzeit aus. Hätte ich geahnt, dass so hoher Besuch ...«

»Ich hätte gern auch ein Bier«, sagt Branga.

Emmenegger starrt sein Gegenüber an. Schulterzuckend holt er noch eine Flasche. Und ein Glas.

Branga greift nach einem Feuerzeug, das auf dem Tisch

liegt, und hebelt mit einer schnellen, geübten Bewegung die Flasche auf. Setzt sie an den Mund und trinkt. »Ah. Gut.«

Aha. Der Versuch, eine gemeinsame Gesprächsebene herzustellen. Glaubt Branga wirklich, dass jemand auf diesen alten Trick hereinfällt?

Emmenegger trinkt und wartet.

Branga inspiziert das Etikett der Bierflasche. Dreht und wendet sie hin und her.

»Suchen Sie das Verfallsdatum?«

»Gewissermaßen, Ispettore.« Branga lächelt, aber seine Augen blicken ernst. »Ich suche nach einer Antwort, was ich mit Ihnen machen soll.«

»Wollen Sie mir den Job wegnehmen? Nur zu. Bringen wir es hinter uns.« In diesem Moment ist Emmenegger alles egal.

»Nein«, sagt Branga. »Ob Sie es glauben oder nicht – ich schätze Ihre Arbeit.«

Der Polizeichef setzt die Flasche vorsichtig auf dem Tisch ab. »Mir ist klar, dass Sie ein Problem mit Vorgesetzten haben. Mit Führung insgesamt. Ihre Methoden, ja Ihre gesamte Art und Weise, Ermittlungen anzustellen, ist unkonventionell. Das haben Sie uns beim letzten Mordfall klar vor Augen geführt, als Sie eine Motorradgang als Hilfssheriffs angeheuert haben.« Branga seufzt. »Kein Wunder, wenn man bedenkt, bei wem Sie in die Lehre gegangen sind.«

Er schaut Emmenegger in die Augen. »Sie halten sich nicht an die Regeln. Der Umgang mit Ihnen ist anstrengend. Äußerst anstrengend. Aber das bin ich bereit in Kauf zu nehmen. Wir haben in unserer Polizei zu viele Sesselfurzer und Prinzipienreiter. Unorthodoxe Ermittler wie Sie sind rar. Wenn alle so wären wie Sie, würde die Polizeitruppe auseinanderbrechen. Aber einen von Ihrer Sorte halten wir schon aus.« In Brangas Augen steht ein Funkeln. »Das haben Sie wohl nicht erwartet.«

Nein, hat Emmenegger nicht. Nicht von einem, der von der Inneren kommt. Da, wo die Sesselfurzer und Prinzipienreiter sitzen.

So schnell kann Emmenegger nicht aus seiner Haut. »Das war's? Deswegen lauern Sie mir an der Haustür auf, mitten in der Nacht?«

»Nein, Ispettore. Ich habe mitten in der Nacht vor Ihrer Tür gewartet, weil ich Ihnen sagen muss, dass Sie bis auf Weiteres beurlaubt sind.«

Also doch. Ein Ruck – und Emmenegger ist auf den Füßen.

»Setzen Sie sich wieder hin, Ispettore. Ich bin noch nicht fertig.«

»Kann mir schon denken, was jetzt kommt«, knurrt der und bleibt stehen. »Pircher, der Kasper von der Sparkasse, hat an seinen Strippen gezogen. Und schon bin ich weg vom Fenster.«

»Anton Pircher? Der Generaldirektor der Cassa Popolare?« Branga wirkt ehrlich erstaunt. »Der hat damit nichts zu tun. Wie kommen Sie darauf?«

»Es war Pircher, der die Akten der Granelli nicht rausrücken wollte.« Das Erstbeste, was Emmenegger auf die Schnelle einfällt.

»Inzwischen kooperiert er doch«, erwidert der Polizeichef. »Dass Banken keine Informationen über ihre Kunden preisgeben, ohne Anwälte hinzuzuziehen, ist meiner Erfahrung nach ganz normal.«

»Wir haben ganze fünf Kreditakten bekommen. Fünf für ein Vierteljahr, ich bitt Sie! Den größten Teil haben die feinen Herrschaften unterschlagen.«

»Können Sie diese Behauptung auch beweisen?«

Schulterzucken.

»Außerdem, warum sollte sich Herr Pircher solche Mühe mit Ihnen geben? Die Ermittlungen laufen weiter, ob Sie dabei sind oder nicht.«

»Also warum dann?«

Der Polizeichef seufzt. »Weil Sie persönlich in den Mordfall Lisa Granelli involviert sind.«

Das ist eine verdammte Lüge, will Emmenegger rufen, aber bevor er aufbegehren kann, hebt Branga die Hand.

»Sie hatten Streit mit dem Mordopfer. Leider ist dieser Umstand einem Journalisten vom ›Südtiroler‹ zu Ohren gekommen. Er hat mich angerufen.«

»Magnus Braunhofer.« Emmenegger knirscht mit den Zähnen.

»Sie kennen den Mann?«

»Wir hatten das Vergnügen miteinander.«

»Außerdem weiß er, dass Sie im selben Haus wie Lisa Granelli wohnen. Ich kann Sie unmöglich ein Stockwerk tiefer eine Durchsuchung leiten lassen. Sie sind zu nah dran. Aber das ist nicht der Grund für Ihre Beurlaubung.«

»Jetzt bin ich aber gespannt.«

Branga zieht ein gefaltetes Blatt Papier aus seiner Jackentasche, offensichtlich ein Computerausdruck, und legt ihn vor Emmenegger auf den Küchentisch.

Der starrt auf das Papier. Es ist nur ein kurzer Text – und zwei Fotos. »Was zum Teufel …?«

»Das ist der Inhalt einer E-Mail, die heute Abend bei mir ankam. Anonym natürlich. Über einen russischen Server. Ich glaube nicht, dass wir sie zurückverfolgen können.«

Brangas Stimme klingt sachlich, emotionslos. So als rede er über den Kostenplan der Polizeibehörde und nicht über Dynamit, das Emmeneggers Laufbahn bei der Polizei in die Luft sprengen kann.

***

Das erste Foto zeigt einen Grundbuchauszug über eine Hundertfünfzig-Quadratmeter-Eigentumswohnung am Kornplatz im Wert von achthunderttausend Euro. Belastungsfrei. Der Eigentümer ist beiden Männern wohlbekannt.

Auf dem zweiten Foto ist Emmenegger mit einem anderen Mann zu sehen, einem kleinen, stämmigen Kerl mit Ohrfeigengesicht und Glatze. Sie stehen sich am Tresen gegenüber und trinken Bier.

Unten rechts: ein Timecode. Das Foto wurde um achtzehn Uhr achtundvierzig am 2. Oktober des letzten Jahres aufgenommen.

Emmenegger reicht ein Blick, um das Lokal zu erkennen: der Burggraf. Eine üble Spelunke am Rennweg, nur ein paar Schritte von seiner Wohnung entfernt. Die Gäste, die hier verkehren, sind alles andere als gräflichen Geschlechts. Für die meisten ist Trinken eine ernsthafte, tagfüllende Beschäftigung, und jeder Tag endet gleich.

Der zweite Mann auf dem Schnappschuss ist ein gewisser Emilio Scurese. Angeblich gehört ihm das Lokal. Emmenegger hatte ihn im Verdacht, im Auftrag der Mailänder Angel-Dust-Mafia Stoff zu verschneiden und an Schulkinder zu verkaufen.

Lange Zeit ist Scurese immer wieder durch die Maschen geschlüpft. Vor einem halben Jahr gelang Emmenegger mit Evas Hilfe ein Durchbruch. Nach einer langwierigen und geradezu verbissenen Internetrecherche konnten sie beweisen, dass Scurese bloß ein Strohmann war. In Wirklichkeit gehört das Lokal einem Capo der Mailänder Drogenbosse, der es benutzt, um schmutziges Geld zu waschen.

Seitdem sitzt Scurese in Untersuchungshaft.

Der Text der E-Mail ist eine Liste.

Lieber Polizeichef,
1. Der Emmenegger hat zu viel Kohle für seine Gehalts-
  klasse.
2. Der saubere Ispettore lässt sich schmieren.
3. Die Granelli hat's gewusst.
4. Deswegen hat er ihr den Schädel eingeschlagen.

»Ich war's, der Scurese ins Loch gesteckt hat«, stammelt Emmenegger. »Jahrelang war ich hinter dem Kerl her. Nie im Leben hätt ich mich von dem schmieren lassen!«

Branga nickt langsam. Seine Augen sind wachsam, seine Miene spiegelglatt.

Emmenegger ist schlecht. Wenn Branga ihm nicht glaubt, ist er draußen.

Verdammt, woher kommt dieses Foto? Er und Scurese, wie sie gemeinsam einen heben – das kann nicht sein. Emmeneggers Kopf ist leer.

Dann reißt er sich am Riemen und schaut sich die Aufnahme noch mal genauer an.

Auf dem schmutzigen Tresen sind leere Biergläser aufgereiht. Eine ganze Menge.

Das Foto muss zu der Zeit entstanden sein, als er noch gesoffen hat. Das ist lange her.

Aber auf dem Foto sieht er zwei, höchstens drei Jahre jünger aus als jetzt.

Dieses Grinsen. Warum feixt Scurese so?

Da fällt es ihm ein. Die Wette.

Das denkwürdige Gelage hatte vor ein paar Jahren im Zuge eines Mordfalls stattgefunden. Pavarotti und Emmenegger brauchten dringend Informationen, und es hatte eine winzige Chance gegeben, dass Scurese oder einer seiner Gäste etwas wusste.

Als Gegenleistung für seine Hilfe hatte Scurese, der Emmeneggers feuchtfröhliche Vergangenheit kannte, ein Wetttrinken veranstaltet. Emmenegger gewann, und der Abend endete im Desaster.

»Sind Sie zu einem Ergebnis gekommen, Ispettore?«, hört er Branga fragen.

»Zumindest weiß ich jetzt, warum ich mit der Arschgeige am Tresen steh und ein Bier trink.«

Emmenegger erzählt Branga die Geschichte, während sie den Rest ihrer Biere trinken.

***

»Ich kann mich an den Mordfall erinnern«, sagt Branga am Ende und wischt sich den Schaum vom Mund. »Ich war damals noch bei der Inneren. Glauben Sie, jemand aus dem Drogenmilieu will sich an Ihnen rächen?«

»Hab noch nie gehört, dass diese Kerle Mails verschicken, wenn sie sich rächen wollen.« Emmenegger stellt die leeren Flaschen zurück in die Bierkiste. »Außerdem – was haben Typen wie Scurese mit einer Direktorin der Sparkasse zu tun? Noch ein Bier?«

Der Polizeichef schüttelt den Kopf. »Eins ist genug, vielen Dank. Haben Sie einen Verdacht, wer das Foto geschossen haben könnte?«

»Ich weiß nicht mal mehr, wer damals außer Scurese und mir in der Kneipe gewesen ist. Die Stammbelegschaft vermutlich, alle mehr oder weniger bewusstlos. Unwahrscheinlich, dass es einer der Saufköpfe gewesen ist.«

»Fällt Ihnen jemand ein, der ein Interesse haben könnte, Ihnen zu schaden?«

»Ich wüsste nicht, wer. Bis auf Scurese, aber der logiert auf Staatskosten. Die Bleibe hat kein Internet.«

»Schade.« Branga steht auf. »Es wäre gut, wenn Sie die Sache zügig aufklären könnten. Bis dahin können Sie selbstverständlich nicht an der Ermittlung teilnehmen. Dieser Journalist – Braunhofer – könnte behaupten, Sie würden Beweise unterschlagen.«

Branga zieht seine Hose glatt und wendet sich zur Tür. »Ich habe nichts dagegen, wenn Frau Marthaler Sie auf dem Laufenden hält – nun, inoffiziell.« Täuscht sich Emmenegger, oder hat der Boss gezwinkert?

»Jetzt überlasse ich Sie Ihrer Nachtruhe, Ispettore.« Im Hinausgehen sagt er: »Schöne Wohnung.«

»Direttore ...«

»Ach ja, der Grundbuchauszug. Mir den als angeblichen Beweis unterzujubeln, war dumm. Sie haben die Wohnung vor zehn Jahren gekauft. Ihre Frau hatte das Geld von ihrer

Mutter geerbt, die sehr vermögend war.« Branga lächelt. »Gute Nacht – und danke für das Bier.«

***

Nachdem der Polizeichef gegangen ist, will sich Emmenegger noch ein Bier aus dem Kühlschrank holen. Glücklicherweise ist keins mehr da.

Er ist hundemüde und hellwach.

Kometenhafte Gedanken zischen vorbei und verglühen.

Diese Mail. So was kann an einem kleben bleiben, auch wenn bewiesenermaßen nichts dran ist. Mehr oder weniger kaschierte Anspielungen. Getuschel hinter dem Rücken. Das könnte er nicht ertragen.

Erst mal ist er raus aus dem Fall. Wenn Emmenegger ehrlich mit sich ist, kann er das sogar nachvollziehen. Er hätte genauso entschieden.

Dieser Besuch heute Nacht. Wie sich der Polizeichef verhalten hat, erscheint Emmenegger in der Rückschau fast surreal.

Branga, dieser Lackaffe. Und auf einmal hat er seinen Frieden mit ihm gemacht. Angeblich steht er jetzt sogar in seiner Fankurve.

Emmenegger stützt den Kopf in die Hände. Noch nie hat ihm sein früherer Chef so gefehlt wie in diesem Moment. Pavarotti hätte gewusst, was zu tun ist.

Emmenegger zieht sein Handy aus der Tasche, um es im nächsten Moment wieder wegzustecken. Idiotischer Einfall, mitten in der Nacht in Deutschland anzurufen.

Er schaut zum großen Küchenfenster hin und in die Nacht hinaus. Wie oft haben Martha und er um drei Uhr morgens auf diesem Fenstersims gesessen, wenn Martha wieder mal nicht einschlafen konnte.

Er mit einer Flasche Bier auf dem Schoß. Martha mit einer

Zigarette zwischen den Lippen, unaufhörlich redend und gestikulierend.

Es hatte ihm gereicht, einfach nur dort zu sein und sie zu betrachten. Es machte ihm nichts, wenn sie ihn auslachte, wenn er einen dummen Kommentar abgab.

Martha war klug. Eine Studierte. Ihren Eltern zufolge hatte sie weit unter ihrem Stand geheiratet.

Er hatte sie vergöttert. Es war ihm egal gewesen, dass ihre Krankheit ihr am Ende die Schönheit genommen hatte. Er hatte sie nicht gehen lassen wollen. Noch kurz vor ihrem Tod, als sie kraftlos und bleich im Bett lag, hatte er sie angefleht, nicht aufzugeben.

Diese letzten Tage …

Und auf einmal ist Emmenegger klar, was er tun muss.

Tag 3 – Der Schlüssel zum Fall

Kornplatz. Mordkommission der Polizia di Stato
23. März. Zehn Uhr dreißig

Die Herrentoilette des Kommissariats ist kein besonders heimeliger Ort, aber wenigstens ist man ungestört. Allerdings ist es keine Dauerlösung, sich zu verbarrikadieren.

Emmenegger flucht leise. Er befühlt sein geschwollenes rechtes Auge und tastet nach seiner Sonnenbrille.

Da wird die Tür aufgerissen.

»Wen haben wir denn da? In der Eile falsch abgebogen?«

Evas Wangen sind hochrot. Sie ringt nach Luft.

Kein Wunder bei dem Geruch, den das Pissoir verbreitet.

»Kommen Sie!« Sie zerrt ihn aus der Toilette und reißt im Flur fast den Kleiderständer um.

»He! Was soll das?«

»Still! Nicht hier«, zischt sie.

Eilmarsch über die Verdistraße, dann über eine Treppe und einen steilen Pfad hoch zum Tappeinerweg. Nach zehn Minuten hält Emmenegger es nicht mehr aus. »Sie sagen mir jetzt sofort, was los ist, oder ich gehe keinen Schritt weiter.«

Endlich lässt sich Eva auf eine Bank fallen. Ihre Augen sind zusammengekniffen und suchen die Szenerie ab.

Emmenegger kann nichts Ungewöhnliches entdecken. An ihnen flanieren Touristen mit schweren Schuhen und Wanderstöcken vorbei, die so tun, als wäre der Tappeinerweg eine Bergtour dritten Grades. Alles normal.

»Was soll das? Warum schleifen Sie mich hierher?«

»Wegen dem, was bei der Durchsuchung der Granelli-Wohnung rausgekommen ist. Ich wollte nicht im Büro mit Ihnen reden.«

»Jetzt bin ich aber gespannt. Geht es um irgendwas, das ihr in ihrem Computer gefunden habt?«

»Der gibt nichts her. Die Festplatte war sauber gelöscht. Nicht wiederherzustellen.«

Eva zieht ein Blatt Papier aus der Tasche, an dem noch ein paar Fetzen vom Ausriss hängen, und streicht es glatt.

»Während Pitti sich den Computer vorgenommen hat, bin ich ins Schlafzimmer und hab den Schreibtisch durchsucht. Da war ein Notizbuch. In dem standen lauter Einträge mit Initialen und Geldsummen. Der hier war der letzte. Und der einzige mit vollem Namen. Ich hab ihn rausgerissen und mitgenommen.«

Da steht in krakeliger Schrift: »21. Januar. Emmenegger. 20.000 Euro in bar. Nächste Rate 21. März.«

✳✳✳

Insekten schwirren umher. Eva starrt runter auf Meran. Emmenegger starrt Eva an.

»Das war eine Riesendummheit. Warum haben Sie das gemacht?«

Eva zuckt die Achseln.

»Wenn Pitti Sie gesehen hätte, wären Sie Ihren Job los. Die würden Sie anklagen.«

»Ich weiß«, sagt sie. »Aber ich will nicht, dass …« Evas Wangen werden womöglich noch röter. »Nie im Leben würden Sie … Außerdem ist die Schrift anders als bei denen davor. Und Ihr Name war ausgeschrieben. Ich hatte bloß eine Sekunde, um mich zu entscheiden.«

Emmenegger ist plötzlich leicht ums Herz.

»Sie hätten es lassen sollen. Trotzdem danke. Jemand gibt sich verdammt viel Mühe, mir was anzuhängen.«

Er zieht sein Handy heraus und ruft ein Foto auf. »So sah das Notizbuch heute Nacht um vier aus. Kein Eintrag über zwanzig Riesen.«

Eva kriegt Kulleraugen. »Sie haben die Wohnung gefilzt, bevor ich mit den Carabinieri drin war? Chef, Sie … Sie sind … unmöglich! Wie sind Sie denn überhaupt da reingekommen?«

»Ich hatte einen Schlüssel.«

* * *

Der Schlüssel stammt von dem Mann, dem die Wohnung vor Lisa Granelli gehört hat. Er war oft verreist und hatte Emmenegger gebeten, seine Blumen zu gießen.

Das ist nur ein Teil der Wahrheit, aber Emmenegger hat keine Lust, die ganze Geschichte auszubreiten.

Die Schlüsselübergabe hatte am Tag von Marthas Operation stattgefunden.

Ein paar Stunden nachdem die OP das ganze Ausmaß ihrer Krankheit offenbart hatte, traf Emmenegger den Mann abends im Treppenhaus. Bis dahin hatte Emmenegger bis auf »Guten Morgen« und »Schöner Tag heute« kaum ein Wort mit ihm gewechselt.

Der Mann war älter als er, zwanzig Jahre oder mehr. Emmenegger erinnert sich nicht an seinen Namen. Vielleicht hat er ihn nie gekannt.

Am Abend dieses schrecklichen Tages tat der Mann etwas, was er noch nie getan hatte. Er blieb stehen und schaute ihm ins Gesicht. »Kann ich Ihnen irgendwie helfen?«

Zehn Minuten später saß Emmenegger im Halbdunkel einer fremden Wohnung.

Der Mann schwieg. Emmenegger erzählte. Dass Martha nicht wieder gesund werden würde. Dass sie bald aus dem Krankenhaus entlassen würde, weil die Ärzte nicht mehr viel für sie tun konnten. Emmenegger würde sie zu Hause pflegen, so lange es eben dauerte.

Dann weinte er. Lange.

Der Mann machte keinen Versuch, ihn zu umarmen, ihm auf die Schulter zu klopfen oder ihn auf eine andere unbeholfene Art zu trösten, wie Männer es tun. Stattdessen stand er auf, und als er wiederkam, hielt er einen Schlüssel in der Hand.

»Hier. Mein Ersatzschlüssel. Wenn es Ihnen oben einmal … zu viel werden sollte. Ich bin die Woche über weg. Kommen Sie, sooft Sie wollen.«

Emmenegger hatte den Schlüssel eingesteckt, aber die Möglichkeit, die damit verbunden war, nahm er nie in Anspruch.

Eines Tages, es war ein paar Wochen nach Marthas Tod, war der Mann auf einmal verschwunden, und Lisa Granelli zog ein.

Emmenegger war in seinem Schmerz versunken und kümmerte sich um nichts.

So blieb der Schlüssel in seinem Besitz. Wartete fast ein Jahrzehnt in einer Nachttischschublade auf seinen ersten Einsatz.

∗∗∗

Emmenegger war nervös gewesen, als er im dunklen Treppenhaus ein Stockwerk nach unten schlich. Möglicherweise hatte Lisa Granelli das Schloss auswechseln lassen.

Der Schlüssel ließ sich so mühelos drehen, als hätte er ihn gestern das letzte Mal benutzt.

Behutsam entfernte Emmenegger die dürftige Versiegelung, damit er sie hinterher wieder anbringen konnte. Gepriesen sei die Schlampigkeit, mit der die Freunde von der Carabinieri-Station Mitte arbeiteten.

Die Wohnung hatte sich kein bisschen verändert. Emmenegger erkannte die Wohnzimmergarnitur aus goldfarbenem Samt wieder. Auf einem der Sessel hatte er vor acht Jahren gesessen.

Anscheinend hatte die Granelli die Wohnung möbliert gekauft und sich nicht die Mühe gemacht, neue Sachen anzuschaffen.

Die Frau hatte hier nur geschlafen. Gelebt hatte in der Wohnung schon lange niemand mehr.

Im Schreibtisch der Granelli stieß Emmenegger auf besagtes Notizbuch. Und auf eine verschlissene Ledermappe. Sie enthielt eine Aufstellung von Immobilienkäufen. Emmenegger zählte durch. Es waren insgesamt vierzehn.

Die Erwerberin war jedes Mal eine Immobiliengesellschaft namens Realito mit Sitz in Ruggell, Liechtenstein.

***

Eva sitzt kerzengerade da. Auf ihrer Stirn wellt sich eine Dünenlandschaft. »Wo ist diese Dokumentation? Sie hätten sie auf keinen Fall mitnehmen dürfen!«

»Hab ich nicht.« Emmenegger setzt die Sonnenbrille ab.

»Ach du liebe Zeit«, ruft Eva. »Was ist Ihnen denn zugestoßen?«

»Wonach sieht's denn aus? Ich war am Gehen, da hat mir einer einen Fausthieb ins Gesicht verpasst. Irgendein Kerl hat mir draußen vor der Tür aufgelauert. Ich war über eine halbe Stunde abgemeldet. Als ich zu mir kam, lag ich auf dem Hausflur, und der Schlüssel zur Granelli-Wohnung war verschwunden.«

»Oh Mann! Also haben wir gar nichts!«

»Schmarren.« Emmenegger ruft die Fotogalerie seines Handys auf. »Bin ich ein Anfänger? Ich hab natürlich auch das Immobilienzeugs fotografiert.«

Drei Seiten. Vierzehn Immobilien in allererster Meraner Lage und allesamt erworben im Zuge einer Zwangsversteigerung.

»Ich wette, Lisa Granelli steckt hinter Realito«, flüstert Eva. »Sie wollte günstig an die Immobilien heran. Sie hat die Leute absichtlich in die Pleite geschickt!«

»Oder Anton Pircher steckt dahinter. Und die Granelli hat's rausgefunden und hat ihn erpresst.« Er tippt auf die herausgerissene Seite auf Evas Schoß. »Wenn das nicht nach Erpressung ausschaut, heiß ich Hans mit Vornamen.«

Eva macht plötzlich ein eigentümliches Gesicht. Ihre Mundwinkel zucken.

»Was gucken Sie so blümerant?«

»Ich?«

»Hab ich irgendwas Komisches gesagt?«

»Gar nicht.«

Emmenegger schaut sie an. »Ich denk mir, die Granelli hat sich neben ihrem Bankjob ein kleines Hobby geleistet«, sagt er, als nichts mehr kommt. »Anscheinend hat ihr das fette Gehalt nicht gereicht.«

✳✳✳

Sie schweigen ein paar Minuten. Dann Eva: »Diese unsaubere Immobiliensache. Erpressung. Alles Mordmotive, die mir einleuchten. Aber ich verstehe nicht, warum Ihnen jemand schaden will.«

Emmenegger hebt den Kopf. »Ach so. Sie wissen das Wichtigste noch nicht. Bevor ich die Nachtexpedition zur Granelli-Wohnung gemacht hab, ist noch was passiert.«

Gott, was für eine Nacht. Er ist todmüde.

»Ich hab Besuch gekriegt. Das Mitbringsel war eine Liste. Ich fand sie nicht grad schmeichelhaft.«

Die Farbe ist aus Evas Gesicht gewichen. Sie sieht aus, als wünschte sie nichts so sehr, wie im Boden zu versinken.

»Was ist denn jetzt wieder los? Was starren Sie mich so an? Ist mir ein zweiter Kopf gewachsen, oder hab ich ein drittes Auge auf der Stirn? An meine Visage müssten Sie doch mittlerweile gewöhnt sein.«

Jetzt krümmt sie sich. »Diese Liste …« Ihre Stimme ist bloß noch ein Krächzen. »Ich …«

»Was, Sie wissen schon Bescheid?« Anscheinend hat der Kerl die Mail breitflächig gestreut.

Evas Augen sind blank. Eine Sturzflut ist im Anmarsch.

Emmenegger nimmt ihre Hand. »Jetzt regen Sie sich nicht so auf. Alles halb so wild. Wir kriegen den Schweinehund. Seinen ersten Fehler hat er schon gemacht. Branga ist schlauer, als er auf den ersten Blick ausschaut.«

Während er erzählt, entspannt sich Eva langsam. Sie schnäuzt wenig damenhaft in ein Taschentuch und richtet ihre Frisur.

**

Emmenegger ist beleidigt. Da will ihm jemand am Zeug flicken, und statt rechtschaffener Entrüstung zeigt seine Kollegin alle Anzeichen eines Überdruckventils, aus dem kurz vor der Explosion Luft entwichen ist.

Am Ende ist sie wieder ganz die Alte. Da verstehe einer die Frauen.

»Darf ich das Foto mal sehen?«

Emmenegger steuert ein paar erklärende Bemerkungen bei, zum Beispiel, dass die Aufnahme vermutlich vom Hinterausgang der Kneipe aus gemacht worden ist, wo sich die Toiletten befinden, aber sie hört gar nicht zu.

»Da. Sehen Sie das?«

Am rechten oberen Rand des Fotos, über Emmeneggers Schulter, befindet sich ein unscharfer hellbeiger Fleck.

»Wahrscheinlich Dreck. Oder jemand hat einen Bierkrug gegen die Wand geschleudert. Soll in dem Lokal öfter mal vorkommen.« Emmenegger zuckt mit den Schultern.

»Ich glaub nicht, dass das ein Fleck ist«, sagt Eva aufgeregt. »Wenn ich mich nicht sehr täusche, handelt es sich um eine Überwachungskamera.«

Sie beugt sich über das Foto. »Schauen Sie genau hin, Chef. Sehen Sie diesen winzigen grünen Punkt? Die Kamera hat gerade aufgezeichnet, als das Foto gemacht wurde.«

»Ich kenn den Laden. Eine Überwachungskamera wäre mir aufgefallen.«

»Sie waren anderweitig beschäftigt.« Eva gibt nicht klein bei. »Dieser Hinterausgang. Wenn ich recht habe, dann zeigt die Kamera genau in seine Richtung.«

Vielleicht hat sie recht. Emmenegger reibt sich das Kinn. »Würde Sinn machen. Das Ding könnte dazu da sein, die vornehmen Gäste daran zu hindern, sich nach dem Pinkeln auf Französisch zu empfehlen.«

»Genau. Das bedeutet, dass derjenige, der Sie fotografiert hat, von der Überwachungskamera erfasst worden ist.«

***

»Wir kriegen die Bilder nie.« Emmenegger legt den Kopf in den Nacken und starrt in den azurblauen Himmel. »Scureses Zweitbesetzung wird sie nie im Leben rausrücken. Nicht ohne Genehmigung von seinem Boss.«

»Mir ist gerade eingefallen, dass es sowieso egal ist.« Eva lässt den Kopf hängen. »Die Aufnahmen sind zu alt. Die existieren längst nicht mehr.«

»Glaub ich nicht. Typen wie Scurese löschen so was prinzipiell nicht. Könnte ja was drauf sein, was man später mal gebrauchen kann.«

Eva hebt den Kopf. »Dann besorgen wir uns einen Durchsuchungsbeschluss.«

»Wenn's geht, möcht ich das gern vermeiden«, sagt Emmenegger. »Das hieße, die Mail an die große Glocke zu hängen. In dem Fall tritt automatisch die Interne auf den Plan und fängt an, Ermittlungen gegen mich anzustellen. Ruckzuck bin ich vom Dienst suspendiert. Branga kennt das Prozedere besser als jeder andere. Aus irgendeinem obskuren Grund ist er bereit, erst mal abzuwarten, ob ich die Sache unter der Hand geradebiegen kann.«

»Ich sage Ihnen ja, er ist in Ordnung.«

»Und ich sage, dass dem Streber nicht zu trauen ist. Wieso tut er auf einmal so, als wäre er mein Spezi?«

Die kameradschaftliche Stimmung ist dahin.

Eva inspiziert ihre Fingernägel. Emmenegger steckt das Foto zurück in die Jackentasche. Er schlägt nach einer Mücke und wischt sich den Schweiß von der Stirn.

Die meisten Spaziergänger sitzen beim Mittagessen im Unterweger oder in den kühlen Laubengängen unten in Meran. Warum sich Eva ausgerechnet auf eine Bank in der prallen Sonne setzen musste, bleibt ihr Geheimnis.

Mittlerweile geht es auf zwölf Uhr zu. Die Sonne brennt unbarmherzig herunter. Kein Luftzug, der Erleichterung brächte.

Die Geräusche sind weitgehend verstummt. Da ist nur das Knattern der Regner, die sich unterhalb des Weges in den Weinbergen drehen. Und, in der Ferne, das Sirren des Lifts, der zum Küchelberg hinaufführt.

***

»DIESE BANK IST FÜR BLINDE RESERVIERT! STEHEN SIE SOFORT AUF! SIE SITZEN AUF MEINER BANK!«

Ein Tumult vor einem Kräutergärtchen, zwanzig Meter weiter. Ein junges Pärchen hat sich auf der Bank am Wegesrand niedergelassen und im Schatten einer Korkeiche und eines Eukalyptusbaums seine Brotzeit ausgepackt.

Wütendes Hundegebell. Knurren.

»SIE SOLLEN AUFSTEHEN!«

Schließlich verstaut das junge Paar Käsebrote und Trinkflaschen wieder im Rucksack und zieht murrend von dannen.

Die Person, die die zwei verjagt hat, trägt eine blaue Schürze über einem Lodenjanker und eine dunkle Brille. Der Hut mit ausgefranstem Gamsbart ist viel zu groß und sitzt schief auf dem Kopf. Um den rechten Oberarm windet sich eine gelbe Binde mit schwarzen Punkten.

Dem Hund, einer hässlichen kupferfarbenen Promenadenmischung mit Blindenhalsband, ist seine Verantwortung schnuppe. Er zerrt den Mann gnadenlos hinter sich her, direkt auf den Abhang zu.

Eva ist schon auf den Beinen.

»Sie können sich die Mühe sparen«, sagt Emmenegger. »Hier oben gibt's keine Bänke, die für Blinde reserviert sind.«

»Mach endlich Sitz, Hilde!«, schreit der Blinde. »Ich seh doch mit dieser Scheiß-Brille kaum was!«

»Dann nimm sie halt ab«, sagt Emmenegger. »Du bist enttarnt.«

»Ach, ihr seid das.« Paul lässt sich neben Eva auf die Bank sinken. »Das ist vielleicht anstrengend, sag ich euch. Saumäßig heiß hier oben. Manno, wie diese Schuhe drücken! Auweh!« Paul schnürt einen Schuh auf und massiert sich die Zehen. »Alter, wie kannst du bloß solche Schuhe offen rumstehen lassen? Mit denen kann man sich glatt was antun. Das ist fahrlässige … Verletzung.«

»Es hat dich keiner gezwungen, meine Schuhe zu stehlen. Pack deine Füße wieder ein. Das – ist Körperverletzung. Wieso rennst du in diesem Aufzug über den Tappeinerweg und verjagst Leute von Bänken?«

»Ich breche das Gesetz des Stärkeren«, verkündet Paul mit stolzgeschwellter Brust.

»Hä?«

»Eine Oma wollte sich neben die zwei auf die Bank setzen. Jeder konnte sehen, wie ihr die Hitze zugesetzt hat. Die zwei Arschlöcher haben sie einfach fortgeschickt. Die haben behauptet, es sei besetzt, und gesagt, sie solle sich verziehen. Und anschließend haben sie gekichert. Wenn ich so was seh, werd ich sauer.«

»Schwingst du dich neuerdings zum Retter von Witwen und Waisen auf?«

Paul zieht einen Schmollmund. »Mach dich nur lustig. Die zwei Arschlöcher spielen das Spielchen schon seit Tagen, und zwar immer bei Leuten, die sich nicht wehren können. Hätte ich deswegen die Carabinieri rufen sollen? Was denkst du wohl, was die unternommen hätten? Können wir jetzt gehen? Ich hab Durst.«

Eva hat die ganze Zeit geschwiegen. Jetzt stößt sie Paul in die Seite. »Du bist doch Schauspieler, oder?«

Paul wirft Emmenegger einen Blick zu.

»So halb.«

»Könntest du dir vorstellen, einen Polizisten zu spielen? Einen jungen fiesen? Würdest du das hinkriegen?«

Paul grinst. »Ist der Papst katholisch?«

Laubengasse. Parfümerie Granelli
23. März. Kurz vor dreizehn Uhr

Emmenegger ist im Sturmschritt auf dem Weg zum Juwelier Ceska unterwegs, um ein Fünftausend-Euro-Requisit zu besorgen. Hoffentlich hat Ceska nicht doch noch die Hosen voll.

Als er sich dem Schaufenster der Parfümerie Granelli nähert, wird er langsamer, wie von selbst.

An der Ladentür bleibt er stehen.

Der alte Mann erscheint wie aufs Stichwort.

»Commissario! Irgendetwas hat mir zugeflüstert, dass Sie kommen. Einen Kaffee?«

»Ich habe heute leider noch weniger Zeit als gestern, Signor Granelli. Ich bin mit dem Juwelier verabredet, und der schließt in fünf Minuten.«

»Mit dem Ceska? Das haben wir gleich.« Granelli lächelt spitzbübisch und verschwindet in seiner Werkstatt. Emmenegger hört, wie der alte Mann telefoniert.

»Nur herein! Er hat noch im Laden zu tun und wartet, bis Sie kommen.«

***

Offenbar arbeitet der alte Parfümeur gerade an einer neuen Kreation. Auf dem großen Arbeitstisch stehen ein halbes Dutzend Glasröhrchen, daneben eine Art Bunsenbrenner, ein Glaskolben und eine weitere kompliziert aussehende Apparatur. »Das ist ein spezielles Destillationsgerät für ätherische Öle«, erklärt Granelli stolz, während er das Gas des Bunsenbrenners abdreht. »Das gibt's in dieser Form nicht zu kaufen. Ich hab es gewissermaßen erfunden.«

Emmenegger betrachtet den alten Mann, wie er mit flinken Fingern an der Kaffeemaschine hantiert.

Granelli scheint den Blick zu spüren. »Meine Hüfte ist im Eimer. Aber die Hände hat das Alter verschont.« Er hebt sie vors Gesicht. »Schauen Sie mal, Commissario. Kein Zittern. Nicht die Spur von Arthritis. Die Hüfte kann mich kreuzweise. Einen klaren Kopf und ruhige Hände, mehr brauch ich nicht zum Leben.«

»Hoffentlich bleibt das so, Signor Granelli. Damit Sie Ihrem Hobby noch lange nachgehen können.«

»Aber Commissario, die Komposition von Düften ist doch kein Hobby.« Das erste Mal, seit Emmenegger ihn kennt, scheint der alte Mann verärgert. »Hobby, das ist was für Leute, die mit ihrer Zeit nichts Besseres anzufangen wissen. Golfspielen. Oder Wandern. Wieso sollte jemand auf einen Ball eindreschen oder ewig durch die Gegend stapfen? Daraus ergibt sich nichts von Wert. Man füllt bloß leere Stunden.«

Der passionierte Bergsteiger Emmenegger schweigt.

»Oje.« Granelli schaut betreten drein. »Jetzt bin ich in einen Fettnapf getappt. Ich wollte Ihnen nicht zu nahe treten. Was ich meine …« Er rudert mit den Armen. »In meinem Alter ist vieles bedeutungslos geworden. Man hat nur noch wenige Wünsche. Glück … ich kann mich zwar noch erinnern, wie sich das angefühlt hat. Aber erleben werde ich's wohl nicht mehr.«

Als er Emmeneggers Gesicht sieht: »Das geht schon in Ordnung. Ich bin zufrieden. Mit meinen Parfüms kann ich anderen eine Freude machen. Das ist großartig und viel mehr, als anderen in meinem Alter vergönnt ist. Deswegen sind meine Parfüms kein Hobby. Ohne sie würde ich nicht mehr leben wollen. Ich hoffe, Sie sind mir nicht böse.«

Emmenegger lächelt. »Das Bergsteigen ist nicht mehr so wichtig wie in meiner Sturm-und-Drang-Zeit, Signor Granelli. Außerdem hoffe ich zurzeit, etwas Wertvolleres zu finden. Beides lässt sich in diesem speziellen Fall wohl kaum vereinbaren.«

»Die Liebe?«

Emmenegger nickt.

»Ich vermute, es ist Ihre hübsche Kollegin«, schmunzelt Granelli. »So wie Sie sie neulich angeschaut haben.«

»Ist es so offensichtlich?«

»Für jeden, der Augen im Kopf hat.«

Emmenegger ist etwas betreten, aber dann muss er lachen.

»Die Liebe und das Lachen«, sagt Granelli, wieder ernst geworden. »Ich wünsche Ihnen beides. Ich finde, das eine ist nichts ohne das andere.«

Er blickt hinüber zum Arbeitstisch, dann heftet sich sein Blick auf Emmenegger. »Die Dame Ihres Herzens hat gesagt, sie dürfe keine Geschenke von Beteiligten in einem Mordfall annehmen. Aber so eine Mordermittlung dauert ja nicht ewig. Was halten Sie davon, wenn ich doch ein Parfüm kreiere, das nur für sie bestimmt ist? Wenn Sie es ihr später überreichen, wenn alles vorbei ist, kann sie es sicher annehmen. Würde sie das freuen?«

»Das ist eine tolle Idee, Signore. Sie hat bald Geburtstag, und ihr jetziges Parfüm macht ihr das Herz schwer.«

Emmenegger erzählt von Evas Schwester, die am Berg verschollen ist. Und von Judiths letztem Geschenk, das zur Neige geht.

»Wieder eine traurige Geschichte«, sagt Granelli hinterher. »Aber so ist das Leben. Ich sehe schon, Ihre Eva braucht einen neuen Duft. Nicht, um ihre Schwester zu vergessen. Aber es wird neue Erinnerungen geben, mit Ihnen zum Beispiel, Commissario. Das ist das Schönste an meiner Arbeit: Ich stelle den Stoff her, der Erinnerungen konserviert. Jedes Mal, wenn ich ein Parfüm verkaufe, hoffe ich, es mögen glückliche sein.«

Granelli ist an seine Regale herangetreten. »Können Sie mir ein paar Anhaltspunkte geben? Welche Farben liebt sie? Pastelltöne, nicht wahr? Sie ist selbstbewusst und voller Lebensfreude, das habe ich sofort gesehen. Wir brauchen …«,

Granelli greift nach einem Flakon, dann nach dem nächsten, »… einen ganz besonderen Duft: sinnlich, ohne aufdringlich zu sein. Eine Kopfnote aus Minze oder Bergamotte vielleicht. Die Herznote nur nicht zu blumig …«

Emmenegger schaut auf seine Uhr. Kurz nach halb zwei. »Ich muss Sie jetzt leider verlassen, Signore. Die Ermittlung … Sie wissen schon.«

»Oh. Natürlich. Entschuldigen Sie. Und wieder rede ich in einem fort.« Granelli stellt die Flaschen zurück. »Das nächste Mal, wenn Sie zu mir kommen, werde ich schweigen. Und das Parfüm, das steht dann für Sie bereit.«

»Vielleicht habe ich dann ebenfalls Neuigkeiten, Signor Granelli.«

»Ich bin nicht sicher, ob ich sie hören will, Commissario«, sagt Granelli und wendet sich ab. Mit einem Mal ist sein Schwung erlahmt.

Emmenegger sieht zu, dass er den Laden verlässt.

Das Einzige, was Granelli geblieben ist, sind Erinnerungen.

Emmenegger fragt sich: Kann ein Duft so mächtig sein, die glücklichen Zeiten zu konservieren – egal, was kommen mag?

Marling bei Meran. Clubhaus der Flying Taifl
23. März. Später Nachmittag

Eva lehnt an ihrem Auto und zündet sich eine Zigarette an. Seit der Sache mit der Emmenegger-Liste hat sie wieder angefangen zu rauchen. Nicht viel, nur ein paar Zigaretten am Nachmittag, um ihre Nerven zu beruhigen. Und nie vor fünf Uhr.

Sie schaut auf ihre Uhr – es ist kurz vor fünf – und dann auf die zwei Motorräder vor dem Clubhaus. Sie hat keine Ahnung, welche Art Maschine Hellmut Landauer fährt, und falls doch, würde sie sie nicht erkennen. Es ist ihr ein Rätsel, was Emmenegger an diesen ölverschmierten, laut aufheulenden Ungeheuern findet.

Emmenegger. Emmi. A.

Ihr wird immer noch übel, wenn sie an heute Vormittag denkt, als die Liste zur Sprache kam.

Wenig schmeichelhaft. Ein Überraschungsbesuch mitten in der Nacht. Sofort war ihr Charlie vor Augen gestanden, wie er mit ihrem Zettel vor Emmis Nase herumwedelt, angetrunken und höhnisch grinsend.

Ihr schlechtes Gewissen meldet sich erneut. Weil sie so erleichtert war, obwohl diese andere Liste, über die Emmenegger redete, sein Leben zerstören könnte.

Jetzt ist es fünf. Emmenegger und Paul dürften auf dem Weg sein.

Der Junge war begeistert auf Evas Idee eingestiegen. Emmeneggers Proteste stießen auf taube Ohren.

Das Schlimmste, was ihrer Meinung nach passieren konnte, war, dass der Junge unverrichteter Dinge zurückkehrte.

Paul brauchte dringend Ablenkung. Jeder, der Augen im Kopf hatte (außer Emmenegger natürlich), konnte sehen, dass ihm irgendwas auf der Seele lag.

Emmenegger machte eine Riesensache daraus. Der Junge würde auffliegen, und er wäre nicht rechtzeitig da, um ihn zu beschützen.

Doch Paul schlug ihm auf die Schulter und sagte lässig: »Lass mal stecken, Alter. Ich bin kein Baby mehr. Ich pack das schon.«

**

Eva zieht ein letztes Mal an ihrer Zigarette und zertritt den Stummel auf dem rissigen Beton der Einfahrt.

Halb hofft sie, Landauer nicht anzutreffen. Der Mann macht ihr ein bisschen Angst.

Entschlossen marschiert sie zum Eingang und wummert mit dem großen Eisenklopfer gegen die Tür.

»Sie schon wieder.« Hellmut Landauer steht da, seine muskelbepackten Arme vor der Brust verschränkt. »Sind Sie hier, um mich einzubuchten?«

Wortlos macht er kehrt und geht ins Haus.

Auf einem der zerschlissenen Sessel in der ehemaligen Hotelhalle sitzt bereits jemand. Eva kennt den Mann nur unter seinem Spitznamen »Dude«. Eva atmet auf. Sie kann den Pächter des Forsterbräu gut leiden. Er ist ein freundlicher Mann, der mit Gewalt nichts am Hut hat. Und einer, der nur den Mund aufmacht, wenn er was zu sagen hat.

»Nett, Sie mal wiederzusehen!«

Der Dude nickt. »Wie geht es Paul? Er sitzt doch nicht am Ende …?«

»Alles okay.« Eva lächelt, um ihrem nächsten Satz die Spitze zu nehmen. »Ich müsste mal mit Herrn Landauer allein reden.«

Der Dude ist schon auf den Füßen.

»Setz dich wieder hin. Ich will, dass du bleibst.« Landauer.

»Ich sag sowieso nichts mehr ohne meinen Anwalt. Wenn Sie mich vernehmen wollen, bestellen Sie mich aufs Revier.«

»Ich will Sie nicht vernehmen, Herr Landauer. Ich will Ihre Hilfe.«

»Verarschen kann ich mich allein.«

Da geht der Dude dazwischen. »Hör dir doch an, was sie zu sagen hat, Hellboy. Kann ja nichts schaden.«

Landauer schaut finster drein. »Sie haben fünf Minuten.«

»Ich bin wegen Ihrem Freund hier, Herr Landauer. Ispettore Emmenegger steckt in großen Schwierigkeiten«, sagt Eva.

Die beiden Männer starren sie an. Landauer fasst sich als Erster. »In welche Scheiße hat sich der Idiot jetzt wieder reingeritten? Reden Sie schon.«

»Jemand versucht, Ispettore Emmenegger den Mord anzuhängen.«

»Was?«

»Es gibt Indizien, die ihn schwer belasten. Angeblich hat er ein starkes Motiv für den Mord an Lisa Granelli.«

»Na, dann sieht er mal, wie sich die andere Seite so fühlt.« Landauer.

»Die Hinweise sind fingiert, aber das muss ich erst beweisen. Wenn ich den Mord nicht aufklären kann, wird er suspendiert. Wahrscheinlich muss er vor Gericht.«

»Scheiße«, flüstert der Dude.

»Sie machen das? Und er dreht Däumchen?«, rotzt Landauer.

»Der Ispettore ist raus aus dem Fall. Er kann nichts tun. Können wir jetzt reden?«

Statt einer Antwort lässt sich Landauer auf den nächstbesten Sessel fallen.

»Es tut mir übrigens sehr leid wegen Ihres Enkels, Herr Landauer. Das wollte ich Ihnen schon beim letzten Mal sagen.«

»Stecken Sie sich den Landauer sonst wohin. Hier heiß ich Hellboy.« Er lächelt schief, und plötzlich sieht er gar nicht mehr bedrohlich aus. Ein gut erhaltener, durchtrainierter Großvater, der einen elfjährigen Jungen über Kopf stemmen und auf dem Bolzplatz mühelos mithalten kann.

»Sie kennen meinen Chef besser als ich«, sagt Eva. »Ich hab heute Nachmittag ein paar Sachen erfahren. Vielleicht können Sie sich einen Reim darauf machen.«

***

Der Rennerhof im schicken Stadtviertel Obermais ist ein kleines Juwel, wenn man Goldbrokat, Kirschholz und Messingklopfer an den Türen mag.

Auf dem Parkplatz standen Porsches, Audis und ein paar chromglänzende Oldtimer – Kotflügel an Kotflügel.

Eva war mit dem Bus gekommen. Die Parkplätze da oben sind rar.

Ihre Bluse war verschwitzt. Die Haare klebten am Kopf.

Vor dem Eingang zog sie ihren Rock Richtung Knie. Sie hatte mehr Verantwortung gewollt. Jetzt gab es kein Zurück.

In der Hotelhalle schwebten dienstbare Geister im Dirndllook hin und her. Vor der Rezeption stand ein halbes Dutzend Louis-Vuitton-Koffer aufgereiht.

Es sah aus, als wäre der Rennerhof den Klauen von Lisa Granelli wie durch ein Wunder entronnen. Eva vermutete einen handfesteren Grund.

Die Renners atmeten auf, als sie merkten, dass kein Polizeiwagen auf dem Hof stand. Sie baten Eva in eine kleine, verschwiegene Ecke hinter der Bar. Maria Renner knetete unablässig den Stoff ihrer Dirndlschürze. Ihr Mann übernahm das Reden.

***

Als die Eheleute Anfang Januar mit den Raten für den Kredit in Verzug gerieten, schrieben sie Lisa Granelli einen Brief und baten sie um drei Monate mehr Zeit.

Kurz darauf forderte Lisa Granelli die ausstehende Rate innerhalb von drei Wochen ein. Andernfalls würde sie den gesamten ausstehenden Betrag fällig stellen.

So weit nichts Neues.

Aber dann wandte sich Rainer Renner in seiner Verzweiflung an Magnus Braunhofer vom »Südtiroler«, einen eingefleischten Bankenhasser.

Braunhofer war sofort auf die Geschichte angesprungen. »Dieser Journalist hat behauptet, wir seien nicht der einzige Fall«, sagte Rainer Renner zu Eva. »Und dass er dieser Sparkasse das Handwerk legen will. Die Überschrift des Artikels hatte er schon fertig im Kopf: ›Sparkasse opfert Meraner Gastgewerbe der eigenen Profitgier‹.«

Der Artikel war nie erschienen. »Anfang Februar rief ich in der Redaktion an, um Braunhofer zu fragen, was los ist. Er rief nicht zurück. Erst kurz nach dem Mord an Lisa Granelli tauchte er wieder bei uns auf. Er behauptete, sein Verleger habe ihn im Januar zurückgepfiffen. Und jetzt könne er den Artikel erst recht nicht schreiben. Nach dem tragischen Tod der Frau wäre das pietätlos. Ich glaube aber nicht, dass er die Wahrheit gesagt hat.«

»Was wird jetzt?«, fragte Maria Renner zaghaft.

Ihr Mann legte den Arm um ihre Schultern. »Wir haben bisher nichts von der Bank gehört. Die Frau, die für uns zuständig war, ist tot, aber dadurch ist es für uns ja nicht vorbei.«

»Machen Sie sich nicht zu viele Sorgen«, sagte Eva beruhigend. »Die Tätigkeit von Lisa Granelli – und das schließt die laufenden Kredite ein – ist Teil einer polizeilichen Ermittlung. Bis der Fall geklärt ist, passiert gar nichts. Die Bank muss die Füße stillhalten. Und Sie gewinnen Zeit.« Evas Blick wanderte hinaus in den Garten, wo die Hotelgäste Kaffee tranken. Es war kein freier Tisch zu sehen. »Das Hotel läuft doch wieder gut. Bestimmt werden Sie es schaffen.«

»Vielen Dank für Ihre Freundlichkeit«, flüsterte Maria Renner mit erstickter Stimme.

Eva fand das Ehepaar sympathisch. Die Klientel des Hauses entsprach zwar nicht ihrem Geschmack, aber die beiden waren bodenständige, hart arbeitende Leute, die den Betrieb aus dem Nichts aufgebaut hatten und ihren Respekt verdienten. Reiche Gäste zufriedenzustellen, war bestimmt nicht einfach.

Eva konnte sich nicht vorstellen, dass die Renners Lisa Granelli aufgelauert und ihr den Schädel eingeschlagen hatten. Sie fragte trotzdem nach dem Alibi.

Rainer und Maria Renner hatten am fraglichen Morgen von fünf bis acht Uhr in der Küche gestanden und Konditoreiwaren hergestellt. Es war ihr wöchentlicher Backtag.

Die Befragung der Angestellten bestätigte ihre Angaben. Ein halbes Dutzend Kellner und Küchenhilfen hatte das Ehepaar in der Küche werkeln sehen.

Seufzend, aber auch erleichtert strich Eva die beiden von der Liste der Verdächtigen.

***

»Aha. Und jetzt komm wieder ich ins Spiel. Wozu die ganze Vorrede?« Hellmut Landauer ist aufgestanden.

Evas Blick fliegt zu einem Schlüsselbund, der auf dem Tisch liegt. Daran befestigt ist ein Anhänger in Form eines Totenkopfes. Der Anhänger ist kreisrund und macht einen schweren Eindruck.

Landauer ist ihrem Blick gefolgt. »Ach, so sieht die Theorie aus? Sie glauben, ich hab die Granelli mit dem Ding erschlagen?« Er nestelt an dem Anhänger und knallt ihn auf den Tisch. »Nur zu. Dann können Ihre Laborratten ja nachschauen, ob Blut dran klebt.«

Eva zieht einen Beweismittelbeutel aus ihrer Handtasche

und tütet den Totenkopf ein. »Sie bekommen ihn so schnell wie möglich wieder. Aber ich bin wegen etwas anderem hier. Nach den Renners war ich nämlich bei der Zeitung.«

⁂

Eva hat nicht vor, das Gespräch mit Magnus Braunhofer allzu plastisch zu schildern.

Braunhofers Glubschaugen waren auf ihren Ausschnitt gerichtet. Ständig versuchte er, mit den Zehen in seinen offenen Gesundheitslatschen ihre Beine unter dem Schreibtisch zu berühren.

Schließlich hatte sie genug und stand auf.

Mit dem Effekt, dass Braunhofer dasselbe tat und ihr im Stehen auf die Pelle rückte.

Da war Schluss mit den Höflichkeiten. »Ihr Verleger hat Ihre Story über Lisa Granelli nicht gestoppt«, sagte Eva kalt. »Er wusste überhaupt nicht, wovon ich rede. Also raus mit der Wahrheit.«

Schließlich erzählte Braunhofer eine andere Geschichte. Angeblich hatte ihn ein Mann in der Redaktion aufgesucht und ihm Repressalien angedroht, sollte er über die Granelli und ihre Kreditpraktiken schreiben. Seinen Namen nannte er nicht.

»Jaja. Der große Unbekannte.« Eva rollte ostentativ mit den Augen.

»Wenn ich es Ihnen sage. Dieser Typ kam in mein Zimmer spaziert, und er sah nicht so aus, als wäre mit ihm zu spaßen.«

Beschreibung? Mittelgroß und schlank. Bisschen Fettansatz um die Mitte. Der Hut war tief ins Gesicht gezogen. Die Sonnenbrille verdeckte die Augen.

Eva hätte am liebsten laut aufgelacht.

Haarfarbe?

»Ich sag doch, er hatte einen Hut auf. Die Haare waren nicht zu sehen. Aber die Stimme, die war so scharf wie ein Rasiermesser.«

»Womit hat er Ihnen eigentlich gedroht?«

»Mit nichts, was Sie was angeht.«

Mehr war aus Braunhofer nicht herauszubekommen.

＊＊＊

»Im Nachhinein bin ich geneigt, Braunhofer zu glauben. Er hatte wirklich Angst«, sagt Eva. »Vielleicht steckt dieser Unbekannte auch hinter der Hexenjagd auf den Ispettore.«

»Wie kommen Sie darauf?« Hellboy.

»Na ja, wegen seiner Handschrift. Er setzt Leute unter Druck. Der Mann hat Braunhofer eingeschüchtert, vielleicht sogar erpresst, damit er keinen Artikel schreibt. Und bei meinem Chef fingiert er Anschuldigungen, um ihn auszuschalten.«

Schweigen.

»Herr Landauer. Vielleicht können Sie mir sagen, wer dem Ispettore so was antun könnte. Hat er Feinde, von denen ich nichts weiß?«

Hellboy und der Dude sitzen da und starren auf die Tischplatte mit dem eingekerbten Totenschädel.

»Sag es ihr, Hellmut«, sagt der Dude schließlich.

Wieder Stille.

Schließlich Hellboy: »Dieser Kerl, von dem der Zeitungsfritze labert. Ich glaub, der war auch bei mir.«

Eva starrt ihn an.

Hellboy deutet mit dem Daumen aus dem Fenster. »Das Grundstück, auf dem das Clubhaus steht, ist Millionen wert.«

»Unmöglich.«

Hilfesuchend blickt sie zum Dude hinüber. Der nickt. »Es stimmt.«

Eva lacht auf. »Sitzen Sie vielleicht auf Öl?«

Hellboy grinst. »So gut wie.«

＊＊＊

Alles fing mit einer alten Gewohnheit an. Alle paar Monate geht Hellboy mit Gustav, einem früheren Billardfreund, der heute im Meraner Bauamt arbeitet, eine Halbe trinken.

Eines Abends erzählt ihm Gustav, dass die Anschlussstelle Marling zur Schnellstraße von Meran nach Bozen aus irgendwelchen Umweltgründen verlegt werden muss.

Gustav tippt auf seinem Tablet herum und zeigt auf eine Vermessungskarte. Eine Menge Grundstücke müssten angekauft und umgewidmet werden. An der Finanzierung sei die Cassa Popolare Meran beteiligt. Alles schon in trockenen Tüchern.

Glücklicherweise lebt auf dem benötigten Areal so gut wie niemand. Das technisch Schwierigste ist die Versetzung eines großen Umspannwerkes. Hellboy, bislang nur mäßig an der Geschichte interessiert, ist plötzlich hellwach. Tatsächlich: Die geplante neue Zufahrt zur Schnellstraße führt mitten durch das Grundstück der Flying Taifl.

***

Der Brief der Stadtverwaltung traf einen Monat später ein. Drin waren ein höfliches Anschreiben und ein Dokument, mit dessen Unterzeichnung der Club der Stadt Meran das Vorkaufsrecht für das Grundstück zusicherte. Die in Aussicht gestellte Kaufsumme war so hoch, dass Hellboy schwindlig wurde.

»Ich hab die ganze Nacht nicht schlafen können. Der Junge war so furchtbar krank, und ich sitz plötzlich auf einer Goldgrube.«

Am nächsten Morgen ging Hellboy mit den Unterlagen zur Bank. Er hoffte, die Sparkasse würde sich aufgrund der besonderen Umstände nicht lange zieren, und so war es auch. Der Kredit ging ohne die übliche zeitaufwendige Prüfung durch.

»Und Ihr Clubpräsident? Herr – Heiliger, so heißt er doch? Warum haben Sie ihn nicht informiert?«

Hellboy starrte zu Boden. »Weil er niemals in den Verkauf

eingewilligt hätte. Staatskohle ist für ihn schmutzige Kohle. Die Stadt hätte unser Grundstück schließlich auch ohne unsere Einwilligung gekriegt. Aber da scheißt er drauf.«

✳✳✳

Eine Woche nach der Überweisung der Kreditsumme auf das Clubkonto kam der erste Drohbrief.

Hellboy vergrub den Kopf in den Händen. »Die schrieben, wenn ich das Grundstück an die Gemeinde verkaufe, würde meinem Enkel was passieren. Die wussten, dass er in der Schweiz war und in welcher Klinik. Die wussten sogar seine Zimmernummer.«

Mittlerweile war der Kaufvertrag eingetroffen. Hellboy nahm ihn mit nach Hause, konnte sich aber nicht überwinden, ihn zu unterschreiben.

Er legte den Vertrag in eine Schublade. Holte ihn am nächsten Tag wieder heraus. »Da begann die Sache mit dem Auto. Jeden Abend, wenn's dunkel wurde, parkte derselbe Wagen vor meinem Haus. Nach ein paar Stunden fuhr er wieder weg.«

Hellboy war mehrfach drauf und dran, nach unten zu gehen, um dem Fahrer einen Denkzettel zu verpassen, aber was hätte das genützt? Der Typ im Auto war bestimmt nicht der Drahtzieher.

Schließlich holte er den Vertrag aus der Schublade und verbrannte ihn.

»Wie sah der Fahrer des Wagens aus?«

»Der Kerl blieb immer im Wagen sitzen. Einmal hat er sich eine Zigarette angezündet. Ich glaube, er trug einen Hut, aber mehr konnte ich nicht erkennen.«

✳✳✳

Die ersten drei Raten des Bankkredits konnte Hellboy noch zusammenkratzen. Die vierte nicht mehr. Ihm war klar, dass er den Bankkredit ohne das Geld der Stadt aus dem Grundstücksverkauf nicht würde zurückzahlen können.

Seine Bitte um Stundung wurde von der Bank kalt lächelnd abgelehnt.

»Mein Enkel war tot. Mir war alles egal. Den Rest kennen Sie.«

Stille. Hellboy macht einen erschöpften Eindruck. Seine Muskeln sehen schlaff und müde aus.

Der Dude steht auf und holt drei Biere aus dem Kühlschrank.

Eva ist in Gedanken versunken.

Schließlich sagt sie: »Ich rekapituliere. Ein Journalist wird unter Druck gesetzt. Über Emmenegger werden Lügen in Umlauf gebracht. Ihnen wird mit schwerer Körperverletzung, vielleicht sogar Mord gedroht. Die Absicht dahinter ist sonnenklar. Jemand will billig an Grundstücke herankommen. Das Sahnestück ist dieses hier.«

Eva kaut auf ihrer Lippe herum. »Die Granelli war auf jeden Fall beteiligt. Vermutlich steckt Pircher auch mit drin. Die haben sich die Hände bestimmt nicht selbst schmutzig gemacht. Die Drecksarbeit hat ein und dieselbe Person erledigt.«

»Haben Sie einen Verdacht, wer das ist?«, will der Dude wissen.

Eva wirft das Haar zurück. Sie trinkt ihr Bier aus und stellt die Flasche mit Wucht zurück auf den Tisch.

»Ich werde es herausfinden.«

Rennweg. Im Burggrafen
23. März. Um die gleiche Zeit

Emmenegger kann nicht anders. Immer wieder schaut er zu Paul hinüber.

Sogar Pauls Gang hat sich vollkommen verändert. Normalerweise hat der Schritt des Jungen etwas Tänzelndes, Wippendes, eine Art Abrollen von der Ferse zur Fußspitze, wodurch der ganze Körper wirkt, als wäre er ein wenig aus den Fugen geraten.

Jetzt schreitet Paul gravitätisch aus, mit hoch erhobenem Kopf und ruhigem Selbstbewusstsein. So wie jemand, der sich der herausgehobenen Position bewusst ist, die er trotz seiner Jugend bekleidet.

Paul trägt einen hellgrauen Frühjahrsanzug, ein wenig zu hell für den Job, aber einen anderen hat Emmenegger auf die Schnelle nicht auftreiben können. Der Anzug ist aus einem teuren Baumwoll-Seiden-Gemisch und stammt aus seinen ersten Ehejahren mit Martha, als sie noch versucht hatte, seinen Kleidungsstil zu ändern.

Wie der Junge nähen konnte! Seine Finger hantierten mit Nadel und Faden so flink und geschickt, als hätte er sein Leben lang nichts anderes getan. Innerhalb einer Stunde war die Hose gekürzt und am Bund abgenäht.

Obenherum ist die Jacke für Pauls eher schmächtigen Körperbau etwas zu breit geschnitten. Doch Paul gelingt das Kunststück, das Jackett auszufüllen. Der Anzug macht den Eindruck, als wäre er für ihn angefertigt worden.

***

Gleich kommt der Burggraf in Sicht. Paul schaut auf seine Uhr – eine protzige Rolex mit Perlmutt-Zifferblatt, die Emmenegger unter Aufbietung seiner ganzen Überredungskunst bei Ceska in den Lauben für zwei Stunden ausgeliehen hat (»… entscheidender Schlag gegen Drogenverkauf an Schulen … verdeckter Einsatz der Polizei …«). Ceska hat einen fünfzehnjährigen Jungen.

Die Uhr ist wichtig. Sie verleiht Paul den Touch von Großspurigkeit und Eitelkeit, den seine Rolle verlangt.

»Es ist erst fünf. Wir sind zu früh dran. Die machen um halb sechs auf, hast du gesagt.«

»Sandrini wird da sein. Er muss die Putzfrau reinlassen. Solche Typen vertrauen niemandem einen Schlüssel an.«

Emmenegger hofft, dass die Gerüchte über Scureses Manager stimmen. Dass der Mann ein faules Arschloch ist und erst kurz vor halb sechs in der Bar aufkreuzt. Dann könnten sie unverrichteter Dinge umkehren.

Paul ist zu jung für diesen Scheiß. Er soll seine Schauspielerei ausleben, wo sie hingehört. Im Theater. Nicht im wirklichen Leben. Nicht da, wo es hässlich ist.

Im Burggrafen ist Licht hinter den Fenstern, und die Tür steht offen.

»Du gehst jetzt besser. Nicht dass er dich noch sieht.« Pauls Stimme klingt auf einmal erwachsen, mit einem dunklen Timbre.

»Hast du die WhatsApp an mich vorbereitet? Sodass du sie sofort abschicken kannst, wenn's brenzlig wird?«

»Jaha.«

»Ich setz mich draußen in die Bar Edi und warte. Wenn du Hilfe brauchst, bin ich in zehn Sekunden da und hau dich raus.«

Die Bar Edi liegt schräg gegenüber vom Burggrafen und hat Stühle und Tische auf dem Trottoir stehen.

»Bist du noch ganz gescheit? Da sitzt du wie auf dem Präsentierteller. Da könntest du dir ebenso gut ein Schild mit der Aufschrift ›Polizei‹ um den Hals hängen.« Paul seufzt so abgrundtief, als sei er mit einem begriffsstutzigen Schauspielschüler geschlagen. »Geh meinetwegen in den Klosterkeller.«

Beim Klosterkeller handelt es sich um eine kleine, verträumte Weinbar in einem Innenhof, der vom Rennweg abzweigt. Von einem der Tische direkt hinter dem Torbogen eröffnet sich eine passable Sicht auf den Burggrafen, während man selbst den Vorzug der Unsichtbarkeit genießt. Emmenegger muss zugeben, dass die Idee gar nicht mal so schlecht ist.

Als er bei seinem Beobachtungsposten angelangt ist und den letzten freien Tisch am Torbogen ergattert, sieht er gerade noch Pauls graue Rockschöße in der Tür des Burggrafen verschwinden.

✳✳✳

Zwei Stunden später liegt die Perlmutt-Rolex wieder in der Auslage vom Ceska und funkelt im letzten Licht der Abendsonne, als wäre sie nie weg gewesen.

Und Paul ist in sein normales Selbst geschlüpft. Mit einem Unterschied: Der Blues der vergangenen Tage ist wie weggeblasen. Er schäumt über vor Euphorie, rutscht auf dem Stuhl in Emmeneggers Küche hin und her, gestikuliert, redet ununterbrochen.

»Alter, es war kinderleicht! Der Kerl ist voll auf die Story abgefahren, kannst du dir das vorstellen? Du hättest mich sehen sollen. Ich war sooo gut!«

Anscheinend stimmen die Gerüchte um Sandrini, nämlich dass der Mann nicht nur faul, sondern auch dumm ist.

Seit wann arbeitet die Abteilung für Interne Ermittlungen mit derart jugendlichen Ermittlern? Und dass Polizeichef Branga keinen Sohn hat, schon gar keinen namens Paul, hätte Sandrini mit Leichtigkeit durch ein paar Klicks im Internet nachprüfen können.

Aber die Verlockung, sich bei Scurese beliebt zu machen, ohne einen Finger zu rühren, war zu groß.

Emmenegger braucht keine Küchenpsychologie, um zu wissen, was in dem Mann vorgegangen ist.

Die Chance, den verhassten Ispettore Emmenegger ein für alle Mal aus dem Verkehr zu ziehen, war zum Greifen nah. Bald würde sich Sandrini in der Gunst von Scurese und dessen Boss sonnen, statt ständig angepöbelt und herumgeschubst zu werden. Vor seinem geistigen Auge war eine Karriereleiter erschienen, und er stand lachend ganz oben.

**

Paul trat als Branga junior auf.

Sein Vater, der Polizeipräsident, hat ihn bei der Internen untergebracht, damit Söhnchen in seine Fußstapfen treten kann. Er ist der gleiche eitle Fatzke wie der Alte.

Vater und Sohn verfolgen eine Mission: ewiggestrige Kriminaler, wie Emmenegger einer ist, aus dem Verkehr ziehen. Platz schaffen.

In der schönen neuen Polizeiwelt herrschen jetzt Regeln und Vorschriften. Solche wie Emmenegger werden ausgemustert.

Darüber sagte Paul im Burggrafen allerdings kein Wort. Auf so was muss Sandrini selbst kommen. Die besten Geschichten entstehen im Kopf.

Stattdessen sagte er, nachdem er einen der schmierigen Barhocker umständlich mit einem Taschentuch abgeputzt hatte: »Wie gemütlich Sie es hier haben. So unaufdringlich elegant. Eine wahre Perle. Da muss sich das Hotel Palace gehörig ins Zeug legen, um mitzuhalten.«

Mit blanken Augen schaute sich Paul um, als wäre der Burggraf ein seltenes Kleinod.

Sein Blick streifte kurz einen kleinen hellbeigen Kasten rechts oben in der Ecke. Glitt über staubige Flaschen mit billigem Fusel über dem Tresen. Über den dreckverkrusteten

Steinfußboden und das aus Dutzenden von Haushaltsauflösungen zusammengewürfelte Sperrholz-Mobiliar.

An der Wand ein Spiegel mit Goldrahmen, längst blind, die Goldplattierung an vielen Stellen abgeblättert, aber unzweifelhaft das einzige Stück im Raum, das bessere Tage gesehen hatte.

Sandrini war hinter der Bar erstarrt wie Lots Weib. Er glotzte den Außerirdischen im hellgrauen Anzug an, der in seiner Spelunke gelandet war.

»Bestimmt ist die Küche genauso hervorragend wie das Ambiente. Es ist sicher nur eine Frage der Zeit bis zum ersten Michelin-Stern.« Paul schaute auf seine Rolex. »Oh, wie ich sehe, Zeit zum Abendessen. Das trifft sich gut. Können Sie mir etwas Spezielles von der Abendkarte empfehlen?«

Sandrini beäugte die Rolex. Er schluckte mehrfach. Der Mund öffnete und schloss sich.

»Signor Sandrini, wenn ich mich nicht irre?«

Bei der Nennung seines Namens kam Leben in den Mann, auch wenn ihm die Zunge nicht so recht gehorchen wollte. »Soll das 'ne Verarsche sein? Wer zur Hölle biste? Und was willste hier?«

Paul seufzte tief. »Ich sehe, Sie haben es versäumt, einen Rhetorikkurs zu besuchen. Das hätten Sie tun sollen, bei dem erlauchten Publikum, das Sie hier empfangen.«

Sandrini schlug mit der Faust auf den Tresen, dass die Gläser in den Regalen wackelten. »Verschwinde aus meinem Laden, Bürschchen, und zwar pronto, sonst setzt's was!«

»Na, na«, sagte Paul und inspizierte eine Dose mit vergammelten Nüssen, die die Jahrtausendwende noch erlebt hatten.

Sandrini ballte die Fäuste und rückte vor. Seine Augen funkelten vor Zorn, aber auch ein Anflug von Gier glänzte auf. Er ließ Pauls Uhr nicht aus den Augen.

Dieser Dödel war fällig, und auf dem Schwarzmarkt war die Rolex ein paar Tausender wert.

»Ich würde mir das zweimal überlegen«, sagte Paul leichthin. »Ich bin Leitender Ermittler in der Abteilung für Interne Ermittlungen der Polizia di Stato. Mein Name ist Paul Branga. Die Uhr ist ein Geschenk meines Vaters.« Strahlendes Lächeln. »Des Polizeipräsidenten. Wenn mir etwas zustoßen sollte, würde er das sehr übel aufnehmen.«

»Du bist der Sprössling vom Oberzwitscherer?« Sandrini fing an zu lachen. »Stimmt – jetzt, wo du's sagst. Die gleiche halbe Portion. Lernt ihr eigentlich noch, wie man mit 'ner Knarre umgeht? Oder schießt ihr neuerdings mit 'nem Handy auf Verbrecher?«

»Wissen Sie, was Macht bedeutet?«

Auf einmal waren Pauls Augen so hart und kalt, dass man auf der Netzhaut Schlittschuh fahren konnte.

»Macht bedeutet, dass ich Ihren Laden mit einem Anruf schließen kann. Aber was sage ich – das wäre übertrieben. Ich entziehe Ihnen bloß die Ausschanklizenz. Alkoholische Getränke in einem Etablissement wie dem Ihren werden maßlos überschätzt. Wie würde das Ihrem Chef gefallen – Signor Scurese heißt er, nicht wahr?«

»Das können Sie nicht machen«, brüllte Sandrini, aber es klang hohl.

»Aber natürlich kann ich das. Jetzt sofort.« Spielerisch ließ Paul sein Handy zwischen den Fingern kreisen. »Die Befugnisse meiner Abteilung sind äußerst weitreichend. Wir erhalten unsere Befehle direkt vom Innenminister und brauchen uns vor niemandem zu rechtfertigen.«

Zärtlich strich Paul über die Lünette der Rolex. »Ich habe unser kleines Geplänkel aufgezeichnet. Sie haben mir absichtlich gedroht, weil Sie wollten, dass ich gehe. In der nächsten Gasse hätte jemand mit einer Waffe auf mich gewartet.« Er lächelte. »Mein Vater hat die Tondatei bereits erhalten. Tja, man sollte das Internet nicht unterschätzen.«

Sandrini war bullig und breitschultrig, der typische Schläger mit mehr Muskeln als Hirn. Ein Hieb von ihm – und von Paul wäre nicht mehr viel übrig.

Aber Paul wich nicht zurück. Vielmehr beugte er sich über

den Tresen, bis er sich Auge in Auge mit Sandrini befand. »Können wir jetzt wie zivilisierte Leute miteinander reden?«

Sandrinis Blick flackerte. »Stecken Sie Ihr Scheiß-Handy weg. Was wollen Sie?«

»Gute Entscheidung. Ein Missverständnis zwischen uns wäre jammerschade gewesen. Wir beide haben nämlich ein gemeinsames Interesse. Ich bin hier, um Ihnen im Namen meines Vaters einen geschäftlichen Vorschlag zu machen.«

»Was für einen Vorschlag?« Sandrini war hellwach. Er witterte Geld.

»Leider hat der Vorgänger meines Vaters …«, Paul inspizierte seine sauber geschnittenen und polierten Fingernägel, »… unsere Organisation in einem beklagenswerten Zustand zurückgelassen. Es gibt bei uns Kollegen, die sich an keinerlei Regeln halten und nicht zu wissen scheinen, auf welcher Seite des Gesetzes sie stehen. Manche haben wir in Verdacht …«, sagte Paul mit Flüsterstimme, »dass sie sich fürs Wegschauen bezahlen lassen.«

»Nein!«

Paul schickte einen strafenden Blick über den Tresen.

»Den Mann, der ganz oben auf unserer Liste steht, kennen Sie. Emmenegger, kommissarischer Leiter der Mordkommission.«

Sandrini riss die Augen auf.

Paul konsultierte seine Uhr. »Vielleicht sollten Sie … äh … für eine halbe Stunde schließen, damit wir ungestört sind?«

Sandrini wuselte zur Tür.

In verschwörerischem Ton sagte Paul: »Wir haben Emmenegger in Verdacht, auf Anweisung gewisser … Kreise Ermittlungen zu manipulieren. Der Löwenanteil seiner Verhaftungen beruht auf fingierten Beweisen, und unschuldige Menschen sitzen seinetwegen im Gefängnis. Aber der Kerl ist schlau. Wir versuchen seit Monaten, ihn auf frischer Tat zu ertappen.«

Paul räusperte sich. »Das viele Reden macht durstig. Dürfte ich wohl ein Glas Bier bekommen?«

»Natürlich, natürlich.« Sandrini war die Beflissenheit in Person. Er malträtierte den Zapfhahn, der schauerliche jaulende Geräusche ausstieß. Ins Glas strömte eine Flüssigkeit, die wie Urin aussah – und auch so roch. Tapfer nahm Paul einen Schluck, um der guten Sache willen.

»Irgendwann macht jeder einen Fehler. Emmenegger hat den Bogen überspannt. Mein Vater hat eine äußerst aufschlussreiche E-Mail bekommen, die den Ispettore schwer belastet. Anonym natürlich.«

Der erste wahre Satz seit einer halben Stunde.

»Die E-Mail besteht aus einem Foto, das in Ihrem Lokal aufgenommen wurde.«

Schlagartig sank Sandrinis Stimmung unter den Nullpunkt. »Was verzapfen Sie da? Die Bar hier hat mit keiner üblen Scheiße nichts zu tun!«

»Beruhigen Sie sich, Signore. Sie und Ihr Chef sind außen vor. Auf dem Foto stehen Sie beide hinter dem Tresen und machen Ihre Arbeit, wie es sein soll.«

Sandrini entspannte sich ein wenig, aber die Stirn war gerunzelt.

»Nach dem eingestanzten Timecode ist das Foto am 2. Oktober, eine Woche vor der Verhaftung von Signor Scurese, gemacht worden. Im Hintergrund ist ein Polizist zu sehen, wie er einen dicken Briefumschlag entgegennimmt. Dieser Polizist ist niemand anderes als unser geschätzter Ispettore Emmenegger«, sagte Paul.

»Ein Umschlag mit Geld. Donnerschlag«, flüsterte Sandrini mit andächtiger Stimme.

Das Getriebe in seinem Kopf setzte sich ruckelnd und holpernd in Bewegung. Die Fratelli-Brüder. Die wollen Scurese schon lange rausdrängen. Die Fratellis haben Emmenegger bezahlt, damit er den Chef ins Loch steckt. Gottverdammte Hurensöhne.

»Wer war der Kerl mit dem Geld? Einer der Fratellis?«

Paul schaltete blitzschnell. »Schwer zu sagen. Der Mann, der Emmenegger den Umschlag zusteckt, ist nur von hinten zu sehen. Wer er auch ist – er muss reden, sonst können wir Emmenegger nicht überführen. Ich habe keine Lust, dass sein Anwalt uns irgendwelche Märchen erzählt. Dass der Umschlag Nacktfotos von Emmeneggers Oma enthalten hat oder die Gesangstexte für die Sonntagsmesse.«

Paul zog ein rotes Klappmesser aus der Anzugtasche. Ein Sirren, als die Klinge aus der Verschalung sprang. Lächelnd drehte er den glänzenden Stahl im Licht. Dann säuberte Paul seine gepflegten Fingernägel, langsam und mit Bedacht.

»Keine Sorge, sobald wir den anderen Mann haben, wird er singen wie ein Vögelchen. Meine Abteilung hat dafür ihre – Methoden.«

Sandrini beobachtete ihn mit aufgerissenen Augen. Er war blass um die Nase.

»Äh – und was wollen Sie – und der Polizeichef – jetzt von mir?«

»Aber das liegt doch auf der Hand. Die Aufnahmen Ihrer Überwachungskamera.«

***

Zuerst wollte sich Sandrini herausreden. Die Kamera habe nie funktioniert.

Paul fegte die Lüge mit dem zweiten wahren Satz des Tages vom Tisch. Auf dem Foto habe das grüne Licht an der Kamera geleuchtet. Folglich war die Kamera funktionstüchtig und zeichnete auf.

Dieser Hinweis brachte Sandrini auf die Idee, einen Blick auf das ominöse Foto werfen zu wollen.

»Das ist leider nicht möglich.« Paul hob bedauernd die Schultern. »Das Foto befindet sich bei der Staatsanwaltschaft in Bozen. Dort ist es so sicher verwahrt wie in Fort Knox.«

Man wolle kein Risiko eingehen, dass dieses wichtige Beweismittel am Ende noch – verloren gehe.

Begleitet wurde der Satz von einem beziehungsreichen Augenaufschlag.

Schließlich erklärte sich Sandrini bereit, die Aufnahmen vom 2. Oktober herauszurücken. Paul entgegnete, der Code sei möglicherweise gefälscht. Er brauche das komplette noch vorhandene Videomaterial, auch die alten Aufnahmen. Wahrscheinlich habe sich Emmenegger nicht nur einmal schmieren lassen. Je mehr Beweise, desto besser.

»Ich hatte ihn fast so weit.« Paul mampft, während er einen USB-Stick in den Port von Emmeneggers Computer schiebt. »Aber er hat noch gezögert. Ich glaub, dass er drauf und dran war, mich nach meinem Polizeiausweis zu fragen. Dann wär Ende im Gelände gewesen. Mir blieb nichts übrig, als zu pokern.«

Paul hielt Sandrini sein Handy hin. »Ich sehe, Sie wollen die Privatsphäre Ihrer Kunden schützen. Die Herausgabe von personenbezogenen Daten ist eine große Sache, das verstehe ich sehr gut. Ich gratuliere Ihnen zu Ihrem ausgeprägten Pflichtbewusstsein, Signore.«

»Hä?«

Paul tippte auf dem Tastenfeld herum. »Vielleicht wollen Sie als Rückversicherung mit meinem Vater sprechen. Wenn er meine Nummer auf dem Display sieht, geht er sofort dran.«

Noch ein Bulle, der verdrehtes Zeug quasselt. Sandrini stierte Paul an, als würde er einen Krampf im Kopf kriegen. Er schob ihn zur Seite und marschierte nach hinten. Als er wiederkam, hatte er mehrere USB-Sticks in der Hand.

***

»Du hast vielleicht Nerven«, sagt Emmenegger. Ihm wird flau, wenn er daran denkt, wie gut sich der Junge verstellen kann.

Hoffentlich reicht ihm die Schauspielerei, um dieses Talent auszuleben.

»Ach wo. Es hat Spaß gemacht, das durchzuziehen. Die Rolle vom jungen Branga war echt dankbar. Viel besser als die von Dorian Gray, diesem Spinner.«

Die Rolle, die Paul geschmissen hat. Emmenegger fällt wieder ein, dass die Wolken an Pauls Schauspielerhimmel zurzeit tief hängen. Und dass er immer noch nicht weiß, was mit dem Jungen los ist.

»Paul. Lass die Filme mal einen Moment.«

»Hmmm.« Pauls Finger malträtieren die Maus, als habe er Emmenegger nicht gehört. Weißes Rauschen erscheint auf dem Bildschirm, dann ein körniges Standbild. Im Anschnitt der Tresen des Burggrafen. Ein paar Leute von vorn. Ein dunkler Hinterkopf.

Rechts im Bild ein unbesetzter Tisch, darüber an der Wand ein dunkles Viereck. Das muss der kaputte Spiegel mit dem Goldrand sein. Und schließlich in der Bildmitte das, worum sich alles dreht: die Hintertür zu den Toiletten. In diesem Moment ist sie zu. Kein Mensch zu sehen.

»Paul.«

Emmenegger langt nach der Maus und drückt auf »Pause«. Der Film bleibt ruckend stehen.

»He, was soll das? Gleich wird's spannend!«

Paul ahnt wohl bereits, was kommt. Die Augen des Jungen dunkel und unstet. Das Hochgefühl verflogen, die Show vorbei.

Emmenegger fragt sich, was Eva – oder Martha – jetzt sagen würden. Frauen finden so viel leichter die richtigen Worte.

»Ich bin dein Freund, das stimmt doch?«

Paul nickt, mit abgewandtem Gesicht.

»Freunde sagen sich die Wahrheit. Sie lügen nicht, und sie verschweigen auch nichts. Auch wenn es mitunter schwer ist. Richtig?«

Paul nickt wieder, unmerklich, die Andeutung einer Kinnbewegung.

»Bitte vertrau mir, Paul. Sag doch endlich, was mit dir los ist.«

»Ich glaub nicht, dass wir dann noch Freunde sind. Und dann hab ich niemanden mehr«, flüstert Paul, und in seinem Gesicht arbeitet es. »Ich bin – schwul.«

»Das ist alles?« Emmenegger fällt ein riesengroßer Stein vom Herzen. Im Grunde hat er es gespürt, diese Ahnung aber nie hinterfragt.

»Paul.« Er will ihm den Arm um die Schulter legen. »Das ist doch kein Grund, sich zu schämen.«

»Lass mich!« Paul zuckt zurück. »Tu nicht so scheinheilig. Gib's schon zu, du ekelst dich vor mir!«

»Das stimmt nicht.« Emmenegger schickt einen Hilferuf gen Himmel. »Das ist doch ganz normal heutzutage.« Das ist alles? Das ist der beste Trost, den er zu bieten hat?

»Von wegen.« Paul schnaubt und schnieft, die Tränen laufen ihm übers Gesicht. Emmenegger weiß im Innersten, dass der Junge recht hat. Homosexualität ist längst nicht überall gesellschaftlich anerkannt.

Emmenegger probiert es weiter. »Schau mal, gerade du als Schauspieler –«

»Ach so ist das also!« Das Wasser in Pauls Augen kann den Zorn darin nicht löschen. »Als Schauspieler bin ich sowieso kein ordentlicher Mensch, da kommt's nicht mehr drauf an, dass ich auch noch schwul bin. Meinst du das, ja?«

»Nein, das meine ich keineswegs. Schau mal, kein Mensch mit Verstand würde einen Mann wie Elton John nicht hoch achten. Er ist in der Royal Albert Hall aufgetreten, vor vielen berühmten Leuten, verdient mehr Geld als –«

Paul unterbricht ihn mit einem rasselnden Schluchzer, der Emmenegger mitten durchs Herz fährt. »Ach, Geld. Elton hat – jemanden. Er hat eine Familie. Ich habe keinen Menschen.«

Emmenegger beschleicht eine Ahnung. »Es gibt da jemanden, nicht wahr?«, fragt er vorsichtig. »Deshalb bist du so – unglücklich. Willst du's nicht erzählen? Vielleicht geht's dir dann ein bisschen besser. Ich bin zwar nicht schwul, aber zuhören kann ich.«

Paul verzieht das Gesicht zu etwas, das mit viel gutem Willen nach einem Lächeln aussieht.

***

Es stellt sich heraus, dass Justus, Pavarottis Ziehsohn, der Grund für Pauls Unglück ist. Die beiden Jungs sind seit Jahren beste Freunde, haben zusammen die Leiden und Freuden der Pubertät durchlebt, fingen beinahe zeitgleich an zu studieren, der kletterbegeisterte Justus Sport und Marketing zuerst in Bozen, dann in Bruneck, und Paul bekam sein Stipendium bei der Schauspielschule Meran. Die Trennung schweißte die beiden nur noch mehr zusammen.

Als Justus das Nikolausstift, die alte, heruntergekommene Villa in der Verdistraße, von seiner Oma erbte und in eine Art Jugendtreff umwandelte, dauerte es nicht lange, und Paul zog als Dauergast ein.

Emmenegger wundert sich schon lange über diese Freundschaft. Die beiden sind grundverschieden: der muskulöse Justus, mit seinen eins fünfundsiebzig eher kompakt als schlank. Für Justus ist Sport die wichtigste Sache der Welt, und ein Wochenende ohne Hochgebirgstour ist eine Verschwendung.

Und Paul ... ist eben Paul.

Irgendwann passierte es. Paul verliebte sich in Justus. So rettungslos, wie eine erste Liebe nur sein kann.

***

»Seit wann ...?«, will Emmenegger wissen.

Paul zuckt mit den Schultern. »Seit einem halben Jahr oder

so. Kurz vor den Weihnachtsferien. Ich hatte gerade … mir war gerade klar geworden, wie ich … bin.«

Über Weihnachten kehrte Justus zurück nach Meran und zog übergangsweise in der Villa in der Verdistraße ein. Er wollte in Meran bleiben, bis die Vorlesungen in Bruneck wieder anfingen. Paul war begeistert, organisierte einen Ausflug nach dem anderen, und Emmenegger sah im Dezember nicht viel von den beiden.

Pavarotti hielt sich in Deutschland auf, und Emmenegger war damit beschäftigt, für die Jungs ein einigermaßen passables Weihnachtsfest vorzubereiten, was bedeutete, Geschenke zu kaufen und eine bereits vorgebratene Weihnachtsgans, bei der man nichts mehr falsch machen konnte, beim Siebenförcher zu bestellen.

Die Ursache hinter Pauls blitzenden Augen und roten Wangen zu ergründen, kam ihm nicht in den Sinn. Diese Jungenfreundschaft war ein unverrückbarer Bestandteil seines Lebens – ein Phänomen wie die Sonne, die jeden Morgen über dem Ifinger aufging. Emmenegger schob Pauls Aufregung auf emotionale Schwankungen, die ständig vorkamen.

***

»Als die Ferien vorbei waren«, erzählt Paul stockend, »hat er mir dann an unserem letzten Abend nebenbei eröffnet, dass er nicht nach Bruneck zurückgeht. Sondern dass er am nächsten Morgen nach Deutschland zu seinem Ziehvater fährt, um in Frankfurt zu studieren. Er wollte weg, einfach so. Für immer.«

Für immer. Ein großes Wort. Für manche Zukunft, für andere das Ende. Da brach alles aus Paul heraus. Wie er für Justus empfand. Und dass er ihn nicht verlassen dürfe.

»Ich hab versucht, ihn auf den Mund zu küssen«, schluchzt Paul. »Er hat mich weggestoßen und gesagt, ich sei ekelhaft. Dass er so was die ganze Zeit geahnt hätte. Seinetwegen soll ich in der Villa wohnen bleiben und eine Kommune für Schwule gründen. Dann hat er seine Tasche geschultert und ist abgehauen.«

»Ich weiß, das tut verdammt weh. Da musst du durch. Einen Korb zu kriegen, passiert jedem mal.«

Emmenegger reicht Paul ein Taschentuch. Mehr körperliche Annäherung kann der Junge im Moment nicht ertragen.

»Jetzt hör mir mal zu. Du bist manchmal ein bisschen speziell, aber ein feiner Kerl mit einem riesengroßen Talent. Dass du homosexuell bist, ändert daran gar nichts. Ich vermute, Justus war einfach nur erschrocken, weil er nicht darauf gefasst war. Er wird deine Gefühle wahrscheinlich nie erwidern, aber irgendwann werdet ihr wieder Freunde sein. Du musst ihm nur ein bisschen Zeit lassen.«

In Wahrheit glaubt Emmenegger nicht daran. Er denkt an den muskelbepackten Männlichkeitswahn, dem Justus in den letzten Jahren nachhing. Eine Leistungsgrenze nach der anderen wurde ausgetestet – und überschritten.

Im neuen Licht betrachtet, sieht der überstürzte Aufbruch nach Deutschland schwer nach einer Flucht aus.

Emmenegger erinnert sich an einen grauen Morgen Ende Dezember, als er eine WhatsApp von Justus bekam. Sie war kurz. Dass Justus unterwegs nach Deutschland sei, um dort ein Auslandssemester zu absolvieren. Und dass er sich melden würde. Was er bis heute nicht getan hat.

Emmenegger fand es eigenartig, dass sich der Junge nicht die Zeit genommen hatte, sich zu verabschieden. Aber dann zuckte er die Schultern. In seiner Jugend ist er auch ein paarmal sang- und klanglos abgehauen.

Doch jetzt fischt Emmeneggers Intuition aus dem wirren Knäuel von Beobachtungen und Eindrücken den Faden heraus, der die Freundschaft der beiden aufribbeln wird. Sollte Justus je zurückkommen, wird er Paul meiden. Denn jedes Mal, wenn er Paul ansieht, schaut er in einen Spiegel und sieht etwas Hässliches darin.

Das zu erleben, wird für Paul am schlimmsten sein.

»Wird es irgendwann weniger wehtun?«, fragt Paul mit erstickter Stimme.

»Ja, wird es.« Emmenegger nickt. »Aber das dauert. In der Zwischenzeit ist es wichtig, das Essen und das Schlafen nicht zu vergessen.« Emmenegger inspiziert Pauls Teller. Sogar die verbrannten Pizzaränder hat der Junge aufgefuttert. »An Appetit scheint es dir ja nicht zu fehlen. An Schlaf umso mehr, wenn ich deine schwarzen Augenränder richtig deute.«

Paul gähnt. Sein Liebeskummer, die Aufregung der letzten Tage – und dann noch dieses Gespräch, das alles wieder aufgerührt hat.

»Ab mit dir ins Bett. Ich schaue mir das Bildmaterial allein an. Das ist auch morgen noch da.«

»Nein. Kommt nicht in Frage.« Der Protest klingt recht gedämpft. Paul kann die Augen kaum noch offen halten.

»Ich weck dich, sobald ich fündig geworden bin.«

»Versprochen?«

»Beim Oberlippenbart meiner Großmutter.«

Paul probiert ein Grinsen, dann wuchtet er sich hoch und schlurft in Richtung Gästezimmer, ohne den Umweg über das Bad zu machen.

✻✻✻

Emmenegger holt sich ein Bier aus dem Kühlschrank und checkt die Vorräte. Noch zwei Flaschen im Eisfach. Alles im grünen Bereich.

Er löscht das Licht im Flur und in der Küche und macht es sich im Dunkeln vor dem Computer bequem.

Schnelldurchlauf. Die Aufnahmen aus dem letzten Jahr kann er sich schenken.

Leute wuseln durcheinander. Ständiges Kommen und Gehen in vierfacher Geschwindigkeit. Hinterköpfe an der Bar rucken vor und zurück. Hinterteile auf den Barhockern rutschen hin und her. Einer fällt vom Stuhl. Leute zerren an ihm. Es ist wie in einem Charlie-Chaplin-Film.

Scurese zapft Biere. Grinst in die Kamera. Die Klotür klappt auf. Zu. An den Handbewegungen ist zu sehen, dass ein paar den Hosenschlitz schon in der Kneipe öffnen. Manchmal zählt eben jede Sekunde.

Die Tage und Nächte fliegen vorbei. Der Burggraf im Wandel der Zeit. Deprimierend.

Da – Scurese tut etwas Ungewöhnliches. Er kommt hinter dem Tresen vor, das Gesicht zu einer zornigen Grimasse verzogen. Dann verschwindet er aus dem Erfassungsbereich der Kamera.

Ein dunkler Hinterkopf schiebt sich ins Bild. Der Hinterkopf wird zum Profil, schattenhaft, aber unverkennbar sein eigenes.

Scurese ist wieder hinter dem Tresen. Irgendein Wortwechsel. Seine Miene ist jetzt anders. Boshaft.

Der Abend des Wetttrinkens.

Jetzt wird es spannend. Emmenegger schaltet auf normale Geschwindigkeit.

Die Tür zur Toilette öffnet sich. Ein Mann kommt heraus und hält sein Handy hoch.

Emmenegger kann sein Gesicht nicht sehen, weil eine Horde von Betrunkenen beschlossen hat, gemeinsam aufs Klo zu gehen. Er flucht laut.

Da entdeckt er am Bildrand, in dem kaputten Spiegel, das Gesicht, das er sucht.

Es ist eins, das er kennt.

Marling bei Meran. Vor dem Clubhaus der Flying Taifl
23. März. Früher Abend

Nach ihrem Gespräch mit Hellboy und dem Dude sitzt Eva vor dem Clubhaus im Wagen. Sie hat ihr Handy am Ohr.

»Der Herr Generaldirektor ist schon gegangen.« Pirchers Sekretärin.

Handynummer? Bedaure. Das Handy schaltet er nach Büroschluss aus.

Dann eben seine Privatnummer.

Missbilligendes Schweigen. Bis Eva droht, bei den Pirchers aufzukreuzen und Sturm zu klingeln.

Nein, mein Mann ist nicht daheim, sagt Pirchers Ehefrau in gleichgültigem Tonfall. Ein Abendtermin. Wo? Frau Pircher gibt vor, nicht informiert zu sein. Vielleicht sagt sie die Wahrheit.

Eva wählt erneut.

Branga hört zu, ohne sie zu unterbrechen. Am Ende seufzt er. »Schon wieder ist Ihr Chef involviert. Oder sehe ich das falsch, dass er in dem besagten Clubhaus in Marling ein und aus geht?«

»Selten, Direttore. Er ist seit vielen Jahren kein Mitglied mehr und hat mit dieser Immobilienaffäre nicht das Geringste zu tun.«

»Wer soll uns das glauben? Überlegen Sie doch. Zuerst der Streit mit Lisa Granelli. Dann die Mail mit den Vorwürfen. Und jetzt diese Immobiliensache. Wie man diese Mordermittlung auch dreht und wendet – Emmeneggers Name taucht auf.« Branga schnaubt. »Außerdem geht er wieder nicht an sein Telefon.«

»Leider erreiche ich ihn auch nicht«, rutscht es Eva heraus. Sie beißt sich auf die Lippen.

»So. Jetzt bin ich's leid. Frau Marthaler, Sie werden den Ispettore nicht mehr über den Verlauf der Ermittlungen informieren. Er ist zu nah dran an der Sache und hält sich an keine Absprachen. Ich möchte vermeiden, dass er unsere Ermittlungen kompromittiert. Haben wir uns verstanden?«

»Ja, Direttore.«

»Hören Sie auf, mit den Zähnen zu knirschen. Der Ispettore hat sich das selbst zuzuschreiben.«

»Das ist nicht wahr!« Aber bevor ihr diese Insubordination von den Lippen kommt, hat Branga aufgelegt.

Schwer liegt das Handy in Evas Hand. Ein Mühlstein um Emmeneggers Hals.

In Motorradkluft kommt der Dude aus dem Clubhaus.

Er zögert kurz, dann steuert er auf sie zu.

»Was ist los? Sie sehen so …«

»… fertig aus?«

»So als bräuchten Sie ein bisschen Wind um die Ohren.«

Er deutet auf seine Maschine. »Ich wollte gerade eine Runde drehen, bevor ich zur Arbeit ins Bräu muss.«

Evas Blick spricht Bände.

»Keine Sorge. Wir fahren nur bis zum Schloss Thurnstein. Die Strecke ist zahm. Ich hol einen Helm aus dem Haus. Dauert nur einen Moment.«

***

Eine halbe Stunde später fahren sie den Gnaidweg entlang, der durch Weinberge hangaufwärts führt.

Der Gnaidweg ist schmal, aber der Dude lenkt die schwere Maschine sicher an Mauervorsprüngen und unübersichtlichen Streckenabschnitten vorbei. Nur einmal muss er nach einer Kurve in die Eisen steigen. Eine Wandergruppe hat die Straße mit dem Gehweg verwechselt.

Über ihnen: der majestätische Gipfel der Mutspitze. Schnell lassen sie Schloss Tirol rechter Hand hinter sich, durch dessen altes Gemäuer sich vermutlich Touristenhorden schieben, und schrauben sich in Serpentinen weiter hoch.

Es ist Evas erste Fahrt auf einem Motorrad, jedenfalls so gut wie. Zu ihrem sechzehnten Geburtstag hatte sie eine Vespa bekommen, aber die zählt nicht.

Eva hatte nur ein paar Runden um das elterliche Anwesen gedreht, schlotternd vor Angst, die Vespa könnte umkippen.

Einmal wäre sie beinahe bei Charlie aufgesessen. Im letzten Moment hatte sie auf ihr Bauchgefühl gehört und den Bus genommen.

Aber jetzt, als sie sich an den Rücken des Dude klammert, hat sie keine Angst.

Ihr wird klar, dass die Harley etwas mit einem anstellt. Plötzlich kann sie Emmenegger und seine Motorradbesessenheit verstehen.

Der Dude ist kein kleiner, dicklicher Mann mit Halbglatze und grauen Locken mehr, der die besten Jahre hinter sich hat. Seine Lederkluft ist seine Rüstung, und mit der Harley reitet er der Sonne entgegen.

Dann löscht das Dröhnen des Motors ihre Gedanken aus. Schnell hat sich ihr Körper dem Rhythmus der Maschine angepasst. Es geschieht automatisch, ohne dass sie etwas dazutut.

Sie fliegen dahin. Der Fahrtwind bläst Eva die Haare ins Gesicht. Sonnenstrahlen kitzeln ihre Wangen und die Nase.

Eva schließt die Augen und fühlt sich das erste Mal seit Tagen wieder lebendig. Es stimmt wirklich: Was man zum ersten Mal im Leben macht, ist magisch.

Diesen Nachmittag wird sie nicht vergessen. Manche Tage rasen vorwärts, eine schwarze Staubwolke voller Frust und Verzweiflung im Schlepptau, doch auf einmal machen sie kehrt und werden zu etwas Goldenem.

Am liebsten würde sie immer weiterfahren.

***

Als sie es sich auf der Terrasse von Schloss Thurnstein gemütlich gemacht haben, fängt der Dude an, seine Pfeife zu stopfen. Wie es seine Art ist, stellt er keine Fragen.

Die Aussicht über das Etschtal könnte nicht klarer sein. In der untergehenden Sonne glänzt der Fluss in einem satten Kupferton.

Wie eine graubraun schraffierte Bleistiftzeichnung liegt die Nase des Gantkofels vor ihnen.

Schloss Thurnstein befindet sich etwas abseits der üblichen Schneisen, die der Fremdenverkehr durch das Meraner Umland schlägt. Außer einem Paar in den mittleren Jahren, das sich am anderen Ende der Terrasse über eine Wanderkarte beugt, ist niemand da.

»Die zwei planen bestimmt ihre morgige Tour. Glauben Sie, dass es sehr anstrengend ist, da hinaufzusteigen?« Eva zeigt zur Mutspitze hinauf, die über ihnen thront.

»Ich bin der Dude. Hör endlich auf mit der Siezerei. Da hinauf? Um Gottes willen. Danach tun einem garantiert alle Knochen weh. Das kann nicht gesund sein. Aber sollen die Leute doch. Ich wette, irgendwann in grauer Vorzeit hat ein Wirt diesen Wanderzirkus erfunden. Ich verbeuge mich vor dem anonymen Spender. Die Kraxelei steigert den Durst ungemein.«

Eva lacht. Plötzlich ist es leicht. Endlich kann Eva über die eine Sache sprechen, die ihr seit Tagen im Kopf herumgeht.

Die gestohlene Emmenegger-Liste.

Der Dude hört schweigend zu. Ein anderer würde vielleicht grinsen oder sich eine anzügliche Bemerkung erlauben. Aber der Dude will nicht mal wissen, was draufsteht. Wahrscheinlich kann er sich's denken.

Als sie fertig ist: »Scheiß-Pech.« Er klopft die Pfeife aus. »Hab schon lange gehofft, dass aus euch was wird. Unser Dickschädel braucht jemanden, der ihm den Kopf geraderückt. Wenn der Sausack Charlie das kaputt machen will, kriegt er's mit mir zu tun. Übrigens, bist ein echtes Naturtalent als Beifahrerin.«

Für den Dude ist das eine richtige kleine Ansprache.

Was er hinterherschickt, ist nicht besonders erheiternd.

Dass Charlie Emmenegger nicht leiden kann, war Eva klar. Aber nicht, dass es nicht bloß um eine Aversion geht. Es ist echter, kalter Hass.

Wegen Charlie wäre es um ein Haar zu einer Schießerei zwischen den Flying Taifl und einem anderen Motorradclub gekommen. In letzter Sekunde konnte Emmenegger das Blutvergießen verhindern. Anschließend sorgte er dafür, dass Charlie mit Schimpf und Schande aus dem Club der Flying Taifl ausgestoßen wurde.

»Der Sausack ist bösartig«, sagt der Dude. »Es macht ihn scharf, wenn er Unfrieden stiften und Leute aufeinanderhetzen kann.«

Na großartig.

Charlie wohnt in einer billigen Zwei-Zimmer-Absteige in der Alpinistraße. Nach dem Rauswurf hat ihm der Dude ein paar Kleinigkeiten aus dem Clubhaus vorbeigebracht, die ihm gehörten. Der Dank war ein Schwall von Flüchen und Beleidigungen.

»Was für ein Dusel, dass er den Zettel noch nicht benutzt hat.« Der Dude trinkt seine Cola aus und steht auf. »Fahren wir. Nicht dass die Fremden noch nüchtern ins Bett müssen. In der Nacht holen wir uns dein Papierchen zurück.«

Die Nacht auf Tag 4 – Unter der Laterne

Alpinistraße. Ein Hinterhof
24. März. Drei Uhr nachts

»Was jetzt?« Ein Flüstern.

Der Dude legt den Finger auf die Lippen. Eine Schulterbewegung. Eva soll hinter ihm bleiben.

Er schaltet die Taschenlampe aus.

Die beiden tasten sich an der Hauswand entlang. Der raue Putz zerkratzt Evas Handfläche.

In einem Kellereingang – ein Geräusch. Im funzligen Licht der Kellerlampe sitzt eine Katze. Sie macht einen Satz und ist verschwunden.

Um den gepflasterten Hinterhof stehen Mietskasernen, fünf, sechs Stockwerke hoch. Im Erdgeschoss Wettbüros und Elektronikshops.

Ein Teil der tagsüber stark befahrenen Alpinistraße ist durch eine Hofeinfahrt zu sehen.

Jetzt ist es so still, wie es um diese Zeit in einer Arbeiterwohngegend nur sein kann. Hin und wieder laute Rapmusik aus einem vorbeifahrenden Auto. Aus einem Fenster grölt ein Radio.

Evas Herz dröhnt in ihren Ohren. Was in aller Welt tut sie hier?

Vor ein paar Stunden eine Polizistin mit Grundsätzen – und jetzt eine Einbrecherin?

***

Da ist Charlies Name auf einem der rostigen Klingelschilder. »Karl Trimmer. EG.«

Der Dude hat einen Bund Dietriche mitgebracht, aber die

brauchen sie nicht. Die Wohnung liegt im Erdgeschoss, und eins der Fenster ist gekippt. »Nett von dir, Sausack.« Der Dude macht sich am Kippregler des Fensters zu schaffen.

»Und wenn er doch daheim ist?«

»Ist er nicht.«

»Kannst du es bitte noch mal probieren?«

Der Dude zuckt mit den Schultern und wählt erneut. Eva presst ihr Ohr an die Scheibe. Drinnen klingelt es. Sonst rührt sich nichts.

Das Fensterscharnier ächzt und knirscht unter dem Schraubenzieher. Hektisch blickt Eva von links nach rechts. Der Hinterhof liegt verlassen da. Irgendwo, weit entfernt, heult ein Hund.

Schließlich schwingt das Fenster auf. Eva erahnt das Grinsen des Dude mehr, als sie es sehen kann.

»Könntest du vielleicht zuerst …?« Der Dude ist kein großer Kletterer, auch nicht bei Fenstern, die eins fünfzig über dem Erdboden liegen. »Vielleicht hat's drinnen einen Tritt oder so was …«

Behände schwingt sich Eva auf den Sims und taucht unter dem Fenstersparren durch. Mit einem Knirschen landen ihre Füße auf dem Linoleum. Gleich wird ein wütender Charlie auf sie losgehen.

Nichts.

Es ist Charlies Schlafzimmer. Evas Taschenlampe geistert über die spärlichen Möbel. Eine Pritsche wie aus Lazarettbeständen. Die Matratze ist mit Flecken undefinierbarer Herkunft übersät. Eine Wolldecke im Schottenkaromuster, die nach Mottenpulver und Schweiß riecht.

Einen Kleiderschrank gibt es nicht. Charlies Klamotten liegen zusammengeknüllt in einem Umzugskarton in der Ecke.

Das Wohnzimmer ist winzig. Ein überdimensionaler Fernseher. Zwei Klappstühle. Auf dem einen sitzt ein leerer Pizzakarton. Auf dem Boden eine Batterie leerer Bierflaschen.

Auf gut Glück probiert Eva die Klinke der Eingangstür.

Nicht abgeschlossen. Sie klemmt die Taschenlampe zwischen Tür und Angel, rennt zum Hauseingang und steckt den Kopf um die Hausecke.

Der Dude hängt mit aufgestützten Ellenbogen am Fenstersims. Er zappelt wild mit den Füßen, um die Beine hochzukriegen. Wenn sie nicht gerade im Begriff wären, in eine Wohnung einzubrechen, wäre der Anblick ziemlich komisch.

»Komm!«

⁎⁎⁎

Sie brauchen nicht lang, um die Wohnung zu durchsuchen. Da ist nichts, was sich als Aufbewahrungsort persönlicher Sachen eignet.

Als Letztes ist das Badezimmer an der Reihe. Eine Dusche mit schmutzigem Plastikvorhang. Eine Toilette.

Der Dude hebt den Deckel der Wasserspülung an und guckt hinein. Fehlanzeige.

»Entweder gibt's hier ein Wahnsinnsversteck, oder der Sausack hat woanders noch 'ne Bleibe«, knurrt er.

»Lassen wir's gut sein.« Eva ist niedergeschlagen. Die Euphorie des Nachmittags hat sich verflüchtigt. Jetzt ist sie nur noch müde. »Wahrscheinlich hat er die Liste längst fotografiert. Dann nützt es eh nichts, das Papier zu finden. Aber es war großartig, dass du mir helfen wolltest.«

Im Dunkeln klopft ihr der Dude auf die Schulter, was so viel heißt wie: nicht verzagen.

Da – ein Kratzen an der Haustür. Etwas bewegt sich im Schlüsselloch.

»Oh Mann, er kommt heim«, flüstert Eva.

Der Dude packt sie am Arm, weg von der Tür. »Das ist kein Schlüssel«, flüstert er. »Dietrich. Rein da mit dir.«

Er schiebt sie zurück ins Schlafzimmer und packt einen der beiden Klappstühle.

Es klickt. Irgendwas wird aus dem Schloss gezogen.

Der Dude schleicht hinter die Tür.

Langsam bewegt sich die Klinke nach unten.

Die Tür öffnet sich einen Spalt.

Ein langer, dünner Schatten fällt vom Treppenhaus in Charlies Flur.

Mit klopfendem Herzen lugt Eva um die Ecke. Gerade hebt der Dude den Klappstuhl über den Kopf.

Das geht nicht gut aus.

Da erstarrt Eva. Etwas an der Art, wie der Schatten sich bewegt, kommt ihr bekannt vor.

»Nein, nicht!«, schreit sie.

Einen Moment lang steht die Welt still.

Dann geht das Licht an.

Im Türrahmen steht Emmenegger, kalkweiß im Gesicht.

Vor ihm der Dude – der Stuhl schwebt über seinem Kopf.

Emmenegger fasst sich als Erster.

»Setz endlich diesen depperten Ikea-Müll ab.«

Und zu Eva: »Was zum Teufel treibt ihr hier?«

Sparkassenplatz. Tiefgarage der Cassa Popolare Meran
Der Vorabend. Zwanzig Uhr

Der diensthabende Pförtner der Cassa Popolare, der die schmiedeeiserne Drehtür abschloss und das Gitter herunterließ, war für Emmenegger kein Unbekannter.

Der Mann hatte das Besuchsrecht bei seinem kleinen Sohn ein wenig zu großzügig ausgelegt und den Jungen zwei Stunden später als verabredet zu Hause abgeliefert. Emmenegger hatte sich dafür starkgemacht, dass der Mann mit einem blauen Auge davonkam. Das Gespräch mit der Mutter wollte Emmenegger nicht noch mal erleben.

Beim Anblick Emmeneggers grinste der Mann übers ganze Gesicht. Als er hörte, zu wem Emmenegger wollte: »Der GD war eben noch mal kurz im Büro. Vielleicht erwischen Sie ihn noch. Er dürfte gerade in seinen Wagen steigen.« Er zwinkerte Emmenegger zu und drückte auf eine Fernbedienung, die um seinen Hals hing. Eine Tür schwang auf. Der Zugang zur Tiefgarage.

Pircher stand neben einem grünen Jaguar Daimler Double-Six und telefonierte.

Als er Emmenegger sah, zwängte er sich hinters Steuer und wollte den Motor starten. Emmenegger war schneller und versperrte ihm den Weg.

»Gehen Sie sofort zur Seite«, schrie Pircher. »Das ist Freiheitsberaubung!«

Emmenegger grinste. »Ich seh schon, damit kennen Sie sich aus. Netter Wagen. Ist Ihnen die Lust am Taxifahren vergangen?«

Pirchers feiste Wangen färbten sich rot. »Was wollen Sie?«

Emmenegger verschränkte die Arme und lehnte sich gegen die Wagentür. »Die Wahrheit zur Abwechslung mal.«

»Ich verstehe kein Wort.«

»Sie haben jemanden angeheuert, um mich fertigzumachen.« Paul hatte die ganze Zeit recht gehabt.

»Bitte? Sind Sie verrückt geworden?«

Emmenegger holte einen Computerausdruck aus der Tasche und hielt ihn Pircher vor die Nase.

»Der Kerl auf dem Bild ist Ihnen ja bestens bekannt.«

Es war Charlie. Seine Wangen waren noch feister und schlaffer als beim letzten Mal, als Emmenegger ihn gesehen hatte. An dem Tag, als Santiago Charlie aus dem Club ausschloss.

Im Hauptberuf war Charlie – alias Karl Trimmer – ein windiger Privatschnüffler, der mit Vorliebe untreue Ehefrauen ans Messer lieferte. Seine eigene hatte ihn sitzen lassen.

Damals war Charlie gut bei Kasse gewesen. Er hatte geprahlt, mit einer Bank dick im Geschäft zu sein.

Pircher starrte auf das Foto.

»Den Mann kenne ich«, sagte er schließlich zu Emmeneggers Überraschung. »Er hat ein paar Aufträge für uns erledigt. Personalangelegenheiten. Wir haben uns allerdings recht bald wieder von ihm getrennt. Er hat ...« Pircher verzog das Gesicht.

»... Rechnungen frisiert?«

»Schlimmer. Er hat doppelt kassiert. Bei der Bank und bei den ... Zielen, die er überwachen sollte.«

Emmenegger nickte langsam. »Warum haben Sie ihn auf mich angesetzt, verdammt noch mal?«

»Das habe ich nicht. Weshalb sollte ich das tun?«

»Sagen Sie's mir.«

Pircher schüttelte wieder den Kopf und betrachtete das Foto. »Überwachungskamera, richtig?« Er tippte auf den Timecode. »Zu der Zeit hatte ich ihn bereits entlassen. Damals kannte ich nicht mal Ihren Namen, Ispettore. Kommen Sie mit.«

Sie fuhren hoch in Pirchers Büro. Es dauerte nicht lange, bis sich Pircher in den Bereich der Personalabteilung eingeloggt hatte. Charlies Kündigung erschien auf dem Bildschirm.

Pircher hatte die Wahrheit gesagt.

Auf dem Kündigungsschreiben stand noch etwas anderes: Charlies Adresse.

Spaziergang von der Alpinistraße ins Musikerviertel
24. März. Vier Uhr morgens

Der Rückzug der drei Einbrecher war schnell und geordnet verlaufen.

Charlie hatte sich dünngemacht. Sein Pass fehlte. Die Kleidung in der Umzugskiste konnte unmöglich seine gesamte Garderobe sein. Sogar Paul besaß mehr Klamotten.

Der Dude hatte sich verzogen, nachdem die beiden Männer sich durch Schulterklopfen versichert hatten, dass zwischen ihnen alles in Ordnung war.

Mit einem Seitenblick zu Eva sagte der Dude: »Klärt mal ein paar Sachen zwischen euch. In einer Stunde kommt ihr in meinen Laden. Ich mach euch Frühstück. Das Putzgeschwader rückt erst um sieben an.«

Vor Emmenegger und Eva zeichnet sich der unförmige Umriss des Nikolausstifts ab.

Paul ist mit Hilde wieder dort eingezogen. »Alter, deine Wohnung ist spitze, aber Hilde ist unglücklich«, hatte er gesagt. »Ich kann's in ihren Augen sehen. Sie braucht einen Garten.« Offenbar beherrscht Paul mit Anfang zwanzig etwas, was anderen ein Leben lang nicht gelingt: sich den Dämonen zu stellen.

Emmenegger hofft, dass wenigstens diese beiden jetzt friedlich schlafen.

Eva marschiert vorwärts, als wollte sie einen Wettlauf gewinnen. Ihr Kopf ist gesenkt, ihre Miene in der Dunkelheit nicht zu erkennen.

Beharrliches Schweigen.

In Emmenegger tobt ein Gewitter von Gefühlen.

Mittlerweile hat es angefangen zu regnen. Ein leichter Nieselregen, für den sich ein Regenschirm nicht lohnt, erfrischend nach der Schwüle der vergangenen Tage.

Fast alle Bogenlampen auf beiden Seiten der Verdistraße sind um diese Uhrzeit aus. Eine einzige verbreitet noch einen flackernden rötlichen Schein, zaghaft wie Kerzenlicht im Regen.

Unter dieser Bogenlampe bleibt Emmenegger stehen.

Er erschrickt, wie blass und schicksalsergeben Eva aussieht. Die Wangen sind verschattet, die Augen riesig wie die eines Kindes. Ihr Funkeln, das zu Eva gehört wie glockenhelles Lachen und kniekurze Röcke, ist in einem See von Traurigkeit ertrunken.

Vor Emmenegger steht eine gefangene Meerjungfrau. Der Weg zurück in ihr Element ist versperrt. Sie kann nirgendwohin.

Er muss sich zusammennehmen, um sie nicht zu küssen.

Stattdessen streicht er ihr eine feuchte Haarsträhne aus der Stirn.

Eva schaut zu ihm auf. »Ich hab eine Liste gesucht. Ich wollte sie wiederhaben. Der Dude hat nichts mit der Sache zu tun, er hat mir bloß geholfen.«

Er versteht kein Wort.

»Ich hab deine Vorteile und Nachteile aufgeschrieben«, sagt sie schließlich leise.

Emmenegger möchte einen Luftsprung machen und einen Jodler rauslassen.

»Ich nehme mal an, der Negativteil ist deutlich länger ausgefallen«, sagt er trocken.

»Na ja, es war ungefähr ausgeglichen.«

»Da hab ich ja noch mal Glück gehabt.«

»Willst du gar nicht wissen, was draufsteht?«

»Nicht jetzt. Irgendwann vielleicht. Wir haben doch alle Zeit der Welt.«

In Evas Augen erscheint ein Funke, der auf ein paar Tränen schwimmt. Sie stellt sich auf Zehenspitzen und küsst ihn.

Emmenegger spürt den Regen nicht mehr. Die Bogenlampe flackert noch einmal und erlischt.

Er bettet ihren Kopf an seine Brust. So stehen sie da, an die Laterne gelehnt.

Die Zeit spielt keine Rolle mehr.

Irgendwann, nach dem fünften oder sechsten Kuss – so genau zählt keiner von beiden mit –, schlägt es fünf von der Nikolauskirche.

»Ich hab einen Bärenhunger. Gehen wir frühstücken.« Eva hakt sich bei ihm unter. »Wie heißt du eigentlich mit Vornamen?«

»Kannst mich weiter Chef nennen.« Er grinst im Dunkeln.

Eva boxt ihn in die Seite. »Ich hab dir meins gezeigt. Jetzt zeig du mir deins.«

»Wenn du lachst, sind wir geschiedene Leute. Ich heiß Amadeus. Meine Eltern waren verrückt nach Mozart. Sie hatten gerade einen Förderverein für eine Mozartschule gegründet, als sie mich kriegten.«

Eva lacht so, dass sie einen Schluckauf kriegt. Sie hat Emmenegger einmal ein Liedchen pfeifen hören, und dieses eine Mal hat genügt. »Du kannst doch keinen Ton halten!«

»Das konnten sich meine Alten wohl nicht vorstellen.«

»Wie lange musstest du Stunden nehmen?«

»Sechs Jahre, von meinem fünften Lebensjahr an.«

»Klavier?«

»Geige.«

»Mein Gott.«

»Die Geige hat's nicht überlebt.«

Eva gluckst.

Auf einmal ist der Rucksack mit seiner Kindheit, den Emmenegger auf dem Buckel trägt, nicht mehr so schwer.

Er drückt Eva fest an sich, und zu einem einzigen dunklen Umriss verschmolzen, wandern die beiden durch die verlassenen Lauben, als gäbe es außer ihnen keinen anderen Menschen auf der Welt.

Den Schatten, der ihnen folgt, bemerken sie nicht.

Freiheitsstraße. Im Forsterbräu
24. März. Kurz nach fünf Uhr morgens

Das Forsterbräu ist ein Labyrinth, in dem so mancher Trinker auf dem Weg zum Örtchen schon falsch abgebogen ist.

Im berühmten Sixtus-Saal schlägt das Herz des Traditionslokals. Aber die Bierschwemme ist seine Seele.

Meistens geht es in dieser Seele hoch her.

Aber manchmal, am frühen Morgen, herrscht eine besondere, fast intime Atmosphäre. Nämlich dann, wenn die »Schwemm« ihre Pforten für besondere Gäste öffnet. Darüber wissen nur ganz wenige Eingeweihte Bescheid.

Speziell für diesen Zweck existiert ein Türklopfer mit Löwenkopf. Die Touristen halten ihn für Zierrat. Dafür ist er auffallend gut in Schuss.

✳✳✳

Gerade klopft es erneut.

Paul geht öffnen. Eva und Emmenegger, mit verlegenen Mienen.

Der Dude hat die Arme auf den längsten Tresen Merans gestützt. Er grinst.

Paul wirft sich auf einen Barhocker. Und feixt.

Hilde sitzt in einer Wasserpfütze, daneben ein ramponierter Blech-Trinknapf. Sie zieht die Lefzen hoch, was stark nach einem Grinsen aussieht.

Emmeneggers Blick bleibt an Paul kleben. »Warum liegst du nicht im Bett und schiebst Matratzenhorchdienst?«, fragt er.

Statt einer Antwort stimmt Paul mit übertriebener Falsettstimme ein Liedchen an: »»… bei der Laterne wollen wir stehen, wie einst Lili Marlen, wie einst Lili Marlen …‹«

Eva kichert.

»Zufällig war ich gerade auf dem Klo und hatte durchs Fenster einen Eins-a-Logenplatz auf die Liebesszene.«

Emmenegger bleibt nichts übrig, als gute Miene zum bösen Spiel zu machen. Was soll's. Sie hätten es sowieso bald erfahren.

Der Dude serviert sein Spezialfrühstück: Käseknödel auf Kraut. Die roten Lampenschirme tauchen die Gesichter der vier in ein warmes Licht. Die ausgelassene Stimmung ist verflogen. Sie essen schweigend, in Nachdenken versunken.

Hilde spitzt die Ohren, als könnte sie das Echo der Stimmen und des Gelächters der letzten Nacht noch in der Ferne hören.

Emmenegger und Paul langen kräftig zu. Verstohlen wandert Evas Hand mit einem halben Knödel unter den Tisch. Hilde ist hellauf begeistert. Ihr lautes Schmatzen ruft Paul auf den Plan.

»Sag mal, hast du sie noch alle? Hilde verträgt so was nicht, schon gar nicht auf nüchternen Magen!«

»Entschuldigung«, sagt Eva kleinlaut. Aber während Paul noch Rüffel verteilt, verschlingt Hilde schon den zweiten Käseknödel, diesmal vom Teller des Gesundheitsapostels gemopst.

⁂

Emmenegger schiebt den Teller von sich.

»Charlie hat also das Foto im Burggrafen geschossen. Aber warum? Was hatte er da drin zu suchen? Und im Mordfall Granelli sind wir keinen Schritt weiter. Vielleicht sollte jeder mal seine Karten auf den Tisch legen.«

Eva macht den Anfang: Dass das Bauamt Meran eine Umgehungsstraße plant, die durch das Clubhaus der Flying Taifl führen soll. Dass die Wertsteigerung des Grundstücks Hellboy die Möglichkeit gab, den Kredit aufzunehmen. Und dass jemand gedroht hat, Hellboys Enkel würde was passieren, sollte er das Grundstück an die Gemeinde verkaufen.

»Vielleicht wollte die alte Granelli das Clubhaus an Land ziehen.« Paul. »Und wurde deswegen abgemurkst.«

»Das passt nicht zusammen«, widerspricht Eva. »Ihre Methode, sich Immobilien via Zwangsversteigerungen billig unter den Nagel zu reißen, hätte in dem Fall nicht funktioniert. Die Immobilie wäre überhaupt nicht unter den Hammer gekommen. Die Stadt hätte sie der Bank abgekauft.«

»Damit ist Pircher wieder im Spiel. Fast hätte ich ihm geglaubt, dass er mit Charlie und seinen Drohungen nichts zu tun hat. Wo lernen diese Bankfritzen nur das Lügen? Muss ein spezieller Lehrgang sein.«

Eva sieht Emmenegger an.

Sofort werden seine Knie weich. Wenn diese Augen auf einen gerichtet sind, ist es schwer, sich zu konzentrieren.

»Lass uns mal einen Schritt zurückgehen«, sagt er. »Zum Mordopfer. Lisa Granelli hat Schuldnern der Bank das Fell über die Ohren gezogen und deren Häuser gekapert. Es ging ihr aber nur zum Teil ums Geld. Da war was Privates im Spiel.«

»Ach du Scheiße«, sagt Paul leise, als Emmenegger berichtet, was Udo Granelli widerfahren ist. Emmenegger kann dem Jungen ansehen, was er denkt: Udo – das hätte ich sein können.

»Ihr Mann glaubt, dass sie sich die Schuld an seinem Tod gab. Ich weiß nicht, ob er sich da was vormacht. Tatsache ist, dass sie sich mit der Zeit von allem und jedem übervorteilt fühlte. Da fing sie an, zurückzuschlagen, auf ihre Art. Erinnert ihr euch? Diese Peanuts-Beträge und die Initialen in ihrem Notizbuch. Sie hat Leute erpresst, um sich zu rächen«, sagt Emmenegger.

»Vielleicht hat sie einer von denen umgebracht, die sie gemolken hat? Für die war das vielleicht kein Kleingeld.« Paul.

Emmenegger nickt langsam. »Ein Haufen Motive. Aber von den Erpressungsopfern kennen wir, wie gesagt, bloß die Anfangsbuchstaben. Die Geldeingänge in dem Notizbuch der Granelli datieren Wochen zurück, ein paar davon sogar Monate. Meine Intuition sagt mir …«

»Hört, hört.« Paul legt den Kopf schief wie Hilde. Aber diesmal spricht der Schelm nur mit halbem Herzen.

»… dass Lisa Granelli, der krumme Hund Charlie und Anton Pircher mitsamt seiner Sparkasse irgendwie zusammenhängen. Wenn wir das Bindeglied finden, haben wir das Motiv für den Mord.«

Im Hintergrund klappern Teller und Gläser.

»Ich denk mir, es war Charlie, der dem Journalisten auf die Pelle gerückt ist. Und er saß vor Hellboys Haus im Auto.« Der Dude kommt rein und zieht sich einen Stuhl heran. »Ich versteh bloß nicht, wie du da reinpasst, Emmi.«

»Magnus Braunhofer muss Trimmer identifizieren.« Eva. »Wir leiten die Fahndung nach dem Mann ein. Ich glaube, jemand hat ihn bezahlt, um Lisa Granelli zu töten. Trimmer ist auf der Flucht, und wir haben genügend Verdachtsmomente, um ihn festzunehmen.« Sie schiebt ihren Stuhl zurück. »Danke für alles, Dude.«

Emmenegger rappelt sich auf. »Ich bring dich heim.«

»Danke.« Sie lächelt ihn auf eine Weise an, dass ihm Hören und Sehen vergeht.

»Warte, Alter, ich komm mit!« Paul ist aufgesprungen. »Die Hilde und ich übernachten heut bei dir. Du sollst dich nicht so einsam fühlen.« Paul gluckst.

»Ich bräuchte wen, der mir aufräumen hilft«, mischt sich der Dude ein. »Dafür gäb's nachher eine Brotzeit mit Speck und Kas gratis. Und für Hilde einen schweinernen Knochen. Na, Paul, was sagst?«

Eva wirft ihm einen dankbaren Blick zu.

»Hmmm.« Paul kämpft mit sich. Die Aussicht, die beiden Turteltäubchen aufzuziehen, steht gegen ein Gratisessen.

»Hast auch Essiggurken da?«

»Sogar Cornichons. Ganz feine. Und hartgekochte Eier mit Mayonnaise. Außerdem Franzosen-Senf.«

»Dijon? Echt?«

Schon hat sich Paul ein Geschirrtuch geschnappt und ist in der Küche verschwunden.

Manchmal bestimmen Kleinigkeiten den Lauf der Geschichte. Manchmal ist es Dijon-Senf.

***

Draußen grinst Emmenegger noch immer.

Eva ist auffallend still. »Du ...«, sagt sie dann, etwas gedehnt.

Emmenegger hat einen seltenen Moment der Erleuchtung.

»Ich bring dich nur nach Haus, keine Sorge. Immer mit der Ruhe, nur nicht hudeln.«

Wortlos kuschelt sich Eva in seinen Arm.

***

Zwanzig Minuten später ist Emmenegger auf dem Rückweg. Immer noch spürt er Evas Mund auf seinem. Seine Lippen sind wund. Diese Beanspruchung haben sie lange nicht erlebt.

Die Euphorie der letzten Stunden ebbt langsam ab und macht Platz für die altbekannte Bangigkeit im Herzen. Alle Bedenken, die ihn daran gehindert hatten, sich Eva zu erklären, sind wieder da.

Er würde Martha gern fragen, was sie von alldem hält, aber die schweigt verbissen.

In der Ferne schlägt die Nikolauskirche sechs Mal. Die Berge beginnen zu glühen.

Häuser und Straßen sind in bläuliche Schatten getaucht.

Die Wolken hängen tief. Die Luft ist feucht.

Emmenegger kann fühlen, wie der Regen zurückkommt.

Das erste Mal seit Langem weiß er nichts mit sich anzufangen.

Sein Leben scheint sich im Kreis zu drehen. Er hat eine neue Liebe gewonnen, aber einen Freund verloren.

Er muss an Leo Granelli denken. Die Liebe macht nicht das ganze Leben aus. Ein Mann braucht eine Leidenschaft und Menschen, mit denen er sie teilen kann.

Hellboy ist ein Morgenmensch. Bestimmt ist er schon aufgestanden.

Die ersten Tropfen fallen.

Nicht gerade der beste Morgen für eine Ausfahrt mit dem Motorrad.

Wird Hellboy ihm die Tür öffnen, oder lässt er ihn draußen stehen wie einen begossenen Pudel?

Der schwarze Klotz des Parkhauses hüllt den schmalen, kopfsteingepflasterten Pfad in tiefe Dunkelheit.

Emmenegger läuft an geparkten Autos vorbei, die Stoßstange an Stoßstange am Straßenrand stehen.

Ein paar Meter vor ihm, in einem der Wagen, blinkt ein kleiner Lichtpunkt. Vermutlich eine Diebstahlsicherung.

Als er an dem Auto vorbeikommt, schwingt die Fahrertür auf und knallt mit Wucht gegen Emmeneggers Hüfte.

Ein Gurgeln kommt aus seiner Kehle. Er verliert das Gleichgewicht und stürzt aufs Pflaster.

Jemand packt ihn von hinten und presst ein Tuch auf seinen Mund und seine Nase.

Emmenegger hat noch Zeit, den scharfen Geruch von Chloroform zu erkennen, und spürt das Brennen auf den Lippen. Dann wird alles schwarz.

Tag 4 – Finale mortale

*Irgendwo zwischen dem Dörfchen Vellau und der Leiteralm
24. März. Zwölf Uhr mittags*

Der Regen hat sich verzogen. Unbarmherzig brennt die Sonne
auf Eva nieder.

Im Wald ist es schwül. Die Luft scheint zu stehen. Überall
sirren Stechmücken. Eva hat längst aufgegeben, nach ihnen
zu schlagen.

Schweißtropfen laufen über ihre Stirn und brennen in ihren
Augen.

Sie trägt nicht mal Wanderstiefel, die richtig passen. Solche
Schuhe kommen in ihrer Garderobe nicht vor. Auf die Schnelle
war ihr nichts anderes übrig geblieben, als Hellboys Angebot
anzunehmen. Und jetzt keucht sie in Robins Stiefeln den Berg
hinauf.

Nach knapp zwei Stunden Aufstieg ist ihr Wasservorrat
fast aufgebraucht.

Der Weg ist schmal, steil und voller Wurzelwerk. Sie stolpert vorwärts. Vor lauter Erschöpfung zittern die Beine.

Da bleibt ihr Fuß in einer Wurzel hängen, und sie schlägt
lang hin.

»Scheiße!«

Benommen sitzt sie da und reibt sich das schmerzende Bein.
Als sie das Malheur besichtigt – eine tiefe blutende Schramme
am rechten Schienbein –, ist es vor allem die Wut, die ihr Tränen in die Augen treibt.

Eva flucht wieder, diesmal laut. An diesem Morgen ist einfach zu viel passiert.

Romstraße. In der Redaktion des »Südtiroler«
24. März. Vier Stunden zuvor

»Sieh einer an, die Polizistin mit dem Knackarsch.«

Wortlos schob Eva das Foto mit Trimmer über den Tisch. Sofort vergingen Magnus Braunhofer die Sprüche. Seine hohlen Wangen nahmen eine ungesunde Röte an. »Das ist der Kerl!«

»Sind Sie sicher?«

»Dieser Mund. Hamsterbacken. Sehen Sie diese Speckfalte? Das ist er, hundertpro. Wie heißt der Typ?«

Eva zögerte einen Moment. Die Fahndung nach Karl Trimmer lief bereits. Wenn auch die Leser dieser Postille ihre Augen offen hielten, umso besser.

Als Braunhofer den Namen hörte, fing er an zu lachen. »Na, das ist ja ein Ding!«

»Sie kennen den Namen?«

Der Journalist zog eine geheimnisvolle Miene.

»Ich kann Sie auch vorladen lassen.«

»Kriegen Sie sich wieder ein, meine Hübsche«, sagte Braunhofer. »Ich verrat es Ihnen ja. Der im letzten Jahr verstorbene Gründungsherausgeber unserer Zeitung hieß Julius Trimmer. Er hatte einen Sohn namens Karl. Ein Tunichtgut, der seinem Vater nur Ärger gemacht hat. Er hat alles eingeworfen, was ihm unter die Finger kam. Koks. Speed. Die ganze Zeitung hat sich darüber das Maul zerrissen.«

Braunhofer spielte eine Minute lang mit seinem Handy.

»Hier.« Auf einem Zeitungsfoto waren zwei Männer zu sehen. Der ältere schaute ernst drein. Der jüngere, wohl Anfang zwanzig, grinste in die Kamera. Die Bildunterschrift lautete: »Kurhaus Meran, Foyer. Julius Trimmer und sein Sohn Karl auf der Millennium-Silvestergala«.

Der junge Mann war schlank, das Gesicht noch nicht vom Alkohol gezeichnet. Charlie.

✳✳✳

Evas Handy summte. »Sie müssen jetzt ruhig bleiben, Frau Marthaler«, sagte Polizeichef Branga. »Es geht um Ispettore Emmenegger.«

Branga klang, als wäre Emmenegger endgültig geliefert, aber sie würde zu ihm halten, auch wenn es ihren Job kostete.

»Trimmer hat Emmenegger in seiner Gewalt«, sagte Branga. »Er will ihn töten, wenn wir die Fahndung nicht sofort einstellen.«

»Oh Gott«, flüsterte Eva.

»Ich schicke Ihnen die Audiodatei«, sagte Branga. »Rufen Sie mich sofort zurück.«

»Was ist los?«, wollte Braunhofer wissen. Seine Augen glänzten.

Eva überlegte fieberhaft. Braunhofer hatte die Trimmers gekannt. Vielleicht konnte er helfen.

Sie öffnete die Datei und stellte den Ton laut.

Charlies Stimme. »Hallo, Polizeichef. Ich kann Ihnen was Lustiges zwitschern. Ich hab Ihren Mordermittler höchstpersönlich. Blasen Sie die Jagd ab, sonst kill ich ihn. He, Emmi, sag was.«

Emmeneggers Stimme, leise, schwach, im Hintergrund: »Lassen Sie sich nicht darauf ein, Chef.«

Ein Schuss. Jemand stöhnte.

Dann Rauschen. Die Datei war zu Ende.

Eva war den Tränen nahe. »Er hat ihn erschossen!«

»Glaub nicht«, sagte Braunhofer. Er machte einen etwas erschütterten Eindruck. »Dann wäre sein Druckmittel weg.«

»Aber er hat ihn verletzt.«

»Kann schon sein.«

Eva wollte nach dem Handy greifen, um Branga anzurufen, doch Braunhofer aktivierte erneut den Abspielmodus. Wieder erklang Charlies Stimme.

»Hören Sie das?«

»Geben Sie mir mein Handy.«

»Jetzt warten Sie mal. Blenden Sie die Stimme von dem Kerl aus und versuchen Sie, sich auf den Hintergrund zu konzentrieren.«

Schließlich hörte Eva es auch. Eine Art Sirren, ganz leise.

»Was kann das sein?«

Braunhofer schüttelte den Kopf. »Ich hör keine Verkehrsgeräusche. Die gibt's in der Stadt eigentlich immer, jedenfalls außerhalb schallisolierter Räume. Der Kerl ist irgendwo draußen.«

Er sah hoch. »Ich schick die Datei zu einem Tontechniker beim Rundfunk. Der soll ein bisschen an den Reglern drehen. Vielleicht kriegt er die Stimmen rausgefiltert.«

Branga würde das nicht gefallen. Eva war es egal.

Aber: »Der Mann darf das auf keinen Fall veröffentlichen! Das wäre Emmeneggers Todesurteil!«

»Halten Sie mich für blöd? Ich lass mir die Story doch nicht von einem Heini beim Rundfunk wegnehmen!«

»Und wie wollen Sie ihn davon abhalten?«

Braunhofer grinste. »Das lassen Sie mal meine Sorge sein, Schätzchen.« Als Eva keine Anstalten machte, ihm die Datei zu schicken, seufzte er. »So jung und schon so misstrauisch. Wir und der Rundfunk sind ein Laden. Aber das Herz unseres Verlegers hängt an der Zeitung. Der Rundfunk ist ihm scheißegal.«

***

Während sie warteten, telefonierte Eva mit dem Boss. Branga hatte die Audiodatei zur Analyse nach Bozen geschickt. Eva verkniff sich den Kommentar, dass das viel zu lange dauern würde. Ihren Vorstoß in Richtung Südtiroler Rundfunk behielt sie vorsichtshalber für sich.

Branga hatte über den Polizeifunk und über soziale Medien verbreiten lassen, dass die Fahndung nach Karl Trimmer eingestellt war. Der Verdacht gegen ihn habe sich nicht bestätigt. In Wahrheit lief die Fahndung weiter.

»Wie viele Leute brauchen Sie, Frau Marthaler? Ich fordere Ressourcen aus Bozen an. Einen Hubschrauber. Und falls Sie eine Spezialeinheit –«

»Um Gottes willen. Den Hubschrauber hört man von Weitem. Je mehr Leute involviert sind, desto größer die Gefahr, dass Trimmer es erfährt. Wir dürfen den Mann auf keinen Fall unterschätzen. Er ist in der Sicherheitsbranche und IT-mäßig ziemlich versiert. Ich melde mich, wenn ich wen brauche.«

»Frau Marthaler –«

Mitten in Brangas Satz legte Eva auf.

Das Warten war unerträglich. Eine Viertelstunde kam Eva vor wie eine Ewigkeit. Schließlich piepte Braunhofers Handy. Die Tondatei war zurück, nebst einem Satz: »Besser ging's nicht auf die Schnelle.«

Die Stimmen waren auf ein undeutliches Gemurmel reduziert. Dafür war das Sirren viel lauter als vorhin. Da war ein Quietschen, als würde Metall auf Metall reiben. Und immer wieder: »Tock-tock-tock.«

Evas Gedanken rasten. Auf einmal sagte Braunhofer: »Ich weiß, was das ist. Eine gottverdammte Seilbahn. Sie sind ganz in der Nähe irgendeiner Seilbahn. Oder eines Sessellifts.«

Eva sank das Herz. Wie viele Lifte gab es rund um Meran, Materialbahnen eingerechnet? Fünfzig? Hundert?

Außerdem war nicht gesagt, dass sie hier in der Gegend waren. Wenn Trimmer Emmenegger heute früh geschnappt und in ein Auto gezerrt hatte, konnten sie mittlerweile in Österreich sein.

Nein. Trimmer hatte Angst vor der Fahndung. Vor Straßenkontrollen. Er war noch hier.

Ohne zusätzliche Ressourcen war die Suche aussichtslos. Eva wollte gerade mehr Personal bei Branga anfordern, da hörte sie Braunhofer sagen: »Die Jagdhütte.«

Julius Trimmer hatte eine Jagdhütte in den Bergen besessen. Er hatte immer wieder Gäste dorthin eingeladen, auch ein paar seiner Redakteure. »Ich hab gottlob nie zu diesem erlauchten Kreis gehört.« Braunhofer gluckste. »Vor dem Besäufnis war ein Fußmarsch angesagt. Da kannte der Alte kein Pardon.«

»Wo befindet sich diese Hütte?«

»Keinen Schimmer, aber ich kann's rauskriegen.«

***

Wie sich herausstellte, lag Julius Trimmers alte Jagdhütte an den Hängen der Mutspitze und war nur zu Fuß erreichbar.

Braunhofers Kontakt in der Feuilletonredaktion hatte die Örtlichkeiten nur vage beschreiben können.

»Unser Trupp ist vom Dorfplatz in Vellau losmarschiert. Eine gefühlte Ewigkeit sind wir durch den Wald aufgestiegen. Der Weg war rutschig und verflixt steil. Ich bin so was nicht gewohnt und hab mich verflucht, dass ich mich darauf eingelassen hab. Irgendwann sind wir scharf rechts abgebogen. Das letzte Stück ging es weglos, über Stock und Stein. Ich hab nicht geglaubt, dass wir jemals ankommen. Die Hütte lag an der Baumgrenze, versteckt hinter der letzten Baumreihe. Dahinter ging's steil runter, in einen Tobel. Drüben, auf der anderen Seite, war kaum Bewuchs, fast nur Felsen. Mehr kann ich dir leider nicht sagen, Kollege.«

***

Magnus Braunhofer holte eine Panoramakarte aus dem Schrank und breitete sie aus. Ungefähr in der Mitte war das wuchtige Massiv der Mutspitze eingezeichnet. Darunter der Bergrücken des Mutkopfs. Auf halber Höhe lagen kleine rote Vierecke: die Muthöfe. Westlich davon die Bergstation Hochmuth, zu der eine Seilbahn von Dorf Tirol heraufführt.

Der Journalist tippte drauf. »Das ist nicht die Seilbahn, nach der wir suchen. Die hier führt über dichten Wald. Da gibt's keine Felsen. Und noch was spricht dagegen.«

Evas Schultern sanken herab. »Bitte die Version für Normalsterbliche. Ich kenne mich in den Bergen nicht so gut aus.«

Braunhofer inspizierte Evas Riemchensandalen. »Hätt ich nie gedacht. Ich erklär's Ihnen. Der Typ vom Feuilleton sagt, dass sie von Vellau aus losmarschiert sind. Das ist viel weiter westlich als die Hochmuthbahn. Die Jagdhütte ist woanders.«

Braunhofers Finger fuhr auf der Karte weiter nach Westen. Ein einzelner roter Punkt. Die Leiteralm.

»Menschenskind.« Braunhofers Augen blitzten. »Ich hätte gleich drauf kommen müssen. Wegen dem Tock-tock-tock. Aber normalerweise fährt der Lift im März noch nicht. Dieses Jahr schon, wegen des warmen Wetters.«

Braunhofer ließ die Audiodatei noch einmal laufen, und Eva wusste jetzt, was er meinte.

»Das hört man, wenn der Korb über die Stahlrollen ruckelt«, sagte er. »Der Kerl ist in der Nähe vom Korblift zur Leiteralm. An der Schlucht vom Grabbach.«

In der Nähe des Grabbachtobels
24. März. Mittag

Eva rappelt sich auf. Keine Zeit für Selbstmitleid.

Ihr Walkie-Talkie quakt.

»Wo bist du?« Hellboy. Seine Stimme ist schlecht zu verstehen, so stark pfeift der Wind.

»Keine Ahnung. Ich höre Wasser rauschen.«

»Schau auf den Kompass, den ich dir gegeben hab.«

Evas Hand zittert so stark, dass die Kompassnadel hin und her schwingt wie ein kaputtes Pendel.

»Norden. Ich geh nach Norden.«

»Bist du an Wegweisern vorbeigekommen?«

»Oh. Ich weiß nicht. Tut mir leid. Musste auf den Weg schauen.« Eva reibt sich das Schienbein und schnieft. »Bin hingefallen.«

»Oh Mann.« Undeutliches Gemurmel. »Ist es schlimm?«

»Geht schon wieder. Kannst du irgendwas erkennen?«

Hellboy befindet sich auf dem Vellauer Felsenweg, einem schmalen, roh in den Felsen gehauenen Weg, der von Steinegg hinüber zur Leiteralm führt.

Der Weg ist nichts für ängstliche Gemüter. Auf der einen Seite die vertikal aufragende Felswand. Auf der anderen Seite gähnt der Abgrund. Ein falscher Schritt, und man stürzt in die Tiefe.

Hellboy ist der Einzige des dreiköpfigen Emmenegger-Befreiungstrupps, bestehend aus ihm selbst, Eva und dem Dude, der trittsicher und schwindelfrei ist. Von seiner Position aus hat er die tief eingeschnittene Schlucht des Grabbachs im Blick. Und die bewaldeten Hänge unterhalb der Leiteralm.

Rauschen am anderen Ende.

Nach ein paar Sekunden hört Eva Hellboys Stimme wieder. »Ich sehe keine Hütte, Scheiße noch mal.«

»Da vorn lichtet sich der Wald.« Eva ist aufgeregt. »Ich morse den Dude an. Vielleicht kann der vom Lift aus was sehen.«

»Okay. Over and out.«

»Dude?«

»Jaha. Ich bin da. Noch. Oh. Oh Gott. Warum muss das so tief runtergehen?«

Unter Aufbietung aller Tapferkeit hat sich der Dude an der Talstation in einen der kleinen Körbe gehievt, die komplett aus Draht bestehen. Man steht drin und hat beste Sicht nach allen Seiten, leider auch darauf, wie weit es in die Tiefe geht.

»Dieser Korb ist uralt«, jammert er. »Da ist überall Rost! Wie oft wird dieser Lift gewartet? Weiß das einer? Vielleicht bin ich zu schwer. Scheiße, gleich werde ich –«

»Alter, reiß dich zusammen.« Hellboy schaltet sich ein. »Deinem Luxuskörper passiert schon nichts. Glotz nicht den Korb an. Schau lieber nach unten. Siehst du was?«

»Nee. Da ist nix.« Der Dude stöhnt. »Na ja. Bäume. Moment … da drüben rauscht was … Wasser. Irgendein Bach. Ich mag gar nicht runterschauen. Oh Gott, mir ist schlecht …«

»Eva, hast du den Taschenspiegel parat?« Wieder Hellboy.

»Hab ihn.«

»Jetzt halt ihn in die Sonne.«

»Da blinkt was!« Für einen Moment hat der Dude seine Angst vergessen. »Eva! Ich kann dich sehen!«

Es ist drei Minuten vor halb eins. Hellboy blickt hoch zur Sonne. »Dude, wann bist du mit dem Korb los?«

»Zwanzig nach zwölf.«

Hellboy rechnet, schaut auf die Karte. Rechnet noch mal.

»Eva, hör zu.«

»Ja.«

»Du näherst dich dem Einzugsgebiet der Leiteralm. Wenn du weitergehst, bist du in einer Viertelstunde an der Alm. Der

Pfad führt jetzt immer weiter zum Tobel hin. Ich glaub nicht, dass es noch weit ist.«

»Da ist kein Weg, der abzweigt. Woher soll ich wissen, wann ich nach rechts muss?«

»Keine Ahnung.«

»Was?«

Da ruft der Dude: »Scheiße, da unten ist Rauch!«

Jetzt sieht Hellboy es auch. Grauer Qualm steigt aus den Bäumen hervor.

Trimmers Jagdhütte steht in Flammen.

Trimmer-Hütte, 1.405 Meter über dem Meeresspiegel – an den Hängen der Mutspitze
24. März. Zwölf Uhr dreißig

Emmenegger liegt auf dem Boden. Sein Kopf lehnt an der Wand. Er hört, wie Charlie draußen herumläuft.

Die Steinfliesen fühlen sich feucht und klebrig an. Er hebt die gefesselten Hände vors Gesicht. Blut.

Sein Oberschenkel pocht. Nur nicht wieder ohnmächtig werden.

Es brennt in seiner Kehle. Emmenegger dreht den Kopf und spuckt den Schleim aus. Am eigenen Erbrochenen zu ersticken, ist eine saudumme Todesart.

Emmeneggers Stirn ist fiebrig, und er spürt, wie Schweißtropfen über die Augen laufen und auf den Boden fallen. Er zwinkert sie weg.

Das Innere der Hütte ist übersichtlich. Vier Etagenbetten, jeweils zwei übereinander. Eine schmutzig aussehende Küchenzeile. Ein paar Klappstühle. Eine Platte aus Presspappe, die jemand auf eine Holzrolle genagelt hat.

Vergeblich zermartert er sich das Hirn, wo Charlie ihn geschnappt hat.

Irgendwas hat ihn außer Gefecht gesetzt, wahrscheinlich eine Droge. Deshalb die Matschbirne.

***

Emmeneggers Erinnerung setzt ungefähr zu dem Zeitpunkt ein, als der Wagen abbremste und er nach vorn geschleudert wurde.

Sie befanden sich in einer kleinen, halb zugewucherten

Parkbucht. Emmenegger war an Händen und Füßen gefesselt. Ihm war speiübel.

Neben ihm saß Charlie, eine Pistole in der Hand. Er betrachtete Emmenegger mit einer Mischung aus Hass und Belustigung. »Na, wurde auch Zeit.« Er stieß ihn aus dem Wagen. Emmenegger landete im Dreck und kotzte auf die Felgen von Charlies Auto.

»Bäh!« Charlie machte ein angewidertes Gesicht. »Reiß dich gefälligst am Riemen!«

Dann löste er Emmeneggers Fußfesseln. »Keine Mätzchen, sonst knallt's. Geh in den Wald, mach schon.« Er hob die Pistole.

Emmenegger war sicher, gleich das Klicken des Abzugs zu hören, und dann – vorbei.

Stattdessen stiegen sie durch den Wald aufwärts. Emmenegger ging voran, hinter ihm schnaufte der leicht übergewichtige Charlie.

Charlie hatte weder Karte noch Kompass zur Hand. Offenbar fand er den Weg auch so.

Emmenegger versuchte, sich zu orientieren, aber es war sinnlos. Es ging weglos bergan. Sie kämpften sich durch Gestrüpp und Unterholz.

Vögel zwitscherten, und hin und wieder rauschte ein Bach.

Ein paarmal waren in der Ferne Stimmen und Gelächter zu hören. Ein Hund bellte. Charlie zerrte Emmenegger hinter dichtes Gestrüpp und drückte ihn auf den Boden.

Emmenegger fühlte kalten Stahl an seiner Schläfe. »Schrei, und du bist ein toter Mann.«

Die Stimmen kamen von links – nicht mehr als hundert Meter weit weg. Das konnte nur eines bedeuten: Ihre Route verlief parallel zu einem Wanderweg.

Aber wenn er sich bemerkbar machte, brächte er unschuldige Menschen in Gefahr.

Unter normalen Umständen hätte der Aufstieg Emmenegger keine Schwierigkeiten bereitet. Doch diesmal spielten seine Muskeln nicht mit. Ihm war schwindlig.

Durch die auf dem Rücken gefesselten Hände war es doppelt schwer, das Gleichgewicht zu halten.

Wenn sie zu langsam vorwärtskamen, verpasste Charlie ihm einen Stoß in den Rücken. Immer wieder stolperte Emmenegger – und kassierte Flüche und Tritte von Charlie.

Irgendwann hatte Emmenegger jedes Zeitgefühl verloren.

***

»Jetzt scharf rechts.« Charlies Kommando riss ihn aus seiner Lethargie.

Sie befanden sich auf einem Trampelpfad. Der Boden war voller Wurzelwerk. In der Nähe rauschte ein Tobel.

Emmenegger tat so, als würde er straucheln, und ließ sich vornüberfallen. Den Schmerzensschrei brauchte er nicht zu heucheln.

Während Charlie einen Fluch ausstieß und ihn mit seinen Bergstiefeln traktierte, gelang es Emmenegger, seine Sonnenbrille zu Boden gleiten zu lassen.

Fast hätte er gelacht dabei. Was sollte diese Aktion? Niemand würde ihn hier suchen. Trotzdem fühlte er sich irgendwie besser.

Eine kleine Hütte kam in Sicht. Sie hielten auf sie zu. Zwischen den Bäumen schimmerte der nackte Fels.

»Vorwärts, da rein.« Charlie stieß ihn zur Tür. Emmenegger wollte sich umdrehen, da traf ihn etwas am Hinterkopf.

***

Als er aufwachte, lag er auf dem Boden. Charlie sprach in sein Handy. Emmenegger merkte, dass er mit irgendwem von der Polizei redete. Offenbar fahndeten sie nach Charlie. Gut.

Er hörte, dass Charlie drohte, ihn zu töten.

»He, Emmi, sag was.« Charlie hielt ihm das Handy hin.

»Lassen Sie sich nicht darauf ein«, sagte Emmenegger, so laut er konnte. Ein wütender Ausruf von Charlie. Ein greller Blitz. Wieder verlor Emmenegger das Bewusstsein.

***

Die Hüttentür geht auf. Charlie kommt herein.

»Ich dachte, ich hätte einen Hubschrauber gehört. War wohl falscher Alarm.«

Er stellt sich vor Emmenegger hin. »Na, wie fühlt man sich so kurz vorm Abkratzen?«

Wird wohl so sein. Emmenegger spürt, dass er in einer Blutlache liegt. Der Schuss hat irgendeine Ader zerfetzt. Es gibt schmerzhaftere Todesarten. Immerhin.

Charlie zuckt mit den Schultern. »Gib mir nicht die Schuld. Du hast es dir selbst zuzuschreiben. Sei so gut, stirb leise. Ich muss mich konzentrieren.«

Charlie lässt sich auf einen Klappstuhl fallen und spielt wieder mit seinem Handy. »Kannst du mir mal erklären, warum sich das Handy der schönen Eva am Kornplatz befindet? Ich hätte gedacht, dass das Mädel auf die gestoppte Fahndung scheißt und loszieht, um dich zu suchen.« Er lacht. »Sieht so aus, als sei sie froh, dich los zu sein.«

Emmenegger wird das Herz schwer.

Er stellt sich Eva vor, wie sie an ihrem Schreibtisch im Bereitschaftsraum sitzt und das Telefon anstarrt. Glaubt sie wirklich, Charlie würde ihn freilassen?

Vielleicht ist Branga bei ihr. Von sich aus würde der Polizeichef die Fahndung garantiert nicht abblasen. Für ihn ist Emmenegger bloß ein Kollateralschaden.

Der Staat darf sich auf keinen Fall erpressen lassen.

Emmenegger ist ganz Brangas Meinung. Er hofft, dass sich der Mann nicht von Eva weichkriegen lässt.

Für den Fall, dass da draußen tatsächlich was im Gange ist …

»An deiner Stelle würde ich schleunigst abhauen«, sagt Emmenegger. »Die Fahndung ist gestoppt, aber für wie lange? Willst du wirklich dein Leben drauf verwetten?«

Charlie schaut zu ihm herüber, die Augen zusammengekniffen.

»Noch ist Zeit. Falls sie dich suchen, fangen sie mit den Bahnhöfen und den großen Transitstrecken an. Brenner. Reschenpass. Wenn du schnell machst, kommst du noch über einen der kleinen Pässe. In ein paar Stunden ist es wahrscheinlich zu spät. Dann hängt an jeder Tankstelle im Umkreis von zweihundert Kilometern dein Foto. Aber mach, was du willst. Für mich ist hier sowieso Endstation.«

»Spar dir deine Ratschläge, Emmi«, spuckt Charlie. »Ich denke, du weißt irgendwas. Du willst mich in eine Falle schicken.«

Er hält inne. »Der Heli. Ich hab mich doch nicht getäuscht. Scheiße, verdammte!« Charlie schlägt mit der Faust auf die Tischplatte und springt auf. »Ich wette, die Bullen fliegen die Berge rauf und runter. Du wolltest mich rauslocken, du Arschloch! Und sobald ich draußen bin, knallen die mich ab.«

Er versetzt Emmeneggers verletztem Bein einen Stoß und lacht, als der sich vor Schmerzen windet. »Das würde dir so passen. Aber ich bin nicht so blöd. Diese Hütte kennt kein Schwein. Ich bleib erst mal schön hier drin, in Deckung.«

Emmenegger denkt, dass der Helikopter vermutlich aus Ritten kommt, wo Rundflüge für Touristen starten. Laut sagt er: »Mir egal. Aber wenn du eh dableibst, kannst du mir auch sagen, was das alles soll.«

»Kannst du dir das nicht denken?«

»Nee.«

»Du hast mein Leben kaputt gemacht. Nach dem Ausschluss aus dem Club war bei mir die Luft raus. Und wofür das alles? Damals, auf dem Parkplatz, hab ich doch bloß ein bisschen die Beherrschung verloren. Diese Lionhearts-Arschlöcher haben mich provoziert. Aber du musstest den Moralapostel raushängen lassen und bei Santiago Druck machen, damit er mich rauswirft.«

»Das ist alles?«

Charlie wischt sich übers Gesicht. »Du erinnerst dich nicht mehr, stimmt's?«

Emmenegger starrt ihn an. »Woran denn?«

»Marion.«

✳✳✳

Charlies Frau Marion war ein Motorradgroupie gewesen. Früher war sie fast immer mit den Flying Taifl zusammen. Dann lernte sie einen anderen kennen, und das war's dann.

Emmenegger erinnert sich, dass sie ein paar Tage vor Charlies Rausschmiss wieder im Clubhaus aufgetaucht war, als wäre nichts gewesen.

»Ihr Neuer war Geschichte«, sagt Charlie. »Wir waren wieder zusammengekommen. Aber du Dreckskerl hast mich hingestellt, als wäre ich ein kriminelles Arschloch. Am nächsten Tag hat sie meine Klamotten aus dem Fenster geschmissen und geschrien, ich soll mich nicht mehr blicken lassen, sonst ruft sie die Polizei.«

Charlie schüttelt langsam den Kopf. »Mit Marion wär mein Leben wieder in Ordnung gekommen. Ohne dich wären wir zusammen und hätten ein tolles Leben.«

»Das glaubst du selbst nicht«, krächzt Emmenegger. Seine Stimme wird schwächer. »Es hätte nicht lang gedauert, und du hättest sie wieder verprügelt.«

»Woher willst du das wissen? Hä?« Er zielt mit der Pistole auf Emmenegger. »Hör auf, Scheiße zu labern, oder ich knall dich ab. Nee, das würde zu schnell gehen.« Charlie läuft in der Hütte herum und kickt die Stuhlbeine weg.

»Ich hätte ihr die Flausen schon ausgetrieben. Ich weiß, wie man mit Weibern umgeht.« Charlie tritt gegen die Holzrolle.

»Eins frag ich mich die ganze Zeit.« Emmenegger hört es wieder, ein leises Schrapp-Schrapp in der Ferne. Schnell fährt er fort: »Das Foto von mir und Scurese im Burggrafen. Ich war seit einer Ewigkeit nicht mehr in der Kneipe. Aber laut Timecode stammt das Foto aus dem letzten Oktober.«

»Ach das.« Charlie grinst. »Ich hab's ein bisschen kreativ bearbeitet. Hab den Timecode verändert. Easy, wenn man die Software hat und weiß, wie's geht.«

»Du hast für Lisa Granelli gearbeitet, stimmt's? Sie hat dich bezahlt, damit du ihr Informationen beschaffst.«

Charlie macht ein verdutztes Gesicht, fängt sich aber gleich. »Schau, schau. Da hat jemand seine Hausaufgaben gemacht. Ja, du hast recht. Die Alte hatte ein kleines Hobby und war ausnehmend großzügig.«

»Ich verstehe trotzdem nicht, was du – damals an dem Abend – im Burggrafen – wolltest.«

»Ganz einfach. Die Alte hatte mich hingeschickt.«

***

Das Haus mit dem Burggrafen im Erdgeschoss gehörte zu einem verwinkelten Karree, das sich über mehrere Hinterhöfe erstreckte. Die Häuser waren allesamt baufällig, die Bausubstanz marode. Eine Sanierung lohnte den Aufwand nicht. Aber das Grundstück am Rennweg, das war Millionen wert.

Durch ihre Kontakte bei der Sparkasse hatte die Granelli einen Bauträger an der Hand, der die Häuser abreißen und Eigentumswohnungen hinstellen wollte.

»Angeblich war ein Typ namens Scurese der Eigentümer«, sagt Charlie. »Der Barkeeper der Kneipe im Vorderhaus. Das kam mir gleich komisch vor. Warum sollte sich jemand mit einem Millionenvermögen hinter den Tresen stellen?«

Lisa Granelli war auf die Immobilie scharf, aber Scurese wollte nicht verkaufen. Folglich wurde Charlie beauftragt, etwas auszugraben, womit die Granelli den Mann unter Druck setzen konnte.

Deswegen war Charlie am fraglichen Abend im Burggrafen und hielt die Augen auf. Da kam Emmenegger, den Charlie schon damals nicht leiden konnte, in das Lokal spaziert und fing an, mit Scurese um die Wette zu saufen. Das war mal interessant. Emmenegger, dieser moralinsaure Superbulle, trank Brüderschaft mit einem Ohrfeigengesicht. Charlie hielt sein Kamerahandy drauf. Vielleicht ließ sich was draus machen.

»Und – hast du was – über Scurese rausgekriegt?«

Charlie verdreht die Augen. »Scheißt der Bär in den Wald? Dieser Scurese war nicht der Eigentümer, sondern bloß ein Strohmann. Hinter der Immobilie steckten andere Kaliber. Ich hab der Granelli geraten, sie soll die Finger von den Häusern lassen. Das war nicht das, was die Alte hören wollte, aber am Ende hat sie Vernunft angenommen. Es endet meistens übel, wenn man sich mit den großen Jungs anlegt.«

***

Da ist wieder das Geräusch. Der Heli ist näher als vorher. Und er fliegt tiefer, als die Hubschrauberpiloten aus Ritten das normalerweise tun.

Vielleicht ist es seine Phantasie, die ihm kurz vor dem Ende ein bisschen Hoffnung vorgaukelt.

Währenddessen schwelgt Charlie in seiner ruhmreichen Vergangenheit als Erpresser.

»Bin froh, dass der Boss von der Granelli mich damals gefeuert hat. Die Alte hat viel besser gezahlt. Wir waren ein klasse Team. Aber am Ende war sie …«, er tippt sich an die Stirn, »… nicht mehr ganz richtig hier oben.«

Emmenegger versucht sich aufzurichten. »Wie meinst du das?«

Charlie verzieht das Gesicht. »Die fing an, mich Udo zu nennen. Immer wieder hab ich ihr gesagt, sie soll das lassen. Ihr Sohn war ein Schwanzlutscher. Ich hab keinen Bock, dass mich jemand mit so einem Perversling in einem Atemzug nennt.«

»Woher weißt du das?«

»Hä?«

»Dass Lisa Granellis Sohn homosexuell war?«

»Ach so.« Charlie macht eine wegwerfende Handbewegung. »Das hat sie mir mal gesagt.«

Emmenegger schüttelt den Kopf.

Über Udos Homosexualität hätte Lisa Granelli mit niemandem gesprochen, schon gar nicht mit einem Subalternen.

»Du lügst doch. Woher also?«

Charlie schweigt. Mit verdrießlicher Miene starrt er aus dem Hüttenfenster.

Mit einem Schlag geht Emmenegger etwas auf. Charlie im Wellnesstempel, mit sechs Bieren im Kopf, manchmal mehr. Wie er sich wieder mal betrunken aufs Motorrad setzen will. Wie der Dude jedes Mal aus dem Haus rennt, um ihm den Schlüssel abzunehmen.

»Du warst das. Du hast Udo Granelli überfahren und auf der Straße liegen lassen.«

Charlie lässt sich auf einen der Klappstühle fallen, ein schiefes Grinsen im Gesicht. »Du bist ja ganz schön fix, kurz vor Schluss.« Er schlägt die Beine übereinander. »Wie hast du das erraten?«

»Im Laufe einer Mordermittlung erfährt man … eine ganze Menge.«

Das Sprechen fällt Emmenegger zunehmend schwer.

Charlie nickt langsam. »Da du ja keine Gelegenheit mehr haben wirst, es jemandem zu erzählen: Willst du wissen, was damals passiert ist?«

»Sozusagen als Gutenachtgeschichte?«

»So ungefähr.«

»Schmück's lieber nicht zu sehr aus. Ich will noch mitkriegen, wie's ausgeht.«

***

Charlie lehnt sich zurück. Seine Augen starren ins Leere.

»Hast du meinen Vater gekannt?«

»Den Verleger? Nee.«

»Er war ein Arschloch. Seine Zeitung ist ein verlogenes Schmierblatt. Und so jemand will mir beibringen, was richtig und falsch ist! Am Ende hat der Alte bekommen, was er verdient hat. Ist an Bauchspeicheldrüsenkrebs verreckt.«

Charlie spuckt auf den Boden. »Er wollte, dass ich Jus studiere und in seine Fußstapfen trete. Na klar, ein Rechtsverdreher ist genau der Richtige für den Verlegerposten.« Charlie stößt ein hässliches Lachen aus. »Ich sollte mit Lügen Geld verdienen, in bester Trimmer-Tradition. Die alte Granelli und ich haben die Kohle wenigstens mit der Wahrheit gemacht.«

»Lass die moralischen Sprüche. Sonst muss ich kotzen, und dazu hab ich nicht die Kraft. Erzähl lieber das mit Udo.«

***

An dem verhängnisvollen Abend hatte es im Hause Trimmer Streit gegeben.

Charlie hatte wieder mal eine Juraklausur versemmelt. Passenderweise war es Strafrecht gewesen.

»Ich hatte bloß ein bisschen was eingeworfen, um mich in Stimmung zu bringen.«

Im Klartext: Charlie war zugekokst und alkoholisiert zur Prüfung erschienen. Es waren keine fünf Minuten vergangen, da hatte er mit dem Prüfer Streit angefangen.

»Die ganze Scheiße war drauf angelegt, dass möglichst viele durchfallen. Die anderen saßen da und guckten wie Schafe auf der Schlachtbank. Einer musste sich schließlich wehren.«

Was bedeutete: randalieren und auf die Prüfungsbögen pinkeln. Kurzerhand hatte ihn der Prüfer rausgeworfen. Nach zehn Minuten war Charlie durchgefallen, ohne dass er einen Satz aufs Papier gebracht hatte.

Jetzt lag ein unverhoffter Ferientag vor Charlie. Er beschloss, ihn bestmöglich zu nutzen, also einen Zug durch die Bozner Kneipen zu machen.

Als ein Kumpel ihn gegen zehn Uhr vor dem elterlichen Haus in Verdins absetzte, wartete sein Vater schon auf ihn. Der Dekan der Bozner Uni, die Trimmer senior alljährlich mit einer großzügigen Spende unterstützte, hatte ihm die frohe Botschaft überbracht.

»Das Arschloch ist kalt wie ein Eisbrocken. Ganz ruhig sagt er, dass er für meine Drogen keinen Cent zahlt. Ich soll mir mein Geld in Zukunft selbst verdienen. Und wenn ich mich nicht am Riemen reiße, schmeißt er mich aus dem Haus.«

Julius Trimmers Autoschlüssel lagen auf dem Tisch.

»Ich hab gedacht, scheiß drauf.«

Trimmer junior packte den Schlüsselbund und stürmte davon, Wut im Bauch, das heulende Elend in der Brust und das Herz zum Bersten voll mit Selbstmitleid.

Von dem Selbstmitleid und dem Elend erzählt Charlie nichts. Aber Emmenegger hat es oft genug erlebt. Dabei kommt nichts Gutes raus.

Der Wagen war ein Porsche 911 Carrera mit über dreihundert PS, an den Julius Trimmer niemanden heranließ, am allerwenigsten seinen ungeratenen Sohn.

Während Vater und Sohn ihre Auseinandersetzung hatten, setzte draußen der Eisregen ein.

Charlie durchlebte einen Moment der Unschlüssigkeit, als er an der Wagentür stand. Die Eisklumpen zerplatzten auf der Einfahrt. Der Schlüssel des Porsche lag wie ein gefrorener Klumpen in seiner Hand.

»Da kommt mein Alter aus dem Haus gerannt. Er schreit,

dass ich das mein Leben lang bereuen werd. Jetzt, wo's um seinen Wagen geht, schreit er auf einmal. Da denk ich, scheiß drauf, und bin losgefahren. Dieses Mistwetter war schuld an dem, was dann passiert ist.«

Da wären noch die dreihundert PS und die Kleinigkeit von mehreren Promille Alkohol, will Emmenegger sagen. Aber wozu?

»Ich war geladen und hab ein bisschen aufs Gas gedrückt. Plötzlich steht einer vor mir auf der Straße. Wie in diesen Vampirfilmen. Der Porsche von meinem Alten hatte total schlechte Bremsen. Ich konnte nichts mehr machen, bin glatt über ihn drübergerauscht.«

Emmenegger kann die Augen kaum noch offen halten. Er merkt, wie seine körperlichen Funktionen zum Stillstand kommen. Ihm ist kalt, aber Schmerzen hat er keine mehr. Es wird leicht sein. Auf einmal wird er weg sein und es nicht mal merken.

Er denkt an Eva. Sie wird eine Zeit lang traurig sein, das ist normal, wenn jemand stirbt, an den man sein Herz verschenkt hat. Irgendwann wird sie jemanden finden, der besser zu ihr passt.

»Es war ein ganz junger Kerl, jünger als ich. Seine Brust war eingedrückt, aber er hat noch gelebt. Die Augen waren weit aufgerissen.« Charlie schnieft. »Willst du wissen, warum ich ihn ins Gebüsch gezerrt hab, anstatt die Sanis zu rufen?«

Emmenegger murmelt: »Lass mich in Ruhe.«

»Ich wusste nicht mehr ein noch aus. Da hab ich meinen Vater angerufen. Er hat mir gesagt, was ich machen soll. Ich soll den Jungen beiseiteschaffen und nach Hause fahren. Die Reifenspuren wäscht der Regen weg. Zu Hause hat er mir befohlen, den Wagen zu putzen und in die Garage zu fahren.«

Charlie sieht elend aus. Er sieht aus, als würde er gleich heulen.

»Überall war Blut. Und Knochensplitter. Wie war mir

schlecht. Die ganze Zeit hab ich drauf gewartet, dass mein Alter mich fertigmacht, aber das hat er nicht. Das war das Allerschlimmste. Als ich fertig mit Putzen war, wollte er meine Hausschlüssel haben. Dann hat er mir hundert Euro in die Hand gedrückt. Das wär alles, was ich noch von ihm kriegen würde. Und jetzt soll ich ihm aus den Augen gehen.«

Charlie hat die Arme um den Körper geschlungen. »Ich hab angenommen, er hilft mir da raus. Ich bin doch sein Sohn. Aber ihn hat bloß interessiert, dass seine scheißweiße Weste keine Blutspritzer kriegt.«

Er sieht Emmenegger an, dessen Atem jetzt stoßweise kommt.

»Meine Güte, was du für eine Sauerei machst. Der ganze Boden schwimmt. Da lob ich mir den Udo. Der hat viel weniger geblutet. Aber ein Schwein war er trotzdem. Einer von den Schreiberlingen meines Alten hat mir gesteckt, dass er mit Kerlen rumgemacht hat. Und so einen hab ich angefasst.«

Charlie starrt ins Leere. »Granelli. Der Name kam mir gleich bekannt vor. Wie das Leben so spielt. Es wäre besser gewesen, wenn ich auf Abstand gegangen wär. Keine Ahnung, warum ich nicht –«

»Lisa Granelli hat rausgekriegt – dass du ihren Sohn – auf dem Gewissen hast«, flüstert Emmenegger. »Sie wollte dich – anzeigen. Da bist du ihr gefolgt – und hast sie …«

Charlies Handy piept. Er starrt darauf. »Was zum Teufel …« Sein Gesicht verdüstert sich. »Scheiße, verdammte!« Er springt auf. »Die Fahndung ist gar nicht gestoppt! Die wissen von der Hütte. Sogar die Zeitungsschmierer! Es steht schon im Internet!« Charlie schleudert das Handy auf den Boden. »Ich versteh das nicht. Die Nummer von diesem Ding kennt niemand. Die können mich nicht orten. Woher also …?«

Er kickt das Handy an die Wand. Reibt sich die Stirn.

»Ihr habt mich verarscht! Du und deine Bullenfreunde. Du bist so ein falscher Hund …«

Er zielt mit der Pistole auf Emmenegger. »Du wirst meine kleine Story niemandem erzählen.« Dann lässt er die Pistole sinken. »Ich brauch die Munition vielleicht noch.« Auf seinem Gesicht erscheint ein teuflisches Grinsen. »Dir ist bestimmt kalt. Das lässt sich ändern. Na, würde dir das gefallen?«

Emmenegger schließt die Augen. Die Hütte ist aus Holz und wird wie Zunder brennen. Hoffentlich ist er dann schon tot.

Charlie geht raus. Draußen rumpelt es. Irgendwas fällt um. Flüche. Charlie kommt wieder rein. Flüssigkeit klatscht auf den Hüttenboden. Es stinkt nach Benzin.

»Keine Sorge. Gleich wird dir warm.« Ein Schwall Benzin spritzt auf Emmeneggers Gesicht. Charlie zerknüllt eine alte Zeitung und hält sein Zippo dran.

Über ihnen Motorengeräusch. Der Hubschrauber ist zurück.

Charlies Kopf ruckt hoch. Er stößt einen Fluch aus und wirft das brennende Papier nach Emmenegger.

Mit letzter Kraft dreht sich Emmenegger weg. Der Fetzen landet auf dem Boden. Eine Flamme lodert auf.

»Aller Ehren werter Versuch, Emmi.« Charlie grinst wieder dieses Grinsen. »Wird dir nichts nützen. Das Feuer kriegt dich trotzdem. Wir sehen uns in der Hölle.«

Und weg ist er.

***

Eva rennt. Sie fliegt über den unebenen Untergrund aus Steinen, Flechten und Wurzeln wie über eine Aschenbahn. Ihre Beine spürt sie längst nicht mehr, aber das ist egal. Ihr Kopf ist leer, bis auf Erinnerungsfetzen.

So hat sie sich das letzte Mal gefühlt, als ihr Vater einen Herzinfarkt hatte.

Sie ist die Einzige, die Emmenegger retten kann. So wie

damals, als Mutter nur zum Händeringen imstande war und die Sanis nicht kamen.

Das Feuer ist nah, sie kann den beißenden Qualm riechen und das Prasseln hören.

Die Baumgrenze. Da vorn. Eine Hütte. Rauch – aus einem Fenster und zwischen den Ritzen der Holzbohlen.

Das Walkie-Talkie quakt. Hellboy.

»Eva? Wo steckst du?«

Sie antwortet nicht. Die Hütte rechtzeitig erreichen. Alles andere – unwichtig.

Da, zwischen den Bäumen – eine Gestalt. Charlie. Ein Schuss kracht. Etwas streift ihr Haar.

Eva wirft sich hinter einen Baum. Ihre Finger ertasten etwas. Eine dunkle Brille. Ist das …? Keine Zeit. Sie zieht ihre Waffe aus dem Holster. Ihre Schießkünste sind bescheiden.

Also einfach drauflosfeuern in der Hoffnung, zu treffen.

Jemand lacht. Es klingt irre. Charlie.

Es knackt im Unterholz. Er rennt davon.

Eva rappelt sich auf und stolpert vorwärts. An der Tür bleibt sie stehen. Der Türgriff glüht vor Hitze.

Kanister auf dem Boden. Ein paar Holzscheite. Sie nimmt eins und drückt auf den Türgriff. Abgeschlossen.

Egal. Die Pistole. Eva greift in die Jacke – die Pistole ist weg.

Soll sie zurückrennen und suchen? Wo? Die Bäume sehen alle gleich aus. Die Zeit läuft ihr davon.

Schnell sieht sie sich um. Bei dem Holzblock und den Scheiten – eine Axt im Gras.

Sie hackt mit beiden Händen auf die Tür ein. Es knirscht, aber außer einer Scharte im Holz hat sich nichts geändert.

Neben der Tür – ein Fenster. Das Glas geborsten.

Eva schlägt die Scherben heraus. Sie stemmt sich hoch. Wirft die Axt durchs Fenster und zwängt sich durch die Öffnung. Die scharfen Glaskanten schneiden in ihre Arme und Hände.

Als sie den Fensterrahmen berührt, um sich abzustützen, fährt ihr ein Feuerstoß durch die linke Hand. Sie schreit auf vor Schmerz und stürzt nach vorn auf den Boden.

Neben ihr liegt Emmenegger. Er regt sich nicht. Eins seiner Hosenbeine steht in Flammen.

Eva reißt sich ihre Jacke vom Körper. Wie eine Furie schlägt sie auf Emmeneggers Hose ein, bis sie nur noch qualmt.

Ein hohles Puffen. Das Feuer heult. Die Flammen züngeln auf, als könnten sie es nicht erwarten, alles zu verschlingen.

Evas Herz klopft zum Zerspringen, und in ihrem Kopf überschlagen sich die Gedanken. Sauerstoff. Das Fenster. Sie packt ihre Jacke und verkeilt sie notdürftig an den scharfen Glasresten.

Das Heulen des Feuers wird ein bisschen leiser.

Evas Augen tränen. Sie muss husten. In ihrer Hosentasche ist ein Taschentuch. Das hält sie sich vor den Mund.

Im Hintergrund rot glühende Silhouetten. Betten. Sie brennen lichterloh. Ein Tisch. Flämmchen tanzen auf der Tischfläche Menuett.

Eine Küchenzeile in der Ecke. Das Feuer hat sie noch nicht erreicht. Die Oberfläche, irgendwas Weißes, Plastikähnliches, wirft Blasen. Ein weißer Wasserhahn. Zwei Bierkrüge auf einem Regal.

Es wird nichts nützen, aber sie läuft hin. Das Wasser kühlt die Verbrennungen auf ihrer Hand. Vorsichtig, um die Metalldeckel nicht zu berühren, füllt sie die Krüge. Schleudert die Flüssigkeit auf den glühenden Tisch. Das Wasser zischt – und weg ist es. Innerhalb einer Sekunde haben die Flammen es aufgefressen.

Die Axt! Wo? Am Boden, neben dem Fenster.

Wieder drischt Eva auf die Tür ein. Ihre Hand tut so weh, sie kann die Axt kaum halten. Das Schloss ächzt ein wenig – mehr aber auch nicht.

Endlich gelingt es ihr, ein Loch ins Türblatt zu schlagen. Dort, wo das Holz am meisten verkohlt ist. Die Öffnung ist zu klein, um durchzukriechen und Emmenegger ins Freie zu ziehen.

»Scheiße! Bitte mach … bitte …« Sie hat keine Ahnung, an wen sie ihr Flehen richtet, aber irgendwer da draußen muss sie doch hören. Sie springt hoch und tritt mit dem Fuß gegen die Tür, wie Karate Kid. Aber sie ist bloß Eva Marthaler, und das Einzige, was folgt, ist ein durchdringender Schmerz, der durch ihren Körper schießt.

Schließlich sinkt sie neben Emmenegger zu Boden. Zusammen werden sie hier niemals rauskommen. Tränen laufen ihr übers Gesicht. Sie wird ihn nicht sich selbst überlassen, damit er hier drin hilflos verbrennt.

Ein Knacken, das beinahe im Prasseln der Flammen untergeht. Eine körperlose Stimme. Sie kommt aus ihrer Jacke, die im Fenster hängt.

»Eva! Verdammte Scheiße, sag doch endlich was!«

Das Walkie-Talkie. Das hat sie total vergessen.

»Hellboy – oh Gott.«

»Eva! Was ist bei dir los?«

»Ich bin in der Hütte. Es brennt überall.« Stoßweise kommen die Worte, von Husten und Schluchzern unterbrochen. »Emmi – schwer verletzt. Ich weiß nicht, wie ich ihn rauskriegen soll. Da ist ein Fenster – zu weit oben. Er ist zu schwer, das schaff ich nicht. Und die Tür – die gibt einfach nicht nach, was ich auch tu.«

»Ich ruf Hilfe. Aber das dauert wahrscheinlich zu lang. Beschreib das Feuer.«

»Was?«

»Tu, was ich sage. Beschreib.«

Sie tut es, stockend. Die Betten, aus denen die Flammen schlagen. Der Tisch in der Nähe der Tür, auf dem die Flämmchen züngeln.

»Das mit der Jacke hast du gut gemacht«, sagt Hellboy. »Sonst wäre …« Unnötig, den Satz zu Ende zu bringen. »Hör mir jetzt genau zu.«

Er braucht nicht lange. Es würde entweder funktionieren – oder …

»Du hast vielleicht noch eine Minute. Denk an die Dämpfe. Wenn du merkst, dass es nicht klappt, dann hau gefälligst ab! Hast du mich verstanden?«

Vielleicht spürt er, was in ihr vorgeht, denn aus dem Walkie-Talkie kommt leise: »Es macht Emmi nicht lebendig, wenn du auch noch draufgehst. Mach schnell.«

Eva nimmt die Axt und schlägt wieder zu, aber diesmal auf das Holz unterhalb vom Türschloss. Sie hustet, und ihr ist schwindlig. Ihre Hand fühlt sich an, als stünde sie in Flammen.

Beim dritten Schlag knirscht das Holz. »Der Rahmen hat sich ein bisschen verbogen«, schreit sie ins Walkie-Talkie. »Ist das gut?«

Hellboy antwortet nicht. »Hellboy?«

Keine Antwort.

Eva packt Emmenegger an den Beinen und schleift ihn zur Tür. Sein Kopf poltert über den Boden. Es ist, als würde sie eine Leiche wegschleppen. Tränen schießen aus ihren Augen.

Sie wischt sie aus dem Gesicht und bringt sich in Position. »Stell dich seitlich vor die Tür, mit dem Gewicht auf links. Denk an deine Größe. Du musst nah genug stehen«, hatte Hellboy ihr eingeschärft. »Und spring auf keinen Fall. Das verringert die Kraft.«

»Denk nicht an Emmenegger dabei. Denk an jemand, dem du in die Fresse treten willst. Und schrei.« Noch ein Rat von Hellboy.

Sie denkt an Charlie. Atmet tief aus, bereitet sich auf den Stoß vor. Verlagert das Gewicht auf ihren linken Oberschenkel und versucht, sich nicht nach hinten zu lehnen, wie Hellboy es ihr gesagt hat.

Dann tritt sie mit dem Absatz des Wanderschuhs zu.

Danach steht sie da, zitternd und schwer atmend. Die Tür ist immer noch zu, und ihr Knöchel schmerzt, aber es hat sich richtig angefühlt. So, als würde die Tür etwas nachgeben.

Wuuusch. Ein lautes Heulen, das ihr durch Mark und Bein geht. Die Flammen züngeln bis zur Decke. Jetzt steht auch der Boden unter dem Tisch in Flammen.

Ihr Blick fliegt zum Fenster. Da ist nichts mehr. Die Jacke ist weg.

Evas Herz setzt aus.

Ein Versuch, das ist alles, was ihr noch bleibt. Ihre Augen tränen. Vom Feuer, aber vor allem vor Wut.

Charlie. Er darf nicht gewinnen. Das darf einfach nicht geschehen.

Sie schreit: »Du Mörder! Du verdammtes Schwein!« Mit aller Kraft tritt sie mit der Ferse zu und trifft – direkt unterhalb des Knaufs.

Mit einem kreischenden Geräusch gibt der Rahmen nach. Die Tür fliegt auf.

Halb blind stolpert Eva vorwärts. Sie packt Emmenegger an den Füßen und zieht ihn ins Freie.

»Die Hütte kann explodieren«, hatte Hellboy gesagt. »Dann fangen die Bäume Feuer. Mach, dass du möglichst weit wegkommst.«

Gott sei Dank ist die Baumgrenze ganz nah. Keine Chance, Emmenegger noch weiter zu ziehen.

Erschöpft kauert sich Eva neben Emmenegger und bettet seinen Kopf in ihren Schoß. »Emmi, sag was! Sprich mit mir.«

Eva fühlt seinen Puls. Sehr schwach. Ein zartes Zupfen unter ihrem Finger. Wie das Herz eines sterbenden Vogels.

Über sich hört sie das Schrapp-Schrapp des Hubschraubers.

Eva rappelt sich auf. Sie winkt und schreit. Der Hubschrauber fliegt weiter.

Sie hört ein Megafon quäken. Die Stimme klingt dumpf und hohl. Sie kann nicht verstehen, was gesagt wird. Sie weiß es auch so. Sie suchen Charlie.

Sie streicht über Emmeneggers totenbleiches Gesicht.

Hellboy hat es nicht geschafft, Hilfe zu holen. Niemand weiß, wo sie ist.

Niemand wird rechtzeitig kommen, um Emmenegger zu retten.

Alles, was sie getan hat, war umsonst.

Charlie hat doch gewonnen.

Hellboy hat den Hubschrauber auch gehört.

Ebenso wie Evas Stimme aus dem Walkie-Talkie. Er würde ihr gern helfen, aber im Moment ist er selbst damit beschäftigt, am Leben zu bleiben.

Charlie steht da, ungefähr fünfzehn Meter entfernt. Er hat eine Pistole in der Hand. Die beiden Männer trennt eine Lawine aus Geröll und Sand, die vor ein paar Tagen auf den Vellauer Felsenweg niedergeprasselt ist.

»Schau mal einer an. Der Hellboy. Wen man am Berg so alles trifft. Da wird sich der Emmi aber freuen, wenn ihn sein bester Freund in die Hölle begleitet. Hoch mit den Flossen!«

Langsam hebt Hellboy die Hände. In seiner Hosentasche stecken ein Messer und ein kleiner eiserner Totenkopf an einer Schlaufe, aber als Distanzwaffe taugen beide nicht.

Er hat nicht erwartet, Charlie zu begegnen. Ein Riesenfehler. Dabei hätte er leicht drauf kommen können, was der andere vorhat. Charlie will runter ins Tal.

Dann auf einem Langzeitparkplatz einen Wagen klauen und raus aus Italien, vielleicht über Nebenstrecken durchs Passeiertal und übers Timmelsjoch. Die Carabinieri können unmöglich jeden Weg über die Grenze kontrollieren.

Aber wie ins Tal kommen, ohne dass sie dich kriegen?

Durch die Wälder westlich und südlich der Trimmer-Hütte zieht sich ein Gewirr viel begangener Wanderwege. Die Personenbeschreibung von Charlie kursiert überall im Internet. Und dann der Polizeihubschrauber über den Hängen um Vellau, Leiteralm und Hochganghaus. Im Westen ist für Charlie kein Durchkommen.

Bleiben der Osten oder die Berge.

Auf den Felsen können sich dich vom Heli aus abknallen wie einen Hasen.

Die Strecke, die Charlie gewählt hat, ist riskant, aber irgendwie genial. Von der Hütte am Tobel weglos absteigen, dann auf den Vellauer Felsenweg, wo vor Kurzem eine Steinlawine abgegangen ist. Der Weg ist momentan gesperrt. Da sucht einen keiner.

Aber wer gut klettert und schwindelfrei ist, dem machen die Geröllhaufen keine sonderlichen Schwierigkeiten.

»Du wolltest zur Hochmuth-Seilbahn, stimmt's? Die hat geschlossene Kabinen. Da kann der Heli der Polizei drüberfliegen, bis er schwarz wird«, sagt Hellboy. »Auf die Idee, die Kabinen zu filzen, werden die Bullen so schnell nicht kommen. Aber dreist ist es schon, oder? Denkst du echt, an der Seilbahn-Kasse erkennt dich keiner?«

»Ach komm. Bei den Menschenmassen? Never ever.« Charlie wird von einem humorlosen Lachen geschüttelt. »Wie nett, dass du dir meinen Kopf zerbrichst. Musst du nicht.«

Hellboy nickt. »Ich seh schon, alles gut durchdacht. Bis auf meine Wenigkeit.«

Charlie grinst. »Keine Sorge. Nicht weiter tragisch. Das haben wir gleich.« Er hebt die Waffe.

Hellboy duckt sich hinter einen Geröllhügel. Die Kugel pfeift über ihn hinweg. Aber durch die schnelle Bewegung hat er auf einmal keinen festen Stand mehr. Hellboys Füße rutschen weg. Er schliddert Richtung Abgrund. In letzter Sekunde kriegt er eine Felskante zu fassen. Auf der anderen Seite der Mure ertönt gackerndes Gelächter.

Hellboy würde viel drum geben, wenn sich der Dude jetzt materialisieren würde wie die bezaubernde Jeannie, aber statt zu zwinkern mit einer Knarre in der Hand.

Hellboys Füße rutschen weg. Seine Hände sind schweißnass. Er kann sich vielleicht noch ein paar Minuten festhalten, und dann …

Steine kollern an ihm vorbei. Er zieht den Kopf ein. Eine Staubwolke wirbelt auf.

Hellboy kann nicht sehen, was da oben passiert, aber er kann sich's ausrechnen. Charlie hat angefangen, über die Mure zu klettern, um der Sache ein Ende zu machen.

Hellboy blinzelt den Staub weg. Das Arschloch soll nicht die Genugtuung haben, zu sehen, dass er zu feige ist, dem Tod ins Auge zu blicken.

Da vibriert was in seiner Brust. Fühlt es sich so an, wenn man getroffen wird? Die Stimme klingt allerdings ausgesprochen irdisch: »He, Bruder, welche Scheiße geht bei dir ab? Warum meldest du dich nicht?« Der Dude. »Ich bin im Bullen-Heli – äh, sorry, Officer. Äh. Wo steckst du?«

Gottverdammich, das Walkie-Talkie unter der Jacke.

»Wäre nett, wenn ihr euch beeilen könntet.« Hellboy drückt das Walkie-Talkie an den Felsen und flüstert in seinen Kragenausschnitt. »Ich häng überm Abgrund wie eine Kaminwurz überm Feuer. Charlie ist auch da und veranstaltet Wurzenschießen.«

Plötzlich ist der Dude weg. Jemand bellt im Hintergrund Kommandos. Eine fremde Stimme kommt aus dem Walkie-Talkie. »Halten Sie durch. Wir holen Sie da raus.«

Da poltert es. Hellboy hört Steine rieseln. Er linst nach oben. Da ist Charlie, direkt über ihm. Er balanciert auf einem Steinhaufen und grinst böse.

»Hast du deine Bullenfreunde gerufen, hm? Bis die kommen, bin ich weit weg. Und du bist tot.« Charlie steckt seine Waffe weg. »Sparst du in der Zeit, dann hast du in der Not. Warum soll ich mit Kanonen auf Spatzen schießen?«

Er streckt den Fuß aus, um Hellboy nach unten zu stoßen. Der macht sich bereit, um Charlie am Bein zu packen. Das wird ihn nicht retten, aber wenigstens kann er das Arschloch mit in den Tod nehmen.

In dem Moment kommt Bewegung in die Lawine. Das Geröll fängt an zu rutschen. Von oben hagelt es Steine.

Hellboy presst sich dicht an den Felsen. Er spürt, wie große Gesteinsbrocken über seinen Kopf in die Tiefe stürzen. Da ist ein grässliches mahlendes Geräusch, das direkt aus Dantes Inferno zu stammen scheint. Jemand hat eine riesige Knochenmühle angeschmissen, und jetzt kann sie nichts und niemand aufhalten.

Ein markerschütternder Schrei. Charlie hat das Gleichgewicht verloren und stürzt zu Boden, direkt vor der Steilkante.

Er rudert verzweifelt mit den Armen.

»Hilf mir! Um Himmels willen, hilf mir!«

Es ist zu spät. Die Gerölllawine poltert in den Abgrund und reißt ihn mit.

Das Letzte, was Hellboy von Charlie sieht, ist sein zur Fratze verzerrtes Gesicht, das über die Abbruchkante verschwindet.

In nicht mal dreißig Sekunden ist alles vorbei.

Das Walkie-Talkie meldet sich.

»Scheiße, Hellboy, lebst du noch? Da ist eine riesige Staubwolke, was zum Teufel …«

Hellboy kann nicht antworten. Sein Mund ist voller Staub. Seine Lunge auch. Er muss husten, auch wenn das totaler Mist ist, weil es dadurch noch schwieriger wird, sich festzuhalten.

In den Händen hat er schon lange kein Gefühl mehr. Es ist, als wären sie amputiert, und an ihrer Stelle säßen Metallkrallen, die in seine Arme reingebohrt sind.

Sein Brustkorb schwankt hin und her. Irgendwas kracht gegen den Felsen. Das Walkie-Talkie. Jetzt macht das Ding keinen Mucks mehr.

Er sollte es genauso machen. Sollte einfach loslassen. Dann hätte er's gleich überstanden.

Da hört Hellboy den Hubschrauber. Mit letzter Kraft hebt er den Kopf und blinzelt in den Himmel. Der Heli ist direkt über ihm. »Wir sehen Sie. Ich hoffe, Sie können uns hören.« Ein Megafon.

»Unmöglich, da unten zu landen. Zu gefährlich. Einer von uns kommt runter und nimmt Sie huckepack. Alles klar?«

Durch einen Schleier ultimativer Erschöpfung sieht Hellboy, wie ein Seil herabgelassen wird. Er hört laute Stimmen. Starke Arme umschlingen ihn und hängen ihn in irgendein Geschirr. Eine freundliche Stimme: »Sie sind in Sicherheit. Lassen Sie bitte los. Sie können loslassen!«

Später erzählt ihm der Dude lachend, dass der Retter seine Hände mit Gewalt vom Felsen lösen musste.

So gut wie neu

Rossinistraße. Im Franz-Tappeiner-Krankenhaus
5. April. Anderthalb Wochen später

»Und ich dachte, dich bringen keine zehn Pferde auf den Berg.«

Emmenegger sieht noch recht käsig aus, aber Evas Anblick ist Balsam auf seine Wunden.

»Mir reicht's auch für die nächsten zehn Jahre.«

»Beim nächsten Mal könnten wir ja versuchen, es ein wenig ruhiger –«

»Nichts da.« Eva entzieht ihm ihre bandagierte Hand und droht mit dem Finger der anderen.

Das Geplänkel soll die Angst kaschieren, die sie in den letzten Tagen ausgestanden hat.

Als sie literweise Blut in Emmenegger hineinpumpen mussten. Als er zwei Tage im Koma lag und einfach nicht aufwachen wollte.

Die Angst stellt komische Sachen mit einem an. Als der Arzt bei ihrer bangen Frage, ob Emmenegger wieder in Ordnung käme, ihrem Blick auswich und an seinem blütenweißen Kittel herumzupfte, hätte sie ihn am liebsten am Kragen gepackt und gegen die Wand geschleudert.

***

Das nagende Gefühl hatte begonnen, als sie mit Emmeneggers Kopf im Schoß dasaß und auf die Rettungskräfte wartete. Es nistete sich ein, als wäre es von jetzt an Teil ihres Lebens.

Das Gefühl bohrte in ihrer Brust, als die Männer vom Bergrettungsdienst mit der Trage zur Hütte stürmten und feststellten, dass Emmenegger noch lebte, gerade so eben. Als sie entschieden, ihn nach Vellau zu bringen und von dort im Rettungswagen nach Meran, weil er für die Luftrettung nicht stabil genug war.

Sie hörte, wie sie über seine Überlebenschancen diskutierten, als wäre das etwas Alltägliches. Für diese Männer vielleicht, aber Eva hätte am liebsten geschrien, sie sollten aufhören.

Ein Löschhubschrauber kam angeflogen und setzte kreiselnd einen Schwall Wasser über der Hütte ab. Eva gerieten die Bierkrüge in den Sinn. Sie fing an, hysterisch zu lachen.

Das Holzgebälk zischte und qualmte. Ein beißender Gestank breitete sich aus.

Einer von den Sanis versorgte ihre Hand und wollte sie auf eine Trage bugsieren. Herzlichen Dank, sie zog es vor, auf ihren eigenen zwei Beinen ins Tal zu gelangen.

Sie schaute den Männern hinterher, wie sie die Trage mit der reglosen Gestalt vom Boden hoben und im Laufschritt zwischen den Bäumen verschwanden. Sie hatten einen Zahn drauf, trotz des holprigen Untergrunds, und Eva wusste nicht, ob sie sie anfeuern sollte oder ihnen hinterherschreien, sie sollten gefälligst vorsichtig sein.

Als alles vorbei war, setzte sich Eva unter eine Tanne und betrachtete die schwarz verbrannten Reste der Hütte.

Sie wollte weinen, aber sie fühlte bloß dieses Nagen.

Bald würde die Feuerwehr eintreffen, um den Brandherd zu sichern. Eva hatte keine Lust auf noch mehr Fragen.

Sie rappelte sich auf.

Im Gehen kamen die Tränen.

✳✳✳

Die Tür des Krankenzimmers öffnet sich. Polizeichef Branga tritt ein. Sofort lässt Emmenegger Evas Hand los.

»Ich habe nichts gesehen«, sagt Branga. »Wie fühlen Sie sich heute, Ispettore?«

Emmenegger verzieht das Gesicht zu etwas, das ein Grinsen sein soll. »Schon wieder so gut wie neu.«

»Kräftig genug, um einen Wirtschaftskrimi zu hören?«

»Sind alle Banken Betrüger?«

Branga lächelt. »Womit wir mitten im Thema wären.«

***

Wie sich herausstellt, dreht sich der Krimi um das Marlinger Grundstück der Flying Taifl, bei dem Hellboy zwischen die Fronten geraten ist.

Weder Lisa Granelli noch Anton Pircher haben eine Hauptrolle in dem Spiel. Sondern Gruger, der Investmentbanking-Direktor, und sein Helfershelfer: Oberhinter, Pirchers Assistent. Ehrgeiz und die kriminelle Energie dieser beiden Männer haben eine Kettenreaktion in Gang gesetzt.

Seit Monaten arbeiten die beiden daran, Anton Pircher aufs Abstellgleis zu schieben. Gruger ist scharf auf den Topjob, und Oberhinter ist der Direktionsposten im Investmentbanking versprochen. Die beiden sind sich einig: Der alte Pircher mit seinem behäbigen Führungsstil und diesem rückständigen Fokus auf Privatkunden gehört schleunigst entsorgt.

Evas Blick fliegt zu Emmenegger hinüber. Sein Gesicht ist spiegelglatt, die Augen geschlossen. Nichts lässt erkennen, dass ihn die Geschichte an irgendwas erinnert.

Derweil referiert Branga ungerührt weiter über Bankgeschäfte, als habe er sie studiert. Vielleicht stimmt das ja.

Laut Branga hat die Investmentsparte in den letzten Jahren eine Menge Geld für die Bank verdient. Gruger war überzeugt, der Verwaltungsrat würde den Königsmord und die Rochade mittragen.

Da erfährt Oberhinter, der seine Nase überall hat, vom

Kredit der Bank für den Bau der Umgehungsstraße. Und als er hört, dass der Eigentümer des einzigen Grundstücks, das der Gemeinde noch fehlt, ebenfalls einen Kredit bei der Bank laufen hat, gehen über dem Kopf von Oberhinter Glühbirnen an.

Im Verwaltungsrat der Bank sitzt der Bürgermeister von Meran, ein Freund von Anton Pircher. Der Mann hat für schnelle Investmentbanking-Deals nicht viel übrig. Er ist der Einzige, von dem Widerstand gegen Grugers Ernennung zum Generaldirektor zu erwarten ist.

Immobilieninvestments fallen in Grugers Ressort. Wenn er das Schlussstück für die Umgehungsstraße in die Hand bekommen und anschließend an die Stadt Meran verkaufen könnte, könnte er den Mann endlich von sich überzeugen.

Oberhinter überlegt fieberhaft. Da fällt ihm Karl Trimmer ein, den er von den Aufträgen für Pircher kennt. Der Detektiv ist immer für schnell verdientes Geld zu haben, und Drecksarbeit stört ihn nicht.

Oberhinter lässt Trimmer Erkundigungen über den Eigentümer des Grundstücks, die Flying Taifl Srl, und dessen Geschäftsführer Hellmut Landauer einziehen.

Trimmer braucht nicht lang, um herauszufinden, dass Landauer auf eigene Faust handelt. Die perfekte Möglichkeit, die Daumenschrauben anzusetzen.

Sie sind fast am Ziel, da erhält Gruger einen Erpresserbrief. Jemand hat Wind von der Sache bekommen.

Schließlich wird Gruger der Boden zu heiß. Unter einem Vorwand gibt er seinen Posten auf und verlässt die Bank.

Kurz darauf wird Lisa Granelli ermordet. War sie es, die Verdacht geschöpft hatte? Oberhinter und Gruger verdächtigen sich gegenseitig, sie beseitigt zu haben.

Mittlerweile hat der leutselige, aber alles andere als gutgläubige Pircher in aller Stille eine interne Prüfung angesetzt. Die beiden Verschwörer fliegen auf.

»Danny DeVito, du Fuchs«, murmelt Emmenegger.

»Wie bitte?« Branga guckt irritiert.

»Nichts. Haben die beiden schon gestanden?«

Branga lacht. »Sie können gar nicht genug davon kriegen, sich gegenseitig zu beschuldigen. Ihre Anwälte raufen sich die Haare.«

* * *

Das Lachen verhallt in der Stille des Krankenzimmers.

Plötzlich hat Eva den Eindruck, dass da einer zu viel im Zimmer ist. Sie schaut auf die Uhr und steht auf. »Ich muss gehen. Hellmut Landauer kommt, um eine vollständige Aussage zu machen.«

Ihr Blick streift Branga. Der sieht nicht so aus, als habe er zugehört.

»Wie geht's ihm denn?«, will Emmenegger wissen. »Ich hab gehört, dass er operiert worden ist.«

»Halb so wild. Zwei Sehnen am Handgelenk waren gerissen. Nach zwei Tagen haben sie ihn wieder nach Hause geschickt. Er hat Glück, dass er so viel Kraft in den Armen hat. Allerdings wird er das Queue ein paar Wochen lang nicht halten können. Und das Motorradfahren kann er vorerst auch vergessen.«

»Da wird er ja prächtig gelaunt sein. Viel Spaß.«

»Ich werde es überstehen.«

Eine Menge Ungesagtes schwingt mit.

Hellboy hat viel mehr Glück gehabt, als sich an den Verletzungen seiner Hand bemessen lässt. Ohne seine Bärenkräfte wäre er in den Abgrund gestürzt, und die Bergrettung hätte nur noch seine Leiche bergen können, so wie den zerschmetterten Körper von Charlie.

Ihre Blicke treffen sich.

Manche Dinge lassen sich nicht ungeschehen machen. Es gibt Alpträume, die nach dem Erwachen nicht verschwinden.

Man vergisst ihren Inhalt, aber Dunkelheit und Angst bleiben bestehen. Das Leben ist ein Tanz auf einem Seil, fragil und schwankend.

Das ist der Schock, hat ihr ein Arzt im Krankenhaus gesagt. Aber dann war sie auf der Toilette, und das Nagen war in ihren Augen und blickte sie aus dem Spiegel an.

Fremden, die an ihr vorübergehen, schaut sie jetzt prüfend ins Gesicht. Die Jahre im Polizeidienst hatten ihr das Vertrauen in Menschen nicht nehmen können. Charlie schon.

Und da ist noch etwas, das Eva quält. Sie hat schwere Fehler begangen.

Ohne Branga zu informieren, ist sie als Ein-Personen-Kommando den Berg raufgestürmt, um einen Schwerverbrecher unschädlich zu machen.

Der Polizeichef musste den Einsatz koordinieren, was ihr Job gewesen wäre. Ohne Brangas erstklassige Arbeit wäre für Emmenegger und Hellboy jede Hilfe zu spät gekommen.

Eva wird sich dafür verantworten müssen. Wahrscheinlich landet sie wieder bei den Carabinieri.

»Ich komm morgen wieder, in der Mittagspause«, flüstert sie und drückt sich an Brangas Stuhl vorbei zur Tür. Ein flehender Blick zurück zu Emmenegger.

Draußen atmet sie auf.

***

»Mir ist klar, dass sie Bockmist gebaut hat«, sagt Emmenegger, als sich die Tür hinter Eva geschlossen hat. »Aber wenn ich einen Wunsch äußern dürfte …«

Branga hebt die Hand. »Ich weiß, was Sie sagen wollen. Aber mir sind die Hände gebunden. Es wird eine Untersuchung geben.«

»Scheiße.« Emmenegger will sich aufrichten.

»Beruhigen Sie sich. Ich werde der Kollegin beispringen, so gut ich kann. Es ist zu früh, sich Sorgen zu machen.«

»Ohne sie wäre ich nicht mehr am Leben. Sie hat mich aus dem Feuer gezogen. Verdammt, das zählt doch auch was.«

»Das wird es. Sie werden jetzt erst mal gesund. Übrigens, ich gratuliere. Dank Ihnen ist der Mord an Lisa Granelli ja so gut wie geklärt. Die Frau musste sterben, weil sie hinter Trimmers Geheimnis kam.«

»Das war Teamwork«, sagt Emmenegger störrisch.

»Wie auch immer. Sie sollten jetzt schlafen, Ispettore. Im Übrigen wird noch eine Untersuchung stattfinden. Und die werde ich persönlich führen.« Branga steht auf. Seine Stimme ist schneidend. Alles Leichte, Geckenhafte ist verschwunden. In diesem Moment wirkt Brangas Armani-Anzug wie eine Verkleidung.

»Udo Granellis Mutter hatte recht. Es gab keine Ermittlung. Irgendjemand hat sich von diesem Verleger kaufen lassen, und sein Sohn kam davon. Damit hat sich derjenige auch am Tod von Lisa Granelli mitschuldig gemacht. Er wird zur Rechenschaft gezogen, dafür werde ich sorgen. Ich hoffe, ich kann auf Ihre Unterstützung zählen, wenn Sie wieder auf dem Damm sind.«

»Das können Sie«, sagt Emmenegger.

Brangas Worte beziehen sich nicht nur auf den Fall Granelli. Emmeneggers Antwort ebenfalls nicht.

Hildes Geheimnis

Franz-Tappeiner-Krankenhaus. Patientengarten
11. April

Emmeneggers Blick wandert zu seinem Handgelenk.

Die Zeit vergeht nicht schneller, wenn man ständig auf die Uhr schaut.

Am liebsten würde er seinen Besuchern hinterherhumpeln. Morgen soll er entlassen werden, aber daran glaubt Emmenegger erst, wenn er sein erstes Bier aus dem Kühlschrank holt. Mitte vergangener Woche war es schon mal so weit, doch dann musste der Oberarzt unbedingt noch eine Laboruntersuchung anordnen. Und er saß wieder tagelang fest. Natürlich alles paletti, der Test so nützlich wie ein Kropf.

Ein letztes Mal dreht sich Paul zu ihm um und tänzelt spielerisch hin und her. Emmenegger grinst.

Dann sind die beiden Gestalten, die eine groß und schlaksig, die andere der sprichwörtliche Michelin-Mann, um die Hausecke verschwunden.

In der Ferne ertönt lautes Hundegebell. Das zarte Stimmchen von Hilde, die mit dem Dude vor dem Klinikeingang warten muss. Die Übersetzung lautet ungefähr so: »Ihr Arschgeigen, wer soll auf euch aufpassen, wenn ich hier sitzen und Löcher in die Luft starren muss, hä?«

Das Bellen entfernt sich. Es gibt nur zwei Möglichkeiten, Hilde milder zu stimmen: ein langer Spaziergang ohne Leine an der Passer – oder eine Bockwurst. Besser zwei.

Heute werden es wohl die Bockwürste vom Siebenförcher.

Emmenegger schaut wieder auf die Uhr. Nach vier.

Er sollte reingehen. Um halb fünf ist Visite, und dann werden sie ihm hoffentlich sagen, er soll seine Sachen packen und verschwinden.

Na ja, das Bein will noch nicht so recht, aber sonst ist er so gut wie neu. Die Oberschwester-Spinatwachtel höchstpersönlich hat ihm ein ausgezeichnetes Heilfleisch bescheinigt. »Dass sich jemand so schnell erholt, sieht man selten.« Die Frau wirkte, als würde sie ihn am liebsten aufspießen und in Formalin einlegen.

Viertel nach vier. Irgendwas nagt an ihm. Etwas Undefinierbares, das ihm seit Tagen keine Ruhe lässt.

Und da ist auch was ganz Konkretes, das ihn beunruhigt: Die Person, auf die er die ganze Zeit gewartet hat, hat sich nicht blicken lassen.

Das Krankenhaus liegt nur zehn Gehminuten vom Kornplatz entfernt. Bis auf den gestrigen Tag, den sie mit ihren Eltern verbracht hat, war Eva in jeder Mittagspause hier.

Der Mittag war gekommen und gegangen. In Emmeneggers Zimmer war es stickig. Die Geräusche der Essenswagen draußen auf dem Gang machten ihm Magenschmerzen statt Appetit. In der Cafeteria saßen die üblichen deprimierenden Gestalten in Rollstühlen.

Er flüchtete in den kleinen Garten hinter dem Krankenhaus und setzte sich auf eine Bank unter einer Pappel. Die Blätter fächelten Wind in sein Gesicht, aber sein Herz kühlten sie nicht.

Immer wieder sagte er sich, dass Eva über ihrer Anhörung vor der Inneren brütete. Die war für morgen Vormittag um zehn angesetzt. Der Polizeichef kannte alle Mitglieder der Anhörungskommission. Wahrscheinlich besprach er gerade mit ihr, wie sie sich verhalten sollte.

Branga hatte sich in den letzten Tagen rargemacht. Emmeneggers altes Misstrauen meldete sich wieder.

Er checkte sein Handy.

Eine SMS von Brunthaler. »Du schuldest mir noch einen Wetteinsatz. Hundert Euro auf Kohlgruber. Falls du's vergessen hast.«

Emmenegger drückte die SMS weg. Keine Nachricht von Eva. Sie hatte auch nicht versucht, ihn anzurufen.

Als ob er das Klingeln des Telefons verpasst hätte. In der kleinen Parkanlage war es so ruhig, dass Emmenegger das Ticken seiner Armbanduhr hören konnte.

Um zwei Uhr schickte er Eva eine WhatsApp: »Ich vermiss dich.«

Die Nachricht wurde zugestellt, und sofort färbten sich die beiden Häkchen blau. Eva war online. Emmenegger sah sie vor sich, wie sie am Schreibtisch saß und auf ihr Handy starrte.

Sie schrieb nicht zurück.

Bei ihrem Besuch vorgestern hatte noch die Sonne geschienen, na ja, mit ein paar Wolken. Eva hatte sich Sorgen gemacht, aber sie hatte der Vernehmung einigermaßen gefasst entgegengesehen. »Ich werde nicht lang drum herum reden. Entweder sie sehen mein Verhalten als schwerwiegend genug an, um mich zu suspendieren. Oder eben nicht. So oder so kann ich's nicht beeinflussen.«

＊＊＊

Um drei waren Paul und Hellboy erschienen.

Mit Hellboy lief es noch nicht ganz wie in alten Zeiten. Aber das würde wieder.

Emmeneggers alter Freund hatte momentan andere Sorgen.

Er hatte schweren Zoff mit Santiago, aber nicht weil Hellboy einen Kredit auf das Clubhaus aufgenommen hatte. Das war Santiago wurscht. Der Präsident der Flying Taifl hatte seine eigenen Vorstellungen von bürgerlichen Rechten und Pflichten. Was ihn auf die Palme brachte, war der plötzliche Geldsegen.

Mittlerweile hatte Anton Pircher das Grundstück des Clubs

an die Stadt Meran verkauft und den Erlös abzüglich der noch ausstehenden Kreditsumme auf das Konto der Flying Taifl Srl überwiesen: eins Komma vier Millionen Euro.

»Was sollen wir mit der Kohle?«, hatte Santiago geschrien. »Das Scheiß-Geld bringt bloß Ärger, und du Idiot bist an allem schuld!«

Emmenegger grinste. »Leute, ihr gehört jetzt zur feinen Gesellschaft. Hopp, hopp – Makler beauftragen und neues Clubhaus suchen. In Obermais stehen bestimmt ein paar Villen leer. Ich könnte mir vorstellen, dass die Nachbarn sich freuen, wenn ihr da aufkreuzt.«

Paul schwebte im siebten Himmel. Der Junge, man höre und staune, hatte sich ein Herz gefasst und vor dem Direktor der Schauspielschule die Beichte abgelegt.

Die Standpauke (»Alter, ich hab mein bestes reumütiges Gesicht aufgesetzt!«) fiel milde aus. Dass es eine gab, war dem Umstand zuzuschreiben, dass Paul den Direx nicht früher ins Vertrauen gezogen hatte.

Wie üblich von Bescheidenheit keine Spur. »Du, ich dachte, ich muss sterben, so wie Jake Gyllenhaal in ›Brokeback Mountain‹, aber dann …«

Hellboy rührte sich nicht und schwieg. Emmenegger warf ihm einen Blick zu.

Am Ende räumte der Direx Paul noch eine Chance ein. Der Junge durfte die Akademie weiterhin besuchen. Auch das Stipendium wurde nicht zurückgezogen – allerdings unter der Bedingung, dass Paul eins der Zimmer auf dem Schulgelände bezog. »Damit er mich besser im Blick hat«, sagte Paul grinsend.

Na, viel Spaß, guter Mann, dachte Emmenegger, aber er freute sich für den Jungen. Vielleicht war er tatsächlich erwachsener geworden. Wahrscheinlicher war, dass er gerade eine Rolle in einem Coming-of-Age-Drama spielte.

»Na also«, sagte Hellboy. »Deine Karriere als Taxifahrer

ließ sich ja etwas holprig an.« Dabei betrachtete er seine eingegipsten Hände.

Als Hellboy erfuhr, was Eva blühte, war er sofort auf hundertachtzig.

»Hey, was soll der Scheiß? Sie hat dich rausgehauen, oder nicht?«

Sinnlos, Hellboy mit Vorschriften und Verhaltensregeln im Polizeidienst zu kommen.

Paul saß da und spielte mit seinem Handy.

Eine peinliche Stille entstand. Da sagte Hellboy: »Charlies Beerdigung war gestern. Ich war da.«

Emmeneggers Kinnmuskeln spannten sich an. Deshalb also.

»Bist du sauer deswegen?«

»Ich frag mich nur, was das sollte.«

»Immerhin war er mal einer von uns.«

»Das war er nie, und das weißt du genau.«

»Er hätte auch mich beinah umgebracht.«

Paul schaute von seinem Handy auf. »Hört auf. Ihr seid ätzend.«

Schweigen. »Und? Wie war's?«

Hellboy zuckte die Achseln. »Wie schon. Windig. Ich war als Einziger da. Der Pfarrer hat gedacht, dass ich der Vater bin, so mitleidig, wie er mich angeguckt hat.«

Schweigen.

Dann sagte Paul: »Könnt ihr mal aufhören, mit den Zähnen zu knirschen, und mich über was aufklären? Charlie hat die Granelli getötet, weil sie rausgefunden hat, dass er ihren Sohn auf dem Gewissen hat. Aber wie hat sie das rausgekriegt?«

»Ich vermute, er hat sich irgendwie verraten«, sagte Emmenegger. »Vielleicht hat er was gesagt, das er nicht hätte wissen dürfen. Vielleicht über irgendwas, das in der Nacht passiert ist. Wir werden's nicht mehr erfahren.«

»Aber warum hat er sich nicht von der Frau ferngehalten, als er gemerkt hat, wessen Mutter sie war?« Kopfschütteln des weisen Mannes über die Dummheit der Menschen.

»Kohle«, sagte Emmenegger. »Charlie hat gern doppelt kassiert. Ihm hat nicht gereicht, was ihm Gruger und Oberhinter gezahlt haben. Das war nur ein Auftrag. Das mit der Granelli war eine Langzeitsache.«

Sie schwiegen. Dann räusperte sich Hellboy. »Ich glaub, da war noch was anderes.« Räuspern. »Für seinen Alten war Charlie 'ne Null. Und seine Mutter … Er hat mir mal erzählt, dass er sich nicht mehr richtig an sie erinnerte …«

Emmenegger sagte nichts. Ihm fielen Charlies Worte in der Hütte ein. Dass er es gehasst hatte, wenn Lisa Granelli ihn Udo nannte. Aber die Miene, die er dabei machte, hatte nicht zu seinen Worten gepasst.

***

Pauls Handy brummte. Seine Augen leuchteten auf. »Äh, Alter, kann ich mir deinen Hausschlüssel ausleihen? Ich brauch doch mein Zeug, und wir – ich meine, ein Freund … Er hat das Auto bloß heut Abend … Geht das?«

»Welcher Freund?«

Pauls Wangen überzogen sich mit einem zarten Rosa. »Och. Niemand. Bloß jemand von der Schule.«

Na, das ging ja schnell, dachte Emmenegger. So ist das, wenn man zwanzig ist.

Hellboy funkelte Emmenegger an. »Lass doch die Verhöre.«

Emmenegger funkelte zurück. Er stöberte in seiner Tasche nach dem Schlüsselbund. »Morgen früh um zehn ist der Schlüssel wieder hier, verstanden? Ich hab keine Lust, vor meiner eigenen Wohnung zu warten.«

»Alter, man dankt. Ich muss jetzt los. Hilde wird sonst sauer.«

Paul stand auf. »Scheiße, das hätte ich fast vergessen. Was wird denn aus der Hilde? Ich kann sie nicht nehmen, das erlaubt der Direx nie. Könnte vielleicht einer von euch …?« Sein Blick flog von einem zum anderen.

Unisono schüttelten Emmenegger und Hellboy die Köpfe.

»Das ist ja nicht zum Aushalten. Ihr seid wie Statler und Waldorf«, rief Paul. »Was machen wir denn jetzt mit ihr?«

»Ich frage Leo Granelli noch mal«, sagte Emmenegger. »Vielleicht kann ich ihn überreden. Die Hilde haart ja nicht.«

Evas Parfüm fiel ihm ein, das in Granellis Werkstatt auf ihn wartete. Schlagartig waren die trüben Gedanken wieder da.

***

Jetzt ist Emmenegger allein.

Pauls munteres Geplauder hängt noch in der Luft. Hoffentlich wird der Junge nicht wieder enttäuscht. Und auch er … Warum kann das Leben nicht einfacher sein?

Die Schatten der Pappeln sind länger geworden.

Emmenegger sucht seine Siebensachen zusammen.

Sein Handy piept. Eine WhatsApp von Eva. Als Emmenegger sie anklickt, klopft sein Herz wie verrückt.

Es sind nur zwei Sätze.

»Ich hab's ihnen gesagt. Bitte lass mir Zeit.«

Fassungslos lässt Emmenegger das Handy sinken.

Er hätte es sich denken können, verdammt noch mal. Eva war aufgewühlt wegen dieser bescheuerten Anhörung, und da hat sie zu Hause reinen Tisch gemacht.

Ihre Eltern wissen also Bescheid. Evas Nachricht klingt nicht so, als hätte die Begeisterung hohe Wellen geschlagen. Wahrscheinlich sind sie aus allen Wolken gefallen.

Und was bedeutet »lass mir Zeit«? Wie viel Zeit? Heißt das im Klartext, dass sie Schluss macht?

Mit fliegenden Fingern tippt er die Ziffern ihrer Handynummer ein. Die Mailbox springt an.

Scheiße.

Aus einem Impuls heraus wählt Emmenegger die Nummer der Parfümerie Granelli.

Es läutet. Niemand hebt ab.

Emmenegger schaut auf die Uhr. Halb fünf. Die Parfümerie müsste doch geöffnet sein.

Vielleicht hat der Alte gerade einen Kunden.

Nach zehn Minuten versucht er es erneut.

Es sind nur ein paar Schritte vom Verkaufsraum bis nach hinten zur Werkstatt, wo sich das Telefon befindet.

Emmenegger sieht den Apparat auf demselben Bord stehen wie die Fotos von Leo Granelli und seiner Frau aus glücklichen Tagen, direkt neben …

Auf einmal macht es klick in seinem Kopf. In Sekundenschnelle rasten ein paar Dinge ein. Rädchen fangen an, sich zu drehen. Zeit … Emmenegger hört wieder seine Armbanduhr, und ihm wird klar, warum sie die ganze Zeit so laut getickt hat.

Er humpelt zum Ausgang, so schnell er kann.

»Das dürfen Sie nicht!« In der Eingangshalle kommt die Spinatwachtel angelaufen.

»Aus dem Weg!« Er schiebt die Frau mit seinem Stock zur Seite.

Im Angesicht des Todes bleibt für Höflichkeiten keine Zeit.

Laubengasse
11. April. Später Nachmittag

Emmenegger würde gern rennen. Aber dazu ist er ein paar Wochen zu früh dran. Oder zu spät – wie man's nimmt.

Eine Mischung aus Hüpfen und Hinken ist alles, wozu er momentan in der Lage ist.

Bei jedem Schritt macht er mit dem linken Bein einen Satz nach vorne. Dann nimmt er die Krücke, rudert mit dem linken Arm und zieht das kaputte Bein nach.

Er ähnelt einer riesigen verletzten Krähe, die versucht, sich in die Lüfte zu schwingen.

Die Laubengasse ist voller Passanten. Die Leute bleiben stehen, um dieser seltsamen Erscheinung hinterherzustarren, die im Bademantel und in Badelatschen durch Merans Fußgängerzone wankt.

Ein paar Halbwüchsige stoßen sich an und beginnen Emmenegger mit ihren Skateboards zu umkreisen. Als er sie mit seiner Krücke abwehrt, springt sein Bademantel auf, und die Brustbehaarung samt einer verknitterten Schlafanzughose kommt zum Vorschein.

Der Kellner des Bistro Sieben sieht die Heldenbrust durchs Fenster und eilt zum Telefon, um die Carabinieri anzurufen. Ein Hund, der vor dem Delikatessengeschäft Siebenförcher angebunden ist, bellt der Gestalt hinterher. Ein Junge tritt aus dem Laden, beugt sich zu dem Hund – und kriegt Kulleraugen, als Emmenegger vorüberhastet.

Der bemerkt von alledem nichts. Ihn interessiert bloß die Zeit und dass sie wahrscheinlich schneller ist als er.

Überall sieht er Uhren. In der Ferne die Kirchturmuhr von Sankt Nikolaus, die mit goldenem Finger in den Himmel zeigt, um das Unvermeidliche anzukündigen. Dort den schweren taschenuhrförmigen Zeitmesser, der über einem Laubendurchgang hängt, um Zuspätkommer zu erschlagen.

Und im Vorübereilen Dutzende von Armbanduhren im Fenster vom Juwelier Ceska. Emmenegger kann durchs Schaufenster hören, wie sie aufmarschieren, um als Tamburine den Takt fürs Erschießungskommando zu schlagen.

Das Ticken hallt in seinem Kopf wider: zu spät – zu spät – zu spät ...

Er fühlt sich wie in einem Traum: Man flüchtet, kommt aber nicht von der Stelle. Nur dass es kein erlösendes Erwachen geben wird.

Das Pochen in seinem verletzten Oberschenkel, das ein Aufplatzen der Verletzung ankündigt, ist Emmenegger gleichgültig. Was ihn wund reibt, ist die quälende Langsamkeit, mit der er sich fortbewegt.

Und die Erkenntnis seiner Schuld.

Er hätte die Wahrheit so leicht erraten können. Schon bei seinem ersten Besuch in der Werkstatt, als er die Fotos auf dem Sideboard betrachtet hat.

Leo Granelli mit dem Hund an seiner Seite. Wie er die Leine umklammert hält, als wäre das Tier sein einziger Halt.

***

Der Pfarrplatz ist erreicht. Da vorn ist es.

Schwer atmend kommt Emmenegger vor der Parfümerie zum Stehen. Irgendwo hinter ihm tutet ein Martinshorn.

Leo Granelli hat keine Hundeallergie. Dass er Hilde nach dem Tod seiner Frau nicht zu sich nehmen konnte, hat einen anderen Grund.

Emmenegger rüttelt an der Klinke.

Abgeschlossen.

Er hastet hinaus auf den Pfarrplatz. Irgendwo muss der

Hinterhof sein, den er durchs Fenster der Werkstatt gesehen hat.

Gleich hinter der Ecke zweigt ein Gässchen nach links ab. Emmenegger wischt sich den Schweiß von der Stirn.

Jetzt, wo die Zeit abläuft, spürt er sein verletztes Bein nicht mehr.

Da vorn, in zwanzig Metern, ein Fenster. Das muss das Fenster von Granellis Werkstatt sein. Es werden die längsten zwanzig Meter seines Lebens.

Das Fenster steht offen.

Er kann den alten Mann sehen. Sein Kopf liegt auf dem Arbeitstisch, die Hände baumeln neben dem Körper.

Emmenegger würde sich am liebsten auf die Gasse setzen, den Kopf zwischen die Beine nehmen und heulen.

Mit letzter Kraft zwängt er sich durchs Fenster.

In der Werkstatt riecht es durchdringend nach Eukalyptus.

Leo Granellis Augen starren ins Leere. Er sieht friedlich aus. Auf den Lippen liegt die Andeutung eines Lächelns.

Neben seinem Kopf ein kleines Fläschchen mit Resten einer kristallinen Flüssigkeit.

Die Hände des alten Mannes sind noch warm.

Um sicherzugehen, drückt Emmenegger seine Finger auf Granellis Handgelenk. Kein Puls.

Dann schließt er ihm die Augen. »Schlafen Sie wohl, Signore«, flüstert er. »Und danke.«

✳ ✳ ✳

Emmenegger geht zurück in den Verkaufsraum, sperrt die Ladentür auf und ruft in der Carabinieri-Station an. Da fällt ihm ein wunderschöner Glasflakon auf, der auf dem Tisch steht. Vorne drauf klebt ein goldverziertes Etikett mit dem Namen des Parfüms in verschnörkelter Schrift: »Eva«.

Darunter ein weißer Briefumschlag mit der Aufschrift: »Für meinen Freund, den Commissario«.

Etwas vom Tatort zu entfernen, ist eine Todsünde. Besonders für einen Polizisten.

»Scheiß drauf.« Emmenegger steckt den Flakon in die Tasche seines Bademantels und öffnet den Brief.

Für meinen Freund, den Commissario
Lieber Freund, wenn Sie das lesen, bin ich tot – das hoffe ich wenigstens.
Cinnamomum camphora aus der Familie der Lorbeergewächse, zu Deutsch – Kampfer. Man muss üppig dosieren, aber zehn Gramm, in hochprozentigem Alkohol aufgelöst, sollten reichen, um mich ins Jenseits zu befördern. Ich hoffe, es wird nicht allzu schlimm. Ich bin kein großer Held.
Ich habe Kampfer immer wieder gern benutzt. Der holzige Geruch nach Eukalyptus ist nicht jedermanns Geschmack, aber mit Fingerspitzengefühl eingesetzt, kann er eine wahre Duftexplosion entfalten.
Mich tröstet, dass ich mit einem guten Schnaps auf der Zunge und einem Geruch in der Nase sterbe, der mich an das erinnert, was mein Leben ausgemacht hat.
Eigentlich hatte ich geplant, Sie im Krankenhaus zu besuchen. Ich war bereits in der Eingangshalle der Klinik, da bin ich wieder umgekehrt.
Vor der Wahrheit davonzulaufen, ist auf Dauer sinnlos. Ich bringe es nicht mehr fertig, Sie weiter anzulügen, lieber Freund. Als ich heute auf dem Telefondisplay Ihre Nummer sah … Die Vorbereitungen waren getroffen, es fehlte nur der letzte Schritt.
Vermutlich haben Sie es sowieso erraten. Ich stelle mir vor, wie Sie im Bett liegen und Ihr Gehirn Querverbindungen herstellt. Erzwungene Ruhephasen können diese Wirkung auf einen Menschen haben.
Ich habe einmal gesagt, dass ich hoffe, meinen Frieden mit Lisa zu machen – jetzt, wo sie tot ist.

Nun, das ist nicht geschehen. Meine Frau lässt mich nicht aus ihren Fängen. Tag und Nacht ist sie in meinem Kopf, zerrt an meinen Nerven und raubt mir den Schlaf.

Seit ihrem Tod ist meine Kreativität keinen Schuss Pulver wert.

Lisa hat erreicht, was sie wollte. Ich bin kein Narr und weiß, wann ich verloren habe.

Fürs Protokoll schreibe ich das hier nieder, damit keine Fragen offenbleiben: Ich habe meine Frau ermordet. Der Grund ist einfach, aber ich muss ihn erklären. Wenn Lisa diesbezüglich Notizen gemacht hätte, wären sie gefunden worden. Dann wären Sie als Polizeibeamter statt als Freund gekommen.

Angefangen hat alles mit dem Tod meines Sohnes. Lisa hatte beschlossen, dass damit unser Leben vorbei ist.

Sie konnte mir nicht verzeihen, dass ich über Udo hinweggekommen bin. Ich weiß nicht, woher ich die Kraft hatte, aber es gelang mir, Lisas Hölle zu entfliehen und noch einmal neu anzufangen.

Am Anfang war es schwer. Ich hatte ja keine Ausbildung zum Parfümeur, und mein Schulunterricht in Chemie war lange her und vergessen. Vermutlich hätte mir das sowieso nicht geholfen. Duftstoffe sind eine Wissenschaft für sich. Ich habe mit allen möglichen Substanzen herumexperimentiert. Zunächst ging alles gut, doch dann habe ich einen schrecklichen Fehler gemacht, den ich zutiefst bereue.

Vielleicht haben Sie schon einmal von Lyral gehört. Es handelt sich um eine blumig riechende Essenz, die sich gut verarbeiten lässt. Der Stoff kann Allergien auslösen und ist mittlerweile verboten, aber damals, 2009, lag das in weiter Ferne. Es passierte im Sommer, als ich einen neuen, frischen Blumenduft mit Lyral herausbrachte. Er war die erste eigene Kreation, die kommerziell erfolgreich war. Aber dann erlitt ein junges Mädchen, das einen Flakon

gekauft hatte, am Tag darauf einen anaphylaktischen
Schock und starb.

Lisa suchte seit über zehn Jahren eine Möglichkeit, mein
Leben zu zerstören. Ich habe nicht mehr damit gerechnet,
dass sie herausfinden würde, was damals passiert ist. Ich
vermute, dieser Detektiv hat ihr dabei geholfen.

Vor ein paar Wochen kam sie in meinen Laden und kon-
frontierte mich mit dem Namen des armen Mädchens,
das damals gestorben war.

Lisa drohte mir nicht mit der Polizei. Sie wusste, dass
kein Vergehen vorlag. Damals wurde Lyral von vielen
Herstellern benutzt. Sie hatte vor, die Presse zu informie-
ren und meinen Ruf zu ruinieren. Niemand hätte mehr
bei mir gekauft. Ich hätte den Laden schließen müssen.

An diesem Morgen stand sie vor mir, mit glänzenden,
weit aufgerissenen Augen, und ich wusste, dass nichts,
was ich sagte oder tat, meine Frau von ihrem Vorhaben
abhalten konnte.

Ich wusste, dass Lisa jeden Morgen auf dem Hundeplatz
in Lana war. Dorthin fuhr sie schon mit unserem alten
Karli, als wir noch zusammenlebten. Alte Gewohnheiten
sterben schwer. Es erschien mir die beste Möglichkeit.

Ich habe hinter einem Gebüsch gestanden. Dann habe
ich gewartet, bis meine Frau einen Ball warf und Hilde
davonsprang.

Was ich am meisten bereue, ist, dass Hilde es mit ansehen
musste.

Die fünf Minuten, als die Hündin wiederkam und meine
Frau fand, waren die schlimmsten. Hilde hat die Leiche so
lange mit ihren Pfoten bearbeitet, bis sie auf dem Rücken
lag. Dann hat sie ihr das Gesicht geleckt. Als Lisa trotz-
dem nicht wieder aufstand, hat sie begonnen, jämmerlich
zu heulen und die Augen zu verdrehen.

Wenn ich sie zu mir genommen hätte, wäre mir dieses
Bild immer vor Augen gestanden.

Ich konnte einfach nicht. Außerdem: Wenn Sie sie gebracht hätten, wären Sie durch ihr Verhalten bestimmt misstrauisch geworden.
Nun ist es so weit. Ich danke Ihnen, dass Sie herausgefunden haben, wer meinen Sohn auf dem Gewissen hat. Das macht es ein wenig leichter.
Was für eine Kapriole des Schicksals, dass meine Frau mit Udos Mörder gemeinsame Sache gemacht hat.

Leben Sie wohl, Commissario, und grüßen Sie Ihre Eva von mir. Der Flakon ist für sie. Ich glaube zwar nicht, dass sie es über sich bringen wird, das Parfüm zu benutzen. Aber wer weiß?
Ich hoffe, Sie behalten unsere Gespräche in halbwegs guter Erinnerung, auch wenn Sie jetzt Bescheid wissen. Ich hatte nicht viele Freunde in meinem Leben. Umso dankbarer bin ich, dass mir vor dem Ende noch etwas Gutes widerfahren ist, auch wenn es nur kurz war.
Welche Rolle spielt schon die Zeit?
Der Augenblick ist es, der zählt.

Post Scriptum: Der Stößel, mit dem ich meine Frau getötet habe, befindet sich in einem Plastikbeutel in der obersten Schreibtischschublade.

∗∗∗

Die Tür zur Parfümerie wird aufgestoßen.

Granellis Glockenspiel ertönt, hell und fröhlich und unpassend für das, was drinnen geschehen ist.

Paul und Hilde stehen in der Tür. Hilde hechelt, und Pauls Haare sind vom Laufen zerzaust.

Irgendwas wittert die Hündin, und es macht ihr Angst, denn sie zieht den Schwanz ein. Ihre Augen sind unverwandt auf die halb offene Werkstatttür gerichtet.

»Mensch, Alter, was ist denn los? Ich hab gesehen, wie du ...«

Pauls Blick folgt dem von Hilde, und auf einmal begreift er. »Scheiße, ist da ...?«

Er will zur Werkstatt. Emmenegger blockiert die Tür. »Du hinterlässt bloß Spuren. Aber gut, dass du in der Nähe warst. Nimm die Sachen und verschwinde, bevor die Kavallerie anrückt.«

Emmenegger drückt Paul einen Flakon und einen Plastikbeutel in die Hand.

»Halleluja! Was ist denn da drin? Ein Ziegelstein?«

»Bloß eine Mordwaffe.«

Das Parfüm

Stadttheater Meran. Foyer
Drei Wochen später

Widerstrebend nippt Emmenegger an seinem Blubberwasser.

Sein Bein schmerzt, diesmal vom verkrampften Sitzen in Theatersesseln, die für Liliputaner gemacht sind.

Das Foyer ist gerammelt voll. Mit Müh und Not hat er einen Stehtisch neben dem Eingang ergattern können, wo ein ständiges Kommen und Gehen herrscht.

Der Geräuschpegel ist so hoch, dass man sein eigenes Wort nicht versteht. Emmenegger begreift nicht, dass Leute mit sinnlosem Small Talk so viel Lärm veranstalten können.

Die Theaterbar ist stinkvornehm, und so was Ordinäres wie Bier schenken die nicht aus. Der Sekt ist lauwarm. Wenn er eins nicht leiden kann, dann alkoholische Getränke, mit denen man einen Bettwärmer befüllen kann.

»Du machst ein Gesicht, als hätten sie dir den Schierlingsbecher gereicht«, sagt Eva.

»So ungefähr.«

»Jetzt lass mal die Kirche im Dorf.« Sie knufft ihn in die Seite. »Hab ich vor meiner Anhörung einen solchen Zirkus gemacht? Ich lebe, und auch meinen Job hab ich noch. Du wirst den morgigen Tag auch überstehen.«

Morgen ist Sonntag. Morgen ist Emmenegger bei Evas Eltern zum Sonntagsbrunch eingeladen.

Nach dem ersten Sturm der Entrüstung hatte sich die Aufregung bei Evas Vater ein wenig gelegt.

Dazu hatte Magnus Braunhofers Berichterstattung im »Südtiroler«, die an Heldenverehrung grenzte, nicht unerheblich beigetragen. Braunhofer, dieser neue beste Freund wider Willen, wurde ihm mit jedem Artikel unheimlicher.

Angeblich hatte Emmenegger einen der gefährlichsten Serienkiller Südtirols entlarvt und zur Strecke gebracht. Dass die Morde fünfzehn Jahre auseinanderlagen und der erste überhaupt kein Mord, sondern schwere Körperverletzung mit Todesfolge in Tateinheit mit Unfallflucht gewesen war, wurde von Braunhofer elegant wegretuschiert.

Emmenegger war von den Artikeln nicht begeistert, hatte aber gegen die Begleiterscheinung nichts einzuwenden.

Trotzdem hat er nun Lampenfieber wie bei einem Vorsprechen.

»Bleib cool«, sagt Eva. »Wenn mein Vater poltert, lass ihn. Er beruhigt sich schnell wieder. Bring rüber, dass es dir ernst ist, aber nicht zu ernst – von wegen baldiger Hochzeit und so.«

»Aha. Danke für die Regieanweisung. Vielleicht sollte ich Paul fragen, wie ich die Rolle interpretieren soll. Warum geht er nicht an meiner Stelle zu diesem … Bransch?«

Eva lacht. »Sehr komisch. Und, wie findest du Paul? Ist er nicht brillant?«

An diesem Abend spielt Paul das erste Mal den Parfümlehrling Jean-Baptiste Grenouille in Patrick Süskinds »Das Parfum«. Es ist die Premiere. Ein gesellschaftliches Ereignis.

Das Stück wird seit letztem Winter mit großem Brimborium angekündigt. Die Liste der Schauspieler, die auf den Plakaten abgedruckt war, las sich wie ein Who's who renommierter Bühnen.

Emmenegger findet, dass das Stadtmarketing ausnahmsweise nicht zu viel versprochen hat. Die Bühnenbilder des Stücks sind spektakulär. Angeblich handelt es sich um originalgetreue Nachbildungen vom Paris des 18. Jahrhunderts. Keine Ahnung, ob das stimmt, aber die Szenerie versetzt sogar Leute wie ihn in eine seltsame, fremde Zeit.

***

Drei Wochen vor der Premiere brach sich der Hauptdarsteller, ein bekannter Schauspieler aus Wien, beim Skilaufen beide Beine. Niemand wollte die anspruchsvolle Rolle so kurzfristig übernehmen. Da schlug der Direktor der Schauspielschule dem Regisseur als Ersatz Paul Tschugg vor. Alle glaubten an einen schlechten Scherz, bis zu dem Nachmittag, als Paul nach vielem Hin und Her vorsprechen durfte.

Seither lebt, isst und schläft Paul als Inkarnation von Jean-Baptiste Grenouille.

»Mal möchte ich diesen Grenouille umbringen, weil er so eine heimtückische Zecke ist. Dann wiederum tut er mir beinahe leid«, sagt Eva. »Wie stellt Paul das nur an – nach drei Wochen Probe?«

»Gutes Gedächtnis für Text.«

»Das soll alles sein? Bist du noch bei Sinnen?«

»Ist ja gut, der Junge ist ein verdammtes Naturtalent. Erwähn das bloß nicht in seiner Gegenwart. Nicht dass er völlig durchdreht.«

»Vorhin machte er einen recht normalen Eindruck, trotz der Beifallsstürme nach dem ersten Akt.«

Emmenegger sagt nichts mehr. Gegen Pauls Zauber ist nun mal kein Kraut gewachsen. Der Junge braucht bloß mit dem Finger zu schnippen, da kommen sie angerannt, die Nornen und die Parzen und wie die Göttinnen des Schicksals alle heißen, um ihn an ihren Busen zu drücken.

Als wollten sie ihn für seine Kindheit entschädigen.

***

Die Theaterglocke bimmelt ein Mal.

»Bin gleich wieder da.« Eva verschwindet in Richtung »Damen«.

Emmenegger lässt seine Zunge im Mund kreisen. Eine winzige Gräte steckt in einem Zahn. Er hätte die Finger von diesen Forellenhäppchen lassen sollen.

Der Kellner kommt, um abzuräumen. Es ist Janosch, der früher in den Maxstuben gekellnert hat. Der Mann sieht wesentlich besser aus als bei ihrem letzten Zusammentreffen.

»Ich freu mich für Sie, Janosch«, sagt Emmenegger. Janosch macht einen Bückling und nimmt ihm das Sektglas ab.

»Heute kein Bier, Ispettore?«

Emmenegger zuckt mit den Schultern. »Schön wär's.«

»Das haben wir gleich.« Nach einer Minute ist Janosch zurück, ein Glas mit frisch gezapftem Bier in der Hand.

»Donnerwetter! Können Sie zaubern, Janosch?« Emmenegger nimmt einen kräftigen Schluck und wischt sich den Schaum vom Mund.

Janosch lacht. »Wohl bekomms!« Und wuselt mit Tabletts durch die Tischreihen, ganz wie in alten Zeiten.

Eva ist wieder da. Sie beäugt das Bierglas.

»Was ist das denn?«

»Spezialanfertigung.«

»Aha.«

Etwas kitzelt in seiner Nase. »Ein neues Parfüm?«

»Ebenfalls Spezialanfertigung. Die Kreation von Leo Granelli. Ich wollte es nicht wegwerfen, ohne es ausprobiert zu haben. Ich mochte den alten Mann, trotz allem. Wie findest du den Duft?«

Emmenegger beugt sich vor und küsst Eva aufs Ohr.

»Kann ich schwer in Worte fassen. Ich spreche kein Parfümisch. Frisch. Aufregend. Er passt zu dir.« Er schnuppert noch mal, kommt sich ein bisschen vor wie Hilde, die zu Hause sehnsüchtig auf ihn wartet. »Wirst du ihn tragen?«

»Ich weiß nicht. Wäre das nicht so was wie … ein schlechtes Omen?«

Emmenegger denkt einen Moment lang nach. »Leo Granelli hat mal gesagt, dass ein Parfüm Erinnerungen konserviert. Gute wie schlechte. Er war es, der dein Parfüm gemacht hat. Aber es werden deine Erinnerungen sein. Unsere.«

Eva beißt sich auf die Lippen. »Ich hätte Granellis Brief mit dem Geständnis nicht verschwinden lassen. Auf die Idee wäre ich gar nicht gekommen.«

»Schon klar.«

»Aber ich kann dich verstehen.«

»Es war das Einzige, was ich noch für ihn tun konnte«, sagt Emmenegger.

Die Theaterglocke bimmelt zum zweiten Mal. Leute drängen an ihnen vorbei.

»Das mit dem Verstehen wird vielleicht nicht immer so gut klappen«, sagt Emmenegger zögernd.

»Dann streiten wir uns eben, ganz zivilisiert. Na und? Kommt in den besten Familien vor.«

Emmenegger muss an Martha denken. »Kann nicht behaupten, dass ich Talent zum zivilen Streiten hab.«

Eva nimmt seine Hand. »Keine Sorge, ich bring's dir bei. Ist eine Sache der Übung. Los, wir müssen uns beeilen. Die Türen sind gleich zu.«

Das Bier von eben schmeckte definitiv nach mehr, aber Janosch ist nicht mehr zu sehen. Emmenegger seufzt. Der Besuch morgen wird alles andere als ein gemütlicher Frühschoppen.

»Wie wär's, wenn du nachher deine Eltern anrufst? Sag ihnen, ich hab einen neuen Fall und kann deshalb unmöglich …«

Eva bleibt stehen und lässt seine Hand los. »Ui. Da hat's aber jemand eilig, mit dem Üben anzufangen.«

»Muss doch noch nicht sein«, sagt Emmenegger und fügt sich ins Unvermeidliche. »Aber wir könnten nachher trotzdem so tun als ob, wegen der Versöhnung und so …«

Eva wirft ihm einen Blick zu, der Eis zum Schmelzen bringt.

Unter dem strafenden Blick des Türstehers verschwinden die beiden im dunklen Theatersaal.

Nachwort

Aufmerksamen, mit Meran vertrauten Leserinnen und Lesern werden im vorliegenden Buch viele Orte und Institutionen bekannt vorkommen – andere hingegen habe ich literarisch verändert oder gar frei erfunden. Um etwas Licht ins Dunkel zu bringen und dem Meran-Neuling eine Orientierung zu geben, wo sich eine »Merano Mortale«-Ortsbegehung lohnen könnte, habe ich einige Informationen zusammengestellt.

Kriminalistisches:
Mordkommission Meran: Einen Ispettore der Polizia di Stato, wie Emmenegger einer ist, gibt es tatsächlich am **Kornplatz 2** in Meran. Von Nachfragen nach Ispettore Emmenegger oder seinem Vorgänger Commissario Pavarotti ist allerdings abzuraten, denn die beiden sind natürlich frei erfunden.

Carabinieri-Station Meran: Ebenfalls in ständigem Einsatz gegen schlimme Finger sind die Carabinieri, deren Stadtkommando wie beschrieben in der **Petrarcastraße 22** angesiedelt ist. Im Unterschied zum Buch findet man an dieser Adresse nette und hilfsbereite Beamte.

Kulinarisches:
Café Villa Bux: Hier treffen sich Eva Marthaler und Emmenegger, um den Kopf frei zu kriegen. Wenn das manchmal nicht klappt, liegt es nicht an der Örtlichkeit. Die Jugendstilvilla in der **Karl-Wolf-Straße 19** ist ein zauberhafter Platz, um tagsüber die Seele baumeln zu lassen und sich im Gastraum oder im Garten mit Köstlichkeiten zu verwöhnen.

Forsterbräu: Auch wenn Ihnen dort in Wirklichkeit kein Südtiroler Rocker das Bier zapft – das Forsterbräu ist einen Besuch
wert. Und der kann durchaus länger dauern, denn bis ein Uhr
morgens ist geöffnet, und einen Ruhetag gibt es in der **Freiheitsstraße 90** nicht. Um die alten Bilder in der Schwemme
zu studieren, reicht ein Abend kaum. Und im Sommer heißt
es: Ab in den Garten!

Bistro Sieben: Dies ist keine hochgestochene Yuppie-Bar wie
im Roman behauptet. Hier wird Südtirol einfach etwas moder-
ner interpretiert als in der gastronomischen Nachbarschaft. Bei
einem Cocktail, einem Glas Wein und einem Teller Antipasti
in den **Lauben 232** lässt sich nach dem Shopping gut rasten
und das bunte Treiben in Merans schönster Flaniermeile aus
nächster Nähe miterleben.

Klosterkeller: Wer dem etwas hektischen Rennweg entfliehen will, gelangt durch einen schmalen Durchgang in eine
andere Welt: Wenige Meter vom Rennweg entfernt findet sich
ein lauschiges Plätzchen, gepaart mit unaufgeregtem Service,
kleinen Gerichten und gutem Wein. Man vergisst schnell die
Zeit im Klosterkeller, **Rennweg 87**. Nur nicht am Sonntag,
da ist geschlossen.

Der Burggraf: eine üble Spelunke am Rennweg. Paul Tschugg
und Emmenegger können ein Lied davon singen. Das Mo-
biliar ist unansehnlich, die Getränke sind ungenießbar und
die Speisen ein Graus. Gottlob ist dieses Lokal frei erfunden.

Touristisches:
Tappeinerweg: Meran-Kenner brauchen keine langen Erklä-
rungen über diese berühmte Promenade oberhalb Merans.
Allen anderen sei sie wärmstens empfohlen: fast vier Kilometer
zum Schlendern, Schauen und Genießen. Mediterranes Am-

biente paart sich mit phantastischen Berg- und Talblicken. Los geht es am **Pulverturm**. Ein Stopp am öffentlich zugänglichen **Kräutergarten**, den man nach circa zehn Minuten erreicht, lohnt auf jeden Fall.

Schloss Thurnstein: Wer beim Spaziergang über den Tappeinerweg auf den Geschmack gekommen ist, der kann noch eine Fortsetzung von einer guten halben Stunde ab dem Café Unterweger dranhängen. Er wird mit mittelalterlichem Ambiente, leiblichen Genüssen und einem tollen Blick von der Terrasse von Schloss Thurnstein, **Dorf Tirol, St. Peter Nr. 8**, belohnt.

Korblift Vellau: Die fünfhundertfünfundsiebzig Höhenmeter von Vellau zur Leiteralm lassen sich mit dem Korblift auf ungewöhnliche Art überwinden. Zwei Erwachsene und ein Kind finden in den offenen Drahtkörben Platz – stehend! Die Fahrt dauert circa dreizehn Minuten. Für Menschen wie den Dude, die an Höhenangst leiden, ist dieses Transportmittel eher nicht geeignet. Die Fahrzeiten hängen von Jahreszeit und Witterung ab. Parkplätze sind in **Vellau** vorhanden.

Vellauer Felsenweg: Dieser Wanderweg führt von der Kirche in Vellau zu den **Muthöfen** an den Hängen der Mutspitze, des Hausbergs von Meran. Technisch ist das etwa anderthalbstündige Unterfangen nicht anspruchsvoll, durch den teilweise sehr schmalen und ausgesetzten Weg aber nicht zu unterschätzen und nur für trittsichere und schwindelfreie Zeitgenossen geeignet. Teilweise sind Ketten als Sicherung angebracht. Wer will, kann über den Hans-Frieden-Weg zur Leiteralm weiterwandern.

Geschäftliches:
Metzgerei Siebenförcher: Der Laden in den **Lauben 164** ist eine Institution seit über neunzig Jahren. Unzählige Sonntagsbraten wurden hier bestellt und abgeholt. Legionen von Touristen

haben sich vor der Heimreise an der langen Theke mit Kaminwurzen und Speck aus Südtirol eingedeckt. Kein Wunder, denn die Auswahl ist riesig und die Qualität hervorragend.

Juwelier Ceska: Ein weiteres Urgestein des Einzelhandels in den Meraner Lauben. Das Geschäft wurde 1938 gegründet und ist eine eingeführte Adresse (**Lauben 180**) für Schmuck, Edelsteine und Armbanduhren. In der geschmackvoll gestalteten Auslage finden sich auserlesene Schmuckstücke zum Träumen, vorzugsweise aus der eigenen Goldschmiedewerkstatt. Zur Sicherheit Kreditkarten vor dem Schaufensterbummel im Hotelsafe deponieren!

Parfümerie Granelli: ein inhabergeführter Laden in den Lauben, direkt am **Pfarrplatz**. Dass es die Parfümerie in Wirklichkeit nicht gibt, ist vielleicht besser so – in Anbetracht der im Buch geschilderten Ereignisse. Vielleicht ist so mancher Leser am Ende etwas traurig, dass auch das literarische Fortbestehen der Parfümerie mehr als fraglich ist. Aber bei Krimiautoren weiß man ja nie …

Cassa Popolare Meran: Zur Allgemeinbildung gehört, dass Bankiers ehrenwerte Menschen sind. Keinesfalls sind sie zu Machenschaften fähig, wie sie im Roman beschrieben werden. Deshalb muss es sich bei der Cassa Popolare Meran um eine Erfindung handeln. Und tatsächlich: Eine Sparkasse dieses Namens existiert in Meran nicht. Allerdings gibt es den **Sparkassenplatz** wirklich – und ein Bankhaus anderen Namens residiert dort.

»Der Südtiroler«: Genau wie Bankiers fühlen sich auch Journalisten nur dem Allgemeinwohl verpflichtet. Der Autorin blieb deshalb nichts anderes übrig, als die Zeitung »Der Südtiroler« zu erfinden, genau wie die oben aufgeführte Sparkasse.

Noch mehr Erfindungen:

Bevor aufmerksame LeserInnen mich darauf hinweisen, gestehe ich es lieber gleich: In der **Verdistraße**, in der sich Eva und Emmenegger das allererste Mal küssen, gibt es keine Bogenlampen. Das, was dort am Straßenrand steht und Licht spendet, sieht eher funktional aus. Aber ich finde nun mal, dass erste Küsse in – und unter – ein romantisches Ambiente gehören. Deshalb habe ich an dieser Stelle meinen schriftstellerischen Weichzeichner angeworfen. Der Schwindel hält sich allerdings in Grenzen, denn wunderschöne schmiedeeiserne Bogenlampen gibt es viele in Meran. Und sie würden auch viel besser in die schöne Verdistraße passen …

Auch die Trimmer-Hütte, in der Eva in letzter Sekunde Emmeneggers Leben rettet, ist ein Produkt meiner Phantasie. Die Gefahr, sich bei der Suche nach ihren Überresten in unwegsamem Gelände den Fuß zu verstauchen oder gar den Knöchel zu brechen, ist nicht unerheblich. Ich bitte sehr, darauf zu verzichten!

Dank

Ich möchte mich bei den vielen Menschen bedanken, die es ermöglicht haben, dass ich »Merano mortale« schreiben und dabei Wirklichkeit und Erfindung miteinander verweben konnte. Da sind zum Beispiel meine alten, aber auch neu hinzugekommenen Kontakte in Südtirol, durch die so mancher Irrtum meinerseits korrigiert wurde und die meiner Erinnerung auf die Sprünge helfen, wenn ich gerade nicht vor Ort sein kann.

Dem Team des Emons Verlags sei gedankt, dass es Ispettore Emmenegger, dem bislang zweiten Mann hinter Commissario Pavarotti, eine eigene Geschichte zugetraut hat.

Von Herzen danke ich wie immer meinem fabelhaften Lektor Carlos Westerkamp, der einmal mehr dafür sorgte, dass die schriftstellerischen Gäule nicht mit mir durchgingen.

Last, but not least: Großer Dank gebührt meinem Mann dafür, dass er das Manuskript in verschiedenen Stadien und Versionen immer wieder und ohne Murren gelesen hat. Ich glaube, dass er den Text mittlerweile auswendig kennt. Einmal hörte ich ihn nachts im Traum murmeln: »Ispettore Emmenegger würde gerne rennen. Eine Mischung aus Hüpfen und Hinken …« Da wusste ich: höchste Zeit, das Manuskript abzugeben.

Elisabeth Florin
COMMISSARIO PAVAROTTI
TRIFFT KEINEN TON
Broschur, 384 Seiten
ISBN 978-3-95451-122-8

»*Ein beeindruckendes Debüt.*« Dolomiten

»*Geschichte, Schreibweise und das ungleiche Ermittlerduo sind
einfach spitze!*« Frankfurter Stadtzeitung

www.emons-verlag.de

Elisabeth Florin
**COMMISSARIO PAVAROTTI
KÜSST IM SCHLAF**
Broschur, 400 Seiten
ISBN 978-3-95451-439-7

»Komplexe Handlungen und verschiedene Erzählebenen machen
auch den Reiz des zweiten Kriminalromans von Elisabeth Florin
aus.« Frankfurter Neue Presse

»Atmosphärisch dicht.« Die Presse

www.emons-verlag.de

Elisabeth Florin
**COMMISSARIO PAVAROTTI
SPIELT MIT DEM TOD**
Broschur, 368 Seiten
ISBN 978-3-95451-808-1

*»Elisabeth Florin könnte wohl auch ›Tatort‹-Drehbücher für Ulrich
Tukur schreiben. Prädikat: lesenswert.«* Stuttgarter Zeitung

www.emons-verlag.de

Elisabeth Florin
COMMISSARIO PAVAROTTI
KAM NIE NACH ROM
Broschur, 320 Seiten
ISBN 978-3-7408-0316-2

»Die bildhafte Sprache und die schönen Dialoge machen es jedes
Mal zu einem Erlebnis, die Romane von Elisabeth Florin zu lesen.«
Mundrolibris Blog

www.emons-verlag.de

Elisabeth Florin
**COMMISSARIO PAVAROTTI
PROBT DIE LIEBE**
Broschur, 368 Seiten
ISBN 978-3-7408-0781-8

*»Eine äußerst komplexe Story, in der Fiktion und Realität zu einem
spannenden Kampf ums Überleben verschmelzen.«*
Das Echo vom Alpenrand

»Bravissimo, Elisabeth Florin!«   KrimiLese

www.emons-verlag.de